AF140186

# Petra Weise

# Ein halbes Leben

biografischer Roman

Bibliografische Information der Deutschen Nationalbibliothek
Die Deutsche Nationalbibliothek verzeichnet diese Publikation in der
Deutschen Nationalbibliografie; detaillierte bibliografische Daten sind im
Internet über http://dnb.dnb.de abrufbar

Titelbild: Steffen Weise

2. Ausgabe 2019
© 2016 Petra Weise, Chemnitz
www.autorinpetraweise.de

Herstellung BoD – Books on Demand Norderstedt


ISBN 9-783739-210285

# Inhalt

# Susi und ihre Oma

Die Oma wurde 1901 an der Ostseeküste in Pommern, die heute zu Polen gehört, geboren. Dort hatte sie mit ihrem Mann einen Bauernhof. Die Oma liebte weder die Feldarbeit noch ihren Mann, mit dem sie, wie es auf dem Land üblich war, gegen ihren Willen verheiratet worden war. Ihr Mann mochte ebenfalls keine Feldarbeit, er mochte viel mehr die Musik und spielte in den umliegenden Dörfern zum Tanz auf. Wenn er dann in der Nacht nach Hause kam, schlief seine Frau längst. Also nahm er sie im Schlaf.
Einundzwanzig Mal wurde sie auf diese Weise schwanger, vierzehn Mal überlebte das Kind. Bald lachten die Leute im Dorf: „Eure Sau ferkelt wieder."
Jedes neue Kind schwächte die Oma und hielt sie jedes Mal länger im Bett. Und bei jedem neuen Kind mussten die älteren Kinder mehr Aufgaben im Haus, im Stall und auf dem Feld übernehmen.

Kurz vor dem Ende des zweiten Weltkrieges kamen die Polen in das kleine Dorf. Sie scheuchten die Oma und ihre große Familie von ihrem schönen Hof, machten sich im Haus breit, schlachteten eine Kuh nach der anderen und kümmerten sich nicht um das Getreide auf dem Feld. Und das alles vor den Augen der Familie, die keinen Steinwurf entfernt im Gesinde-haus bleiben musste. Manchmal, wenn der Hunger gar zu groß wurde, schlich sich einer der Jungs heimlich in den Stall und suchte nach einem versteckten Ei. Erwischen lassen durfte er sich dabei nicht, denn jeder Dieb wurde sofort erschossen. Dabei waren sie gar keine Diebe, denn die Hühner gehörten eigentlich ihnen. Genauso wie das Getreide auf dem Speicher, aus dem sie jede Woche Brot gebacken hatten. Jetzt gab es kein Brot mehr, es gab auch kein Fleisch. Zum Glück stand im Gesindehaus das große, randvoll mit Ostsee-heringen gefüllte Fischfass, von dem die Polen offenbar nichts wussten. Die Fische hatten sie bereits im Frühjahr gefangen, ausgenommen und in Salzlake in das Fischfass geschichtet. Ab August war es ein traditionelles und sehr beliebtes Gericht zu Brot oder Kartoffeln. Dieses mit Fischen gefüllte Fass half der Familie zu überleben.

Dann kamen die Russen, lärmende und nach Wodka und Tabak stinkende Soldaten. Vor diesen Soldaten mussten sich die Frauen verstecken, aber die Kinder nicht, denn diese

Soldaten mochten Kinder. Sie steckten den Kindern ab und zu einen Kanten Brot zu. Omas Sohn Horst durfte sich um die Pferde des Kommandanten kümmern. Diese Arbeit gefiel dem Jungen. Manchmal war der Kommandant gut gelaunt und schenkte ihm ein ganzes Brot oder einen Sack Kartoffeln. Das trug Horst stolz zu seiner Familie. Aber oft war der Kommandant verärgert und verprügelte den Jungen.

Zu allem Unglück starb Omas Mann – nicht im Krieg, sondern an einer ganz normalen Grippe, auch eines der Kinder starb und der älteste Sohn blieb im Krieg. Nun war Horst der älteste Sohn und trug die Verantwortung für seine Mutter und seine vielen Geschwister: fünf Brüder und sechs Schwestern.
Einige Monate nach Kriegsende erhielt die Familie den Befehl, sich acht Uhr am Schlosshof der Kreisstadt einzufinden. Die Oma nahm für jedes Kind ein Hemd und Unterwäsche, legte alles in ein großes Laken und machte einen dicken Knoten. Dieses Bündel schnürte sie ihrem Ältesten auf den Rücken, gab das Baby ihrer ältesten Tochter und nahm selbst das Zweijährige auf den Arm. Zusammen mit ihrer alten und kranken Mutter, ohne Mann, aber mit ihren zwölf Kindern und der Nachbarsfamilie machten sie sich zu Fuß

auf den acht Kilometer langen Weg in die Kreisstadt.

Dort hieß man sie, auf einen Leiterwagen zu klettern. Horst weinte. Er hatte die beiden Pferde, die den Karren zogen, sofort wiedererkannt. Es waren seine über alles geliebten Pferde, die früher der Familie gehörten. Der Kutscher hieb immer wieder auf sie ein, aber nicht auf die Kruppe oder die Hinterbacke, sondern ausgerechnet auf die empfindliche Flanke, wo der Braune schon dicke rote Striemen hatte. Der Fuchs lahmte auf dem linken Vorderlauf, der Sporn war dick geschwollen. Am liebsten hätte Horst dem groben Kutscher die Peitsche aus der Hand gerissen, aber seine Mutter hielt ihn mit einem strengen Blick zurück. Sie erlaubte ihm auch nicht, sich von seinen Pferden zu verabschieden, als sie zwei Stunden später am Bahnhof aussteigen mussten.

Ein Güterzug brachte sie zur Landesgrenze. Von da ab schleppte sich der inzwischen endlos lange Treck von abertausenden Menschen zu Fuß weiter, ohne festes Ziel, einfach Richtung Südwesten. So irrten sie wochen- und monatelang durchs Land und versuchten, einen Unterschlupf zu finden. Das schien völlig aussichtslos, denn die Menschen auf ihrem Weg hatten durch den Krieg viel

Kummer erlebt, kaum etwas zu essen, schon gar nicht für die Vertriebenen und vor allem keinen Platz für eine so große Familie.

In einem kleinen sächsischen Dorf erlaubte der Gemeindevorsteher der völlig erschöpften Familie, im Gemeindesaal zu übernachten. Der Saal war groß und hatte einen trockenen Dielenboden, auf dem man wunderbar liegen konnte. Die Oma war froh, dass sie mit all ihren Kindern und ihrer alten Mutter ein Dach über dem Kopf hatte. Der Rest würde sich finden.

Einen ganzen Monat durften sie bleiben. Dann kam der Gemeindevorsteher, stellte sich breitbeinig in die Saaltür, zeigte mit seinem Arm auf die Oma und rief: „Mitkommen! Alle."

Der Oma war klar, dass sie nun weiterziehen mussten. Sie verschnürte die wenigen Habseligkeiten der Familie im mittlerweile verschlissenen Laken, hakte ihre Mutter unter, nickte ihren Kindern zu und folgte mit ihnen dem Mann durch das obere Dorf. Der blieb plötzlich stehen und wies mit dem Arm auf ein schönes, völlig unbeschädigtes Haus mit zwei Stockwerken, einer Vortreppe und einem kleinen Gärtchen.

„Hier könnt ihr bleiben."

Die Oma schaute auf das Haus, dann zu dem Mann und schüttelte verwundert ihren Kopf.

Der Vorsteher lachte, reichte der Oma den Hausschlüssel, drehte sich um und ging. Die Oma überlegte nicht lange und betrat den Kindern voran das Haus.

Das Erdgeschoss bestand aus einer großen Stube mit einem riesigen Kachelofen, einer Wohnküche mit einem funktionierenden Herd und einer kleinen Toilette. Im Obergeschoss gab es drei kleine Schlafräume und ein richtiges Bad. Drei der Zimmer waren von Vertriebenen aus Schlesien belegt, einer älteren Dame und einer Kriegswitwe mit ihrem Baby. Das dritte Zimmer war frei und diente ab sofort als Schlafraum für die sechs Mädchen der Oma. Die fünf Jungs kamen in der Dachkammer unter, das Baby blieb unten bei der Oma und deren Mutter. Die alte Mutter der Oma saß den ganzen Tag in einem zerschlissenen Sessel oder draußen vor der Haustür auf einer niedrigen Mauer in der Sonne. Später verließ sie ihr Bett nicht mehr und die Oma brachte davor einen Vorhang an, damit sie sich dahinter ein wenig geschützt fühlte.

Horst hatte sich schon am ersten Tag ihrer Ankunft umgesehen und im Nachbardorf eine Anstellung bei einem Bauern gefunden. Dort bekam er zwar nur wenige Groschen Lohn, aber jeden Monat einen ganzen Sack Kartoffeln, den er stolz nach Hause trug. Für Kartof-feln musste viel Geld bezahlt werden, sofern es überhaupt welche zu kaufen gab. Wenn eine Sau geschlachtet wurde, durfte er sogar ein Stück Speck und einen Krug Wurstbrühe mitnehmen.

Auch die älteste Tochter fand Arbeit und sorgte mit ihrem Verdienst für ihre Geschwister. Die zwei halbwüchsigen Mädchen kamen als Hausmädchen in fremden Familien unter, das schaffte Platz am Tisch und in den Schlaf-stuben. Die größeren Jungs gingen bald in die Lehre als Bäcker, Schuster, Maurer und Schneider. So langsam ging es der Familie besser und die Oma erlaubte ihrem ältesten Sohn Horst, auf Brautschau zu gehen.

Horst war inzwischen 26 Jahre alt, stand am Rand des Tanzbodens und schaute dem munteren Treiben zu. Sein Freund hatte mit jedem hübschen Mädchen getanzt, er war nicht so schüchtern wie Horst.

„Gefällt dir gar keine?", wollte der Freund wissen.

„Doch, die Brünette dort. Die würde ich vom Fleck weg heiraten."

Der Freund lachte. „Tanzen willst du nicht, aber gleich heiraten. Warte, ich bringe sie dir."

Ehe Horst seinen Freund zurückhalten konnte,

war dieser quer über den Tanzboden marschiert, winkte schon von weitem diesem hübschen Mädchen zu und kam keine zwei Minuten später mit ihr am Arm zurück.

„Das ist Jutta."

Jutta lachte ein sehr hübsches Lachen. Horst gefiel ihr sehr gut, er war groß, blond, schlank und hatte sehr helle blaue Augen.

Jutta war 19 Jahre jung und musste nicht lange umworben werden. So kurz nach dem Krieg gab es nur wenige junge Männer und schon gar nicht solche wie Horst, so unversehrt und obendrein gutaussehend. Jutta verliebte sich sofort in Horst und bezog bald mit ihm zusammen die Bodenkammer, die Geschwister rückten in den anderen Zimmern enger zusammen.

An Juttas 20. Geburtstag wurde die kleine Susi geboren. Eigentlich hieß sie Susanne, aber alle riefen sie Susi.

Susi blieb den ganzen Tag bei der Oma, während die Eltern arbeiteten. Der Vater arbeitete nicht mehr bei dem Bauern, sondern in einer Metallgießerei, die Mutter in einem Kindergarten.

„Das ist doch keine Arbeit." nörgelte die Oma.

„Den ganzen Tag über mit fremden Kindern spielen statt etwas nützliches zu tun."

„Was denn nützliches?" wollte Horst wissen.

„Hausarbeit zum Beispiel. Putzen, Kochen –
nichts davon versteht sie. Außerdem ist sie viel
zu verwöhnt und egoistisch."
Das stimmte. Wenn die Mutter einen neuen
Mantel wollte, sagte der Vater: „Das geht nicht,
erst muss mein kleiner Bruder eine warme
Jacke haben, das ist wichtiger."
„Ich wünsche mir eine neue Handtasche", bat
die Mutter.
„Jetzt braucht meine kleine Schwester einen
neuen Schulranzen", antwortete der Vater.
Die Mutter durfte sich keine neuen Schuhe
kaufen, weil Schuhe für eine andere Schwester
von Horst erst einmal nötiger waren.
„Und ich?," beklagte sich die Mutter. „Sind
immer deine Geschwister wichtiger als ich?"
Darauf antwortete der Vater nicht.

Die ersten drei Lebensjahre verbrachte
Susanne glücklich bei der Oma und ihren
sieben Kindern, die noch daheim lebten. Das
jüngste von Omas Kindern war inzwischen acht
Jahre alt. Die drei Mädchen spielten gern mit
der kleinen Susi, die vier Jungs dachten sich
allerhand Schabernack aus. Einmal packte
einer der Jungs die kleine Susi und setzte sie
oben auf den großen Kachelofen. Dann ging er
aus der Stube und ließ Susi ganz allein hoch
oben auf dem Ofen sitzen. Susi hielt ganz still,

damit sie nicht aus Versehen herunter fiel. Dann fing sie an zu weinen. Als das nicht half, rief sie laut um Hilfe.

„Oma! Oma!"

Die Oma kam, aber sie konnte nicht einmal mit ausgestreckten Armen Susi vom Ofen herunter heben.

„Halte still!", befahl sie dem Kind. Dann ging die Oma aus der Stube und rief nach einem ihrer Söhne, der groß genug war, das kleine Mädchen vom Ofen zu heben. Der Junge lachte: „Was machst du denn da oben, Susi?"

„Dich werd ich kriegen!", murmelte die Oma, rannte nochmals aus der Stube und holte ein Handtuch. Als Susi endlich auf dem Boden stand, nahm die Oma das Handtuch und zog es ihrem frechen Jungen über Schulter und Beine. Das tat die Oma immer, wenn eines ihrer Kinder nicht gehorchte. Aber sie musste nicht oft zum Handtuch greifen, weil sich die Kinder schon unter dem Blick ihrer Mutter duckten und sie heimlich General nannten. Die Oma war sehr streng, das musste sie wohl, um ihre vielen Kinder im Zaum zu halten.

Die Oma herzte nie eines ihrer Kinder, auch Susi nicht. Aber Susi krabbelte ihr einfach auf den Schoß und hielt sich an ihrer Schürze fest. Dort fühlte sie sich sehr geborgen.

Auf dem Küchenherd stand immer eine große

Kanne Malzkaffee und ein Teller voller Plinsen, die einfach aus Mehl und Wasser gebacken wurden, denn die halbwüchsigen Kinder hatten ständig Hunger. Zum Abend gab es Kartoffeln und eine Soße aus Mehl und Wasser, die sie Einbrenne nannten, und zum Frühstück Mehlsuppe.

Die Oma hatte eine ganz eigene Sprache, die die Mutter nicht verstand. Doch der Vater verstand sie und Susi ebenfalls. Diese Sprache hieß Platt und stammte aus der pommerschen Heimat der Oma. Susi mochte diese seltsame Sprache sehr.

Die Oma erzählte jeden Tag von ihrem Hof in Pommern, der harten Arbeit auf dem Feld, der Last mit ihren vielen Kindern und dass die Kinder von klein auf im Stall und auf dem Feld mithelfen mussten.

Susis Vater arbeitete damals als Kind sehr gern auf dem Feld, aber er hasste es, wenn er zum Holzfällen in den Wald geschickt wurde. Es war für den Jungen körperlich viel zu schwer, die dicken Stämme mit der Axt anzuschlagen und dann so zu sägen, dass sie in die vorher festgelegte Richtung fielen. Die jüngeren Geschwister sägten die Äste ab, bündelten sie und trugen sie auf dem Rücken den langen Weg nach Hause. Die großen Stämme wurden von den Pferden zum Hof gezogen. Die Zügel hielt immer Host, er lenkte die Pferde sehr geschickt, so dass sich die schweren Stämme nicht verhakten oder irgendwo hängen blieben. Er liebte die Pferde und die Arbeit mit ihnen sehr.

Noch schlimmer als das Holzfällen empfand Horst das Torfstechen, eine extrem harte Knochenarbeit. Zuerst stach er die oberen Schichten Gras und Moos mit einem Spaten ab, dann den helleren Torf mit einem speziellen Stecheisen. Seine Geschwister beluden eine Art Ladeplatte mit den Torfstücken und zogen diese zum Trockenplatz. Dort bauten sie aus den Torfstücken einen Turm, der kein Regenwasser hineinlassen durfte. Inzwischen hatte sich Horst Schicht um Schicht weiter ins Erdreich gearbeitet, wo der Torf immer dunkler und vor allem schwerer wurde. Zum Schluss stand er mit seinem älteren Bruder und einem Nachbarn fünf oder sechs Meter tief in einem Loch voller Schlamm und musste diesen nassen schweren Schlamm hoch über seinen Kopf aus dem Loch schaufeln. Die kleineren Geschwister des Vaters trampelten dann das Wasser aus dem schwarzen Torf, der zum Trocknen einfach auf dem Feld liegen blieb. Torf war sehr wertvoll für das Feld, den Garten und zum Heizen – mit dem schwarzen Torf wurde der große Backofen im Dorf angeheizt, in dem jede Woche Brot gebacken wurde. In Pommern wurde viel Brot gegessen, später in Sachsen eher Kartoffeln.

Als Susi ein Jahr alt war, wurde ihre Schwester geboren und die junge Familie bekam bald eine kleine Wohnung ganz in der Nähe. Susi durfte tagsüber weiter bei der Oma bleiben, obwohl die Mutter nun nicht mehr arbeitete, sondern sich daheim um den Säugling kümmerte. Ein weiteres Jahr später kam der kleine Bruder zur Welt.

Drei Jahre lang blieb Susi bei der Oma und fühlte sich bei ihr so glücklich wie eine Maus in einem Stück Käse. Am liebsten schaute Susi der Oma beim Spinnen von Schafwolle zu. Sie nahm sich eine Hitsche, wie die Oma das kleine Fußbänkchen nannte, und setzte sich ganz dicht an das Spinnrad. Sie mochte es, wenn sich das Spinnrad schnell drehte und das Fußpedal gleichmäßig klackte. Die Oma zupfte mit der linken Hand Wolle von ihrem Schoß und hielt diese mit der rechten Hand in Richtung Öse. Das Drehen des Spinnrades machte sofort Fäden daraus, die sich um eine Spule wickelten. Die Oma bestimmte, ob es dicke oder dünne Fäden wurden, indem sie die Wolle mehr oder weniger straff hielt. Dann wurde das

Garn auf einen Strang gewickelt, gewaschen und auf dem Wäscheboden getrocknet, gefärbt und später zu Knäuel aufgewickelt. Davon strickte und häkelte die Oma Socken für ihre Kinder und viele andere nützliche Sachen, auch für Susis Puppe.

Susi hatte bei nichts anderem so viel Geduld wie beim Zuschauen, wenn die Oma Wolle spann. Sie durfte sehr bald helfen, die Wolle aufzuwickeln und lernte rasch zu stricken und zu häkeln. Das Spinnen war schwieriger, man musste nicht nur die Füße auf dem Pedal und die Hände an der Wolle geschickt koordinieren, sondern vor allem auf die Menge der Wolle achten, die man dem Spinnrad mit der rechten Hand zuführte. Es durften weder Knoten noch dünne Stellen im Faden entstehen.

„Pass doch auf, Mädchen!", mahnte die Oma. Sie duldete es nicht, wenn das Garn nicht gleichmäßig gesponnen war oder sogar riss. Dann musste sie mühevoll Susis Fehler ausbügeln.

Die Oma hatte noch eine Besonderheit: sie zitterte. Sie zitterte so stark, dass ihre Hände hin und herflogen und auch der Kopf beständig wackelte. Ihr Rücken war von der harten Feld-arbeit krumm, aber sie trug ihren Kopf sehr hoch erhoben und sah immer recht stolz aus wie eine feine Dame aus der Stadt. Keiner hätte in dieser vornehmen Frau eine Bäuerin vom Land vermutet oder ihr die vielen Kinder angesehen.

Während ihrer gesamten Kindheit und Jugend verbrachte Susi so viel Zeit wie irgend möglich bei ihrer Oma. Sie spielten stundenlang Halma, backten Kräbbelchen zum Vesper oder vertieften sich in alten Landkarten. Die Oma zeigte Susi die Orte in Pommern, in denen sie gelebt hatte und die Orte, in denen inzwischen ihre Kinder und Enkel lebten.
Später hatte sie insgesamt 27 Enkel, von denen sie gern erzählte. Leider konnte Susi nicht alle ihre 26 Cousinen und Cousins persönlich kennenlernen, denn viele lebten weit entfernt, zwei davon sogar in Kanada.

## Susi und das Kinderheim

Frühling 1957. Ab dem dritten Geburtstag musste Susi in den Kindergarten. Dort gefiel es ihr gar nicht. Die Erzieherin klatschte in die Hände und rief: „Alle Kinder..." In diesem Moment hielt sich Susi schon die Ohren zu. Sie wollte nicht hören, was alle Kinder machen sollten. Hinausgehen mit allen Kindern mochte sie, aber sie wollte auf keinen Fall mit allen

Kindern basteln. Zum Spielen wurden alle Kinder in kleine Gruppen eingeteilt. Eine Gruppe spielte in der Autoecke, eine andere in der Bausteinecke, die Mädchen freuten sich, wenn sie in die Puppenecke durften. Susi mochte am liebsten für sich allein mit bunten Murmeln spielen.

Am schlimmsten war für Susi, mit allen Kindern zu essen. Und am schlimmsten beim Essen war das Fleisch. Susi mochte keine Fleisch, auch dann nicht, wenn es weich und leicht zu kauen war. Die Erzieherin schaute ihr in den Mund, ob sie das Fleisch brav hinunter geschluckt hatte. Aber das konnte Susi nicht. Wenn sie auf dem Fleisch kaute, überfiel sie schlimmer Brechreiz. Das durfte die Erzieherin nicht sehen, dann wurde sie gleich böse. Das Fleisch einfach im ganzen hinunterzuschlucken war noch schwieriger, es blieb einfach im Hals stecken, würgte sie und machte ihren Kopf heiß und rot. Dann kam die Erzieherin, holte das Fleisch aus dem Hals,  steckte es sofort wieder in Susis Mund und blieb so lange neben ihr stehen, bis das Fleisch irgendwie den Weg in den Magen fand. Susi hatte schon versucht, das Fleisch heimlich auszuspucken und in der Schürzentasche zu verstecken, aber es  gelang ihr nie.

Nach dem Essen mussten sich alle Kinder auf

kleine Liegen legen, und zwar auf die rechte Seite, damit sie sich nicht anschauen und lustig zublinzeln konnten. Die Erzieherin lief zwischen den Liegen hindurch und kontrollierte, ob alle Kinder ihre Augen geschlossen hielten.

Manchmal gelang es Susi, noch vor dem Mittagessen davonzulaufen und sich in Omas Haus oder im dunklen Schuppen zu verstecken. Aber so gut sie sich auch versteckte, sie wurde entdeckt und musste zurück in den Kindergarten. Am Abend gab es zur Strafe Schläge von der Mutter. Die Mutter weinte. Sie weinte oft. Sie stritt laut mit dem Vater und sagte, dass ihr alles zu viel wird.

Die Mutter schimpfte: „Du machst mir nur Kummer. Was soll ich nur mit dir anfangen? So ein böses Mädchen wie dich kann ich nicht lieb haben."

Susi versuchte, lieb zu sein. Aber das war nicht leicht. Immer machte sie irgend etwas verkehrt.

„Wenn du noch einmal wegläufst, dann stecke ich dich ins Kinderheim!", drohte die Mutter.

Susi wusste nicht, was ein Kinderheim ist. Aber so, wie die Mutter *Kinderheim* sagte, musste es etwas ganz fürchterliches sein.

„Was ist denn ein Kinderheim, Mutti?"

„Das ist wie ein Kindergarten, nur, dass die Kinder auch über Nacht dort bleiben müssen. Und wenn sie so böse sind wie du, dann dürfen sie überhaupt nicht mehr nach Hause."

Susi bekam einen Riesenschreck. Sie mochte den Kindergarten nicht, aber sie wollte sich Mühe geben und nie wieder weglaufen. Denn über Nacht in einem Kinderheim sein, das stellte sie sich ganz besonders schrecklich vor.

Susi war vier Jahre alt. Bereits zum dritten Mal in diesem Jahr schleppte die Mutter das kleine Mädchen in Richtung Bahnhof und drohte, es ins Kinderheim zu bringen. Drei Mal ist die Mutter kurz vor dem Bahnhof wieder umgekehrt und Susi hatte der Mutter hoch und heilig versprechen müssen, nie nie wieder unartig zu sein. Aber heute hatte die Mutter einen Koffer dabei, worin sich die Sachen des Mädchens befanden, ein Pullover, das Nachthemd, die Hausschuhe. Aber kein Spielzeug, das sollten jetzt die Geschwister bekommen, die nicht so ungezogen waren wie die kleine Susi.

Susi war verzweifelt, weil die Mutter so traurig war und sie ins Kinderheim bringen wollte. Vor Kummer und dem vielen Weinen war ihr ganz schwindlig. Sie taumelte neben der Mutter her und bettelte schluchzend: „Bitte, bitte, liebste Mutti, bring mich nicht weg! Lass mich bei dir bleiben. Ich will nicht ins Kinderheim. Ich bin jetzt immer ganz ganz lieb."

Die Mutter hörte nicht auf ihr Kind. Grob zog sie

Susi weiter in Richtung Bahnhof. Nun bekam Susi richtig Angst. Sie versuchte, ihre Hand aus Mutters Umklammerung zu befreien und wegzulaufen. Sie würde sich verstecken, am liebsten bei der Oma. Aber es gelang ihr nicht. Die Mutter schob Susi unsanft in den Warteraum des kleinen Bahnhofs und ging zum Schalter. Der Schalter war geschlossen, die Mutter konnte keine Fahrkarte kaufen.

„Der nächste Zug fährt erst in zwei Stunden. So lange kann ich nicht warten. Du musst allein ins Kinderheim fahren."

Susi war noch nie allein Zug gefahren. Und sie wusste auch nicht, wo das Kinderheim ist. Sie hatte schreckliche Angst, aber sie wagte nicht mehr zu sprechen. Nur leise Schluchzer schüttelten den kleinen Körper. Ihr tat der Kopf und der ganze Oberkörper weh, aber sie jammerte nicht.

„Du bist schmutzig!", fuhr die Mutter das Kind an. „So verdreckt kannst du nicht ins Heim. Du blamierst mich nur."

Susi schaute auf den Boden. Gern hätte sie gebettelt, dass es die Mutter noch einmal mit ihr versuchen sollte. Sie würde sich sofort waschen und aufpassen, dass sie sich nie nie wieder schmutzig macht. Aber sie fühlte sich zu schwach dazu. Die große Angst vor der Trennung hatte sie völlig gelähmt. Und so konnte sie sich gar nicht richtig freuen, als die Mutter sie wieder mit nach Hause nahm.

So wie Susi aus dem Kindergarten davonlief, so lief ihr kleiner Bruder daheim weg und schnurstracks in den Kindergarten. Aber er war erst zwei Jahre alt und musste noch ein ganzes Jahr daheim bei der Mutter bleiben. Er wollte dort spielen, wo seine beiden großen Schwestern spielten und er wollte genauso aussehen wie seine beiden Schwestern. Deshalb mochte er seine Lederhosen nicht und zog sich am liebsten Röckchen an. Dem Vater war das peinlich, aber die Mutter lachte darüber.

Ein Jahr später gingen sie jeden Morgen gemeinsam in den Kindergarten: die Mutter, Susi, die Schwester und der kleine Bruder, und am Nachmittag gemeinsam nach Hause. Der Bruder kam in der jüngsten Gruppe, in der die Mutter Erzieherin war. Susi war stolz, in die große Gruppe zu gehen und bald in die Schule zu kommen. Aber die Ärztin sagte, dass Susi viel zu klein für die Schule wäre und noch ein ganzes Jahr im Kindergarten bleiben müsse.

„Ich will aber in die Schule! Ich will! Ich kann schon zählen und rechnen. Ich will nicht im Kindergarten bleiben", empörte sich Susi.

Sie verstand nicht, was so schlimm daran war,

kleiner als die anderen Kinder zu sein.

Eines Tages nahm die Mutter Susi an die eine Hand und in die andere einen Koffer. Das kannte Susi schon. Aber so viel sie auch nachdachte, sie wusste nicht, was sie dieses Mal falsch gemacht hatte. Außerdem lief alles anders ab als sonst, die Mutter schimpfte nicht. Sie sagte mit ruhiger Stimme: „Susi, du musst zur Kur, weil du zu klein bist."

„Aber dafür kann ich doch nichts!" empörte sich Susi. „Warum muss ich dann weg?"

„Weil das die Ärztin im Kindergarten so bestimmt hat. Und kleine Kinder müssen immer machen, was Erwachsene sagen."

Das war Susi vollkommen klar, aber es gefiel ihr nicht. Trotzdem weinte sie nicht, es hatte sowieso keinen Zweck, weil doch immer gemacht wurde, was die Erwachsenen wollten.

Die Mutter fuhr mit Susi in die Stadt. Am Busbahnhof standen viele Kinder mit ihren Eltern und ihren Koffern. Susi wunderte sich, dass es so viele Kinder gibt, die nun alle mit ihr ins Kinderheim mussten. Einigen Kindern schien das nichts auszumachen, denn sie schauten nicht so ängstlich wie Susi, sie lachten sogar.

Die Mutter sagte zu einer Frau: „Susanne Schmidt mit dt." Dann gab sie Susi den Koffer, schob sie in Richtung Bustür und rief: „Viel

Spaß, meine Große."

Susi setzte sich ans Fenster. Auf der Seite, auf der draußen am Bus die Eltern standen, war kein Platz mehr. Das war Susi nur recht. Sie hätte es nicht ertragen, ihre Mutter so fröhlich winken zu sehen wie all die anderen Mütter.

*Meine Große* hatte sie die Mutter genannt. Dabei hatte sie vorhin noch gesagt, dass Susi viel zu klein sei und deshalb zur Kur muss. Susi wusste nicht, was *zur Kur* bedeutet.

„Warst du schon mal zur Kur?", wollte das Mädchen wissen, das neben ihr saß.

Susi schüttelte den Kopf.

„Wo ist das denn?"

„Am Meer. Das Meer heißt Ostsee. Und dort gibt es nur Wasser."

„Oh! Das kenne ich. Ich war schon einmal an der Ostsee im Urlaub. Aber das ist nicht schlimm."

„Natürlich nicht."

„Und was ist zur Kur?"

„Kur ist wie Urlaub, aber nur für Kinder."

„Im Kinderheim, oder?"

Das Mädchen zuckte mit der Schulter. Es wusste nicht, was Susi damit meinte.

Susi dachte während der endlos langen Fahrt an die See an ihren ersten Urlaub mit den Eltern.

Die Mutter erklärte wenige Tage vor der Abfahrt: „Die Ostsee ist so ein riesengroßer See, dass man nichts anderes mehr sieht außer Wasser. Das ist ganz ganz wunderschön."

Dabei lachte die Mutter, aber Susi glaubte ihr nicht. Sie konnte sich keinen Ort vorstellen, der nur aus Wasser besteht. Aber weil die Mutter sich so über das viele Wasser freute, hatte Susi eine wundervolle Idee. Sie drehte den Wasserhahn in der Küche auf, steckte den Stöpsel ins Becken und beobachtete, wie das Becken voll lief. Nach einer Weile schwappten die ersten Tropfen über den Beckenrand auf den Fußboden. So langsam entstand eine kleine Pfütze, die immer größer wurde. Die beiden Geschwister kamen aus dem Kinderzimmer und Susi erklärte ihnen, dass sie jetzt eine Ostsee bastelt, damit sich die Mutti freut. Die Schwester drehte bereitwillig den Wasserhahn in der Toilette auf. Das kleine Waschbecken dort lief schneller voll als die große Gosse in der Küche und bald trafen sich die Pfützen der Küche und die Pfützen der Toilette im Flur. Der kleine Bruder setzte sich erfreut auf den Fußboden und platschte mit seinen Händen vergnügt im Wasser.

Da ging die Tür auf und die Mutter kam vom Einkauf zurück. Sie ließ ihre Beutel fallen und schrie: „Was ist denn hier los?"

„Wir spielen Ostsee!", jubelte Susi.

Im gleichen Moment schlug ihr die Mutter fest ins Gesicht.

„Ins Bett mit dir! Sofort!"

Susi verstand die Welt nicht mehr, aber sie zog sich schnell aus und kroch unter ihre Bett-decke.

Der Urlaub an der Ostsee war für Susi eher eine Enttäuschung. Sie wusste nicht, was sie erwartet hatte, aber ihr schien es daheim viel schöner. Vor allem, weil sie daheim draußen spielen durfte, zu den Nachbarskindern laufen, lärmen, springen. Das alles war im Urlaub nicht erlaubt.

Sie wohnten alle fünf zusammen in einem schönen großen Zimmer mit einem Wasch-becken darin. Die Toilette war auf dem Gang. Gegessen wurde in einem anderen Haus in einem großen Saal. Susi durfte nicht rennen und bei Tisch nicht sprechen. Der Weg zum Strand war recht weit. Der Vater trug den kleinen Bruder und die Badesachen, die Mädchen liefen links und rechts an der Hand ihrer Mutter.

Als Susi das Meer zum ersten Mal sah, war sie regelrecht geschockt. So viel Wasser hatte sie sich auch bei größter Fantasie nicht vorstellen können.

„Da ganz weit hinten stößt das Wasser an den Himmel an", rief Susi erschrocken.

„So weit ist das gar nicht", erklärte der Vater. „Weil hier alles so flach ist, siehst du nur drei Kilometer. Das ist ungefähr so weit wie vom Anfang bis zum Ende unseres Dorfes." Der Vater hob Susi auf den Arm. „Ein Schiff!", jubelte Susi. „Jetzt kommt ein Schiff."

„Das Schiff war vorhin schon da. Aber weil du so klein bist, hast du es nicht gesehen. Jetzt auf meinem Arm kannst du so weit schauen wie von unserem Haus bis fast zur Stadt."

Verwundert schüttelte Susi ihren Kopf. Dann fiel ihr etwas ein. „Ah! Wenn ich im Gras sitze, sehe ich nur die Laube. Aber wenn ich auf den Kirschbaum klettere, kann ich alle Nachbargärten sehen."

„So ist es", stimmte der Vater zu. „Und wenn wir auf einen hohen Berg steigen würden, könnten wir hundert Kilometer weit sehen oder sogar noch weiter."

Das gefiel Susi. Sie mochte es, wenn sie weit gucken und vieles sehen konnte. Am Strand gab es weiter nichts als Wasser, Sand und Menschen zu sehen. Die Mutter legte sich in einen Strandkorb und die beiden kleinen Geschwister buddelten im Sand. Das mochte Susi nicht. Der Vater nahm sie ab und zu mit zum Wasser. Es war erschreckend viel Wasser, kaltes Wasser. Susi durfte nur ganz am Rand bleiben, weil das Wasser schnell sehr tief wurde, zu tief für ein kleines Mädchen, das nicht schwimmen konnte. Susi langweilte sich, ihr fehlten der Wald und die schönen Wanderungen an den Wochenenden daheim im Gebirge.

Die Kur an der Ostsee war für Susi nicht so schlimm wie befürchtet. Ihr gefiel, dass sie mit den anderen Kindern jeden Tag bei jedem Wetter lange Spaziergänge machte. Am schönsten fand sie es, wenn sie nicht am langweiligen Strand entlangliefen, sondern in das kleine Wäldchen gingen. Ansonsten war sie eher traurig, weil sie auch hier im Kurheim Fleisch essen und obendrein ekligen Lebertran und Malzextrakt schlucken musste. Die meisten Kinder waren nicht älter als Susi und ebenfalls zu dünn. Sie sollten in diesem Kurheim aufgepäppelt werden.

Nach dem Mittagessen und nach dem Abendessen schickte man alle Kinder sofort ins Bett. Die Betten standen in einem riesengroßen Schlafsaal. Eine Erzieherin lief genau wie im Kindergarten von einem Bett zum anderen und kontrollierte, ob alle Kinder die Augen geschlossen hatten.

Einmal in der Woche mussten die Kinder

duschen. So etwas kannte Susi nicht. Daheim gab es keine Dusche, sondern unten im Waschhaus eine große Wanne für die Wäsche. Jeden Freitag badete die Mutter ihre Kinder in dieser Wanne. Dazu musste der Vater vorher den Kessel mit Wasser füllen und einheizen, damit das Wasser warm wurde.

Den Duschraum im Kurheim musste man nicht heizen, jedenfalls entdeckte Susi keinen Ofen darin. Der Raum war bis zur Decke weiß gekachelt und hatte kein Fenster. Die Erzieherin schob eine ganze Gruppe Kinder hinein und stellte von außen das Wasser an, das alles sofort in weißen Dampf hüllte und Susi überhaupt nichts mehr sehen konnte. Sie umklammerte mit ihrer Hand fest die Seife, damit sie nicht wegflutschte, und seifte ihre Arme und Beine und auch die langen Haare ein. Dabei lief Seifenlauge in ihre Augen, was schrecklich brannte.

Nach dem Abtrocknen zogen alle Kinder ihre Trainingsanzüge an. Ein Junge vermisste seine Hose. Susi half eifrig beim Suchen. Am Ende stellte sich heraus, dass ausgerechnet Susi die falsche Hose anhatte. Zur Strafe für ihre Unachtsamkeit musste Susi in einer Ecke stehen, die anderen Kinder bildeten einen Kreis, zeigten mit dem Finger auf sie und riefen: „Schäm dich! Schäm dich!"

Nach vier endlos langen Wochen brachte der Bus die Kinder wieder zurück in die Stadt. Susi war sehr erleichtert, dass sie nicht für immer im Kinderheim bleiben musste.

Einen Monat später durfte Susi zur Schuluntersuchung. Sie war immer noch viel zu klein für die Schule. Und sie hatte zu kurze Ärmchen, mit denen sie noch nicht einmal über den Kopf bis zum Ohr fassen konnte. Außerdem wackelte kein einziger Zahn. Aber sie war gesund. Susi freute sich, dass sie alle Fragen beantworten und alle Aufgaben lösen konnte. Zählen, Rechnen und Malen machten ihr große Freude. Die Mutter hatte ihr eingeschärft, niemandem zu verraten, dass sie schon schreiben konnte, denn das sollte sie erst in der Schule lernen. Die Mutter, die Ärztin und noch eine Frau diskutierten lange, weil Susi nicht nur zu klein, sondern erst nach dem festgelegten Stichtag geboren war. Trotzdem durfte Susi nach einigem Hin und Her in die Schule.
Susi jubelte: „Hurra! Ich bin bald ein Schulkind und muss nie nie wieder in den Kindergarten!"
Zum Schulanfang bekam sie ein wunderhübsches neues Kleid und einen Schulranzen aus braunem Leder. In der Federmappe steckten nicht nur Buntstifte, sondern ein richtiger Füllfederhalter. Susi hatte schon

versucht, damit zu schreiben, doch der Vater erklärte, dass so ein Federhalter Tinte braucht. Und Tinte gab es erst in der Schule.

Die Lehrerin war sehr nett. Sie malte mit Kreide einen großen schrägen Strich an die Schultafel und dann einen weiteren großen Strich schräg nach unten. Das sah wie ein Dach aus. Dann verband die Lehrerin die beiden Striche mit einer Linie.

„Ein A! Das ist ein A!", jubelte Susi.

„Susanne! Du darfst nur sprechen, wenn ich es dir erlaube. Und vorher musst du dich melden. So."

Die Lehrerin hob ihren Arm. Susi nickte.

Endlich durften alle Kinder ihre Hefte und Bleistifte aus dem Ranzen nehmen und vor sich auf das Pult legen. Nun sollten alle Kinder ein A schreiben. Susi schrieb eine ganze Seite voller schöner As. Dann schaute sie sich um. Das Mädchen neben Susi malte ein riesengroßes A über die halbe Seite, sie achtete nicht auf die Linien im Heft. Susi stand auf, um zu sehen, was die anderen Kinder machten. Bei manchen Kindern brach die Bleistiftspitze ab, weil sie zu stark aufdrückten, bei anderen konnte man den Buchstaben gar nicht erkennen.

„Susanne! Setz dich sofort hin und schau in dein Heft!", mahnte die Lehrerin streng.

„Ich bin aber schon fertig", verkündete Susi

stolz.

„Dann verhalte dich ruhig! Sitze still und zapple nicht herum!"

Das war langweilig. Susi malte lustige Gesichter und Hüte und Häuser aus diesen As, was der Lehrerin überhaupt nicht gefiel. Sie schimpfte und schrieb in ein Heft: „Susanne ist unaufmerksam, sie stört den Unterricht und versteht die Aufgaben nicht."

Das sollte sie am Abend den Eltern zeigen.

„Du blamierst mich!", rief die Mutter und weinte.

„Dafür gibt es zwei Schläge mit dem Riemen". ordnete der Vater an und löste den Gürtel von seiner Hose. Susi wusste nicht so genau, was das bedeutet. Der Vater zeigte auf seine Knie, Susi musste sich darüber legen und erhielt zwei feste Schläge mit dem Gürtelriemen auf den Hintern.

Erschrocken schrie sie auf und betastete vorsichtig mit ihren Händen den Po, der furchtbar brannte. Sie schwor, sich nie wieder freiwillig über die Knie des Vaters zu legen und wollte auch nie wieder darauf sitzen.


Der Vater war der Meinung, dass man ein Schulkind strenger erziehen muss als eines, das noch in den Kindergarten geht. Es soll schließlich etwas werden aus dem Kind. Und zuerst muss es lernen, sich einzufügen und unterzuordnen.

Obwohl sich Susi in der Schule langweilte, gefiel es ihr dort erheblich besser als im Kindergarten. Sie durfte am Morgen allein zur Schule laufen und nach dem Unterricht mit den anderen Kindern in den Schulhort. Dort gab es Mittag, das sie nicht wie im Kindergarten aufessen musste. Anschließend durfte sie Hausaufgaben machen und danach draußen spielen.

Im Unterricht langweilte sich Susi oft, weil die Lehrerin die meisten Dinge immer und immer wieder erzählte. Sie hielt es kaum auf ihrer Bank aus, weil sie immer schrecklich warten musste, bis endlich alle Kinder mit ihren Aufgaben fertig waren.

Lesen machte Susi besonderen Spaß, weil man aus Buchstaben Worte und aus Worten ganze Sätze formen konnte. Susi kannte noch nicht alle Buchstaben, aber sie versuchte, alles zu lesen: die Zeitung des Vaters und sein dickes Lexikon, die Zeitschrift der Mutter und die Romanheftchen der Oma. Alles. Nur in der Schule durfte sie nicht mehr aus dem Lesebuch vorlesen, weil sie so schnell las, dass die Lehrerin glaubte, sie habe den Text auswendig gelernt. Dafür gab es wieder einen Eintrag in ihr Heft, das sie den Eltern zeigen musste.

Eines Tages verkündete die Lehrerin:

„Susanne, jetzt darfst du ganz viel auswendig lernen. Wir üben ein Theaterstück ein, das wir euren Eltern zum Adventsfest vorführen. Und unsere ungeduldige kleine Susanne wird die Hauptrolle spielen."

Susi sprang begeistert von ihrer Bank auf.

„Aber nur, wenn sich Susanne ordentlich benimmt", schränkte die Lehrerin ein und sah Susi streng an.

1961. Susi ging nun in die zweite Klasse. Zu Beginn des neuen Schuljahres wurden alle Kinder geröntgt. Das tat nicht weh. Vier Wochen später fuhr die Mutter mit Susi in die Stadt. Sie sollte noch einmal geröntgt werden, weil die Aufnahme nicht gelungen war. Vielleicht war Susis langer Pferdeschwanz unbemerkt herabgerutscht und hatte das Bild verdorben. Darüber dachte Susi nicht weiter nach.

Sie war in Gedanken bei einem ganz besonderen Theaterstück, das die Schüler der älteren Klassen und sogar einige Lehrer einübten. Es sollte im November zum Schulfest in der großen Aula allen Schülern und deren Eltern vorgeführt werden. Susi war das einzige Kind aus der Unterstufe, und da sie so besonders klein war, fiel sie auch besonders auf zwischen all den großen Kindern und

Lehrern. Susi spielte das freche Teufelchen Lausespatz, das ständig Schabernack trieb und alles durcheinander brachte. Das war genau nach ihrem Geschmack.

Am Freitag vor dem ersten Advent fand die große Generalprobe statt, die sich sämtliche Kinder der Schule anschauten. Die Schauspieler trugen ihre Kostüme, Susi ein knallrotes Kleidchen, zwei rote Teufelshörner leuchteten aus ihrem langen dunklen Locken wie eine Krone und auf dem Rücken trug sie zwei kleine schwarze Flügel. Die kleinen Zuschauer lachten manchmal so laut über die Dummheiten des Teufelchens, dass das Stück manchmal unterbrochen werden musste.

Samstag Abend war die riesige Aula bis auf den letzten Platz mit Eltern und Lehrern besetzt. Susi hüpfte aufgeregt hin und her, als endlich das Licht im Saal ausging und sie über die hell erleuchtete Bühne springen durfte. Den Eltern gefiel das Theaterstück so gut, dass sie manchmal mitten in einer Szene applaudierten und besonders lange am Schluss. Am lautesten klatschte das Publikum, als die kleine Susi ganz allein auf der Bühne stand und sich artig verbeugte. Susi freute sich sehr und lief stolz zu ihren Eltern. Die Leute drehte sich zu Susi um, die immer noch ihr Lausespatz-Kostüm trug und riefen laut: „Bravo!"

Doch die Mutter lachte nicht wie die anderen Leute. Sie sprach sehr ernst mit der Lehrerin und beide weinten. Die Lehrerin wünschte Susi alles Gute, weil sie sich nun nicht mehr sehen. Fragend schaute Susi ihre Mutter an.

„Du darfst nicht mehr zur Schule."

„Warum?"

„Weil du krank bist."

Das verstand Susi nicht. Ihr tat überhaupt nichts weh. Trotzdem musste sie ab sofort den ganzen Tag auf dem Sofa liegen und durfte nicht einmal hinaus zu den anderen Kindern. Susi las Bücher und spielte mit Anziehpuppen aus Papier, aber sie spielte immer nur allein. Ihre Freundin kam nicht zu Besuch und die Geschwister tobten fröhlich im Kinderzimmer. Für Susi war die Schule zwar langweilig, aber so allein daheim auf dem Sofa war es noch viel langweiliger.

Zwei Tage vor Weihnachten schmückte die Mutter den Baum.

„Aber Mutti, das ist doch zu früh!", wunderte sich Susi.

„Komm, meine Große, du darfst mir helfen und das Lametta aufhängen."

Susi strahlte, denn es war das erste Mal, dass sie den Baum mit schmücken durfte.

Am Abend kamen beide Omas zu Besuch und

sie sangen gemeinsam mit Susi, ihren Eltern und Geschwistern Weihnachtslieder. Dann brachte der Vater einen großen Sack und stellte ihn mitten in die Stube.

„Der Knecht Ruprecht hat den Sack in unserem Schuppen abgestellt, weil doch erst übermorgen Weihnachten ist."

Susi wunderte sich. Aber dann freute sie sich, weil sie alle Päckchen aus dem Sack herausholen und die Namen, die darauf standen, vorlesen durfte. Der kleine Bruder bekam eine Eisenbahn aus Holz, die Schwester einen Herd für ihre Puppen und Susi packte eine wunderschöne Puppe aus. Sie hatte lange braune Zöpfe wie Susi, große blaue Kulleraugen und trug ein leuchtend rotes Dirndl, in dem sie aussah wie Rotkäppchen. Susi drückte die Puppe an sich und rief: „Sie heißt Cornelia."


Am nächsten Morgen nahm die Mutter Susi in die eine und einen Koffer in die andere Hand und ging mit ihr zum Bahnhof. In der Stadt stiegen sie in einen anderen Zug und liefen dann lange bis zu einem großen Haus. Susi wusste gleich, so sah ein Kinderheim aus.

„Susi, meine Große, du musst jetzt hier in der Heilstätte bleiben, bis deine Lunge wieder gesund ist."

Die Mutter führte Susi in ein Zimmer, wo eine

Frau in weißem Kittel saß. Die Frau ging mit der Mutter aus dem Raum, Susi blieb allein und hatte plötzlich Angst. Sie zählte viele Male bis hundert, bevor die Frau zurück kam - ohne die Mutter.

„Setz dich hierher!", bestimmte die Frau streng. Dann nahm sie einen dünnen Schlauch und band ihn fest um Susis Oberarm.

„Au! Das tut weh."

„Sei still und mache eine Faust!"

Die Frau nahm eine Spritze in die Hand und stach mit einer großen Nadel in Susis Armbeuge. Das tat furchtbar weh. Die Frau setzte die Nadel mehrmals und an verschiedenen Stellen an, ehe sie schließlich auf Susis Handrücken eine Ader fand, aus der sie Blut für ein kleines Röhrchen ziehen konnte. Susi war so starr vor Angst, dass sie nicht weinen konnte. Dann schob die Frau sie vor einen Kasten.

„Blase dort hinein!"

Susi setzte gehorsam ihren Mund an ein Mundstück, obwohl sie sich sehr ekelte, und blies hinein. Aber es schien ihr, als würde ihr die Luft genommen von einem beißenden Rauch, der in dem Kasten steckte. Die Frau drückte mit ihrer Hand fest gegen Susis Hinterkopf, so konnte sie nicht ausweichen.

Die Frau ging aus dem Zimmer und winkte Susi, ihr zu folgen. Sie schob sie in einen

Raum, in dem vier Betten standen. Aus drei Betten schauten stumm blasse Kinderköpfe. Susi begriff, dass das leere Bett ab jetzt ihr Bett sein sollte. Auf der Decke lag ein Nachthemd. Also zog Susi ihre Kleider aus und das Nachthemd an. Die Kinder schauten ihr dabei stumm zu.

Eine Krankenschwester holte Susis Kleider. Sie lächelte freundlich und sagte: „Ich habe noch etwas für dich", und hielt Puppe Cornelia im Arm. Susis umarmte Cornelia und drückte sie fest an sich. Nun hatte sie etwas ganz für sich, etwas, das sie lieb hatte und das ihr nicht weh tat.

Später sagte man Susi, dass sie eine offene Lungen-Tuberkulose hätte und dass dies eine ansteckende, schlimme Krankheit sei. Darüber erschrak sie im ersten Moment, aber sie glaubte es nicht, weil ihr nichts weh tat. Sie fühlte sich wie immer. Nur eben viel trauriger als sonst, weil sie den ganzen Tag im Bett liegen musste und nicht einmal spielen durfte. Sie vermutete, dass man sie als Strafe für ihr vorlautes Verhalten in dieses Heim gesperrt hatte. Am Ende glaubten alle, sie sei so frech wie das kleine Teufelchen Lausespatz aus dem Theaterstück. Außerdem hatte die Mutter schon immer gesagt, dass sie ins Heim müsse. Und nun war sie im Heim. Ganz allein. Ohne die

Eltern. Ohne die Geschwister. Ohne Freunde.

Jeden Morgen gab es Haferschleim zum Frühstück, zum Mittag Fleisch mit Kartoffeln und Gemüse, zum Abend Schnitten mit Butter und Wurst. Susi ekelte sich vor dem Haferschleim, in dem dicke Klümpchen schwammen, die ihr Brechreiz verursachten. Sie ekelte sich auch vor Butter und Wurst. Aber es war streng verboten, das Brot nur trocken zu essen. Einmal in der Woche gab es Flecke. Schon vom süßsauren Geruch kam Susi die Galle hoch. Aber es half nichts, sie musste immer ALLES aufessen. Und zu jeder Mahlzeit gab es viele Tabletten zu schlucken, darunter recht große, die ihr im Hals stecken blieben, was die Schwestern wütend machte. Sie blieben neben Susi stehen, hielten die Backen fest im Griff und drückten das Kinn nach oben und den Kopf nach hinten – so dass Susi nicht anders konnte als zu schlucken. Außerdem musste sie jeden Tag ein kleines Glas furchtbar bitterer Medizin austrinken.

Dienstags gab es kein Frühstück, denn an jedem Dienstag Vormittag wurde Blut abge- nommen, Susi hatte bald völlig zerstochene Arme und Handgelenke.

Ein halbes Jahr lang lag Susi von morgens bis abends und natürlich auch nachts nur im Bett, las Bücher, schrieb Briefe und konnte ihren ganzen Kummer nur ihrer Puppe Cornelia erzählen. Die Mutter schickte ihr viele Briefe, manchmal lagen Bilder dabei, die die Geschwister gemalt hatten, manchmal lustige Abziehbilder oder Anziehpuppen aus Papier zum Ausschneiden und Basteln. Auch die Schwester konnte inzwischen schreiben und der kleine Bruder krakelte das Wort Susi auf jeden Brief.

Eines Tages brachte man Susi einen Trainingsanzug. Verwundert zog sie ihn an. Eine Krankenschwester führte sie in einen großen Speiseraum, der voller Kinder war. Alle saßen still auf ihren Plätzen und löffelten ihren Haferschleim.

„Susanne, das hier ist jetzt dein Platz."

Die Schwester zog einen Stuhl zurück und Susi setzte sich darauf. Irgendwie schmeckte der Haferschleim nicht mehr ganz so furchtbar wie während des letzten halben Jahres, als sie ihn täglich in ihrem Bett essen musste und außer den Schwestern nur die drei schweigsamen Mädchen in ihrem Zimmer sehen durfte.

Hier im Speisesaal saßen mehr als 40 Kinder, ganz kleine von etwa zwei Jahren bis zu solchen, die fast schon erwachsen waren. Susi hatte gar nicht gewusst, dass es im Haus so viele Kinder gibt. Das lag wohl daran, dass sich alle Kinder so still verhielten. Keines sprach oder rief etwas oder rannte umher. Susi fand das unheimlich. Trotzdem freute sie sich, jetzt so viel Gesellschaft zu haben. Außerdem war es nun etwas leichter, die eine oder andere Tablette oder ein Stück Fleisch in der Tasche verschwinden zu lassen, ohne dass eine der Schwestern es bemerkte.

Das Allerschönste war, dass sie ab jetzt jeden Tag mit anderen Kindern eine Stunde draußen spazieren gehen durfte. Es gab einen Wald mit einem See, über den lustig bunte Libellen schwirrten. Aber Susi durfte nicht allein herumlaufen und auch nicht rennen. Einmal hatte sie sich versteckt und heimlich nach dem Ausgang gesucht. Aber rings um den Wald gab es einen hohen Zaun. Und das einzigen Tor, das Susi finden konnte, war geschlossen und davor saß ein Pförtner. Es war unmöglich, unbemerkt an ihm vorbei zu kommen, und der Zaun war viel zu hoch für die kleine Susi.

Sie war glücklich darüber, nun zweimal in der Woche eine halbe Stunde schreiben und eine halbe Stunde rechnen durfte. Das war aller-dings kein richtiger Unterricht, denn meist erzählte der Lehrer nur lustige Geschichten und ließ die Kinder einfach malen.

Vor dem Mittag und nach dem Mittag lagen alle Kinder unter einem Dach draußen an der frischen Luft auf Klappbetten. Das viele Liegen war Susi gewöhnt. Jetzt im Sommer brauchten die Kinder nur leichte Felddecken. Der Herbst brachte kalten Wind mit. Nun wurden die Kinder ganz fest mit Riemen in dicke Decken geschnürt, so dass sie kaum die Finger bewegen konnten. Das verursachte schlimme Panik. Doch lautes Schreien hätte nur Ärger gebracht, also weinte sie nur still vor sich hin.

Nachdem Susi nun nicht mehr den ganzen Tag in ihrem Zimmer liegen musste, durften die Eltern ihr Kind zum ersten Mal besuchen. Susi freute sich sehr, aber sie schaute nur betreten auf den Boden. Sie wusste nicht, ob sie der Mutter um den Hals fallen durfte. Außerdem hätte sie dann sicher angefangen zu weinen und wäre nicht in der Lage gewesen, die Mutter wieder loszulassen.

„Komm, Große, wir haben zwei Stunden Zeit. Zeig uns den Wald, ja?"

Susi war froh, so eine schöne Aufgabe zu bekommen und zeigte den Eltern die Bank am See, wo man die Libellen beobachten konnte. Die Mutter holte ein Kartenspiel mit lustigen Bilderrätseln aus der Tasche und der Vater schälte eine Orange. So etwas Leckeres hatte Susi schon lange nicht mehr gegessen und sie schaute ihre Eltern glücklich an.

„Wir dürfen dich nun aller acht Wochen

besuchen", verkündete der Vater.

Susi freute sich, obwohl ihr acht Wochen furchtbar lang vorkamen. Und sie befürchtete, dass sie wohl für immer in diesem Heim bleiben muss. Aber im Moment konnte sie sich nicht darüber ärgern, weil sie so unendlich froh darüber war, ihre Eltern zu sehen.

Drei Monate später bekam Susi keinen Haferschleim zum Frühstück. Das bedeutete gewöhnlich Blut abnehmen, aber es war kein Dienstag. Man brachte sie mit vier anderen Kindern in einem Auto in ein Krankenhaus in eine andere Stadt zu einer Bronchioskopie. Susi wusste nicht, was das ist. Ein größeres Mädchen erklärte ihr, dass der Onkel Doktor ihr einen Spiegel in den Hals steckt und damit in die Lunge schaut. Susi glaubte ihr nicht. Außerdem tat es bestimmt schrecklich weh, wenn der Spiegel durch den Hals geschoben wird.

Susi lag auf einem Tisch. Um sie herum standen drei Männer und zwei Frauen in weißen Kitteln. Da bekam sie große Angst. Eine Frau hielt Susi fest, ein Mann stach mit einer Nadel erst in ihren Arm und dann in ihre Hand, ein anderer stülpte ihr ein entsetzlich stinkendes Sieb über die Nase. Susi wurde übel. Sie hörte die Stimmen um sich herum erst lauter, dann schallten sie. Dann hörte sie nichts mehr.

Als Susi wieder wach wurde, musste sie brechen. Neben ihrem Mund stand eine Schale, wo das Erbrochene hineinlief, jedenfalls fast alles. Aufrichten konnte sich Susi nicht. Sie fühlte sich schwach und konnte sich nicht bewegen, das linke Bein und der rechte Arm waren am Bett festgebunden.

Susi war nun ein ganzes Jahr in der Heilstätte. Drei Tage vor dem Weihnachtsfest musste sich Susi nicht wie alle Kinder auf die Pritsche im Freiluft-Schlafsaal legen.

„Susanne, ziehe dir diese Sachen an!", ordnete eine Krankenschwester an. Susi erkannte ihre Hose und den Pullover, Sachen, die sie damals vor einem Jahr anhatte, als sie mit ihrer Mutter in die Heilstätte kam. Susi war enttäuscht, dass die Hose noch so gut passte. Offenbar war sie überhaupt nicht gewachsen. Die Kranken-schwester öffnete eine Tür, fasste Susi an die Schulter und schob sie in ein Zimmer. Dort saß zu ihrer riesengroßen Überraschung ihre Mutter. Neben ihr stand Susis Koffer, auf der die Puppe Cornelia lag.

„Du kommst jetzt mit nach Hause", bestimmte die Mutter. Sie reichte Susi ihren Mantel und die Puppe, nahm sie an die Hand, in die andere den Koffer und ging mit ihr aus dem Zimmer, aus dem Haus, am Pförtner vorbei durch das große Tor.

Erst dort kauerte sich die Mutter hin, stellte den Koffer in den Schnee und nahm ihr Mädchen in die Arme. Susi machte sich ganz steif. Berührungen war sie nicht mehr gewöhnt, und in den Armen der Mutter fühlte sie sich eingeschnürt wie in diesen engen Decken.

„Habe ich jetzt Weihnachtsferien?", wollte Susi wissen.

Die Mutter schüttelte den Kopf.

„Nein, meine Große, du bleibst jetzt für immer zu Hause und musst nie wieder in die Heilstätte."

„Bin ich denn gesund?"

„Ja, das bist du. Offenbar warst du nie krank, das hat mir der Chefarzt gesagt. Ich musste ein Papier unterschreiben, dass ich das niemandem verrate. Sonst hätte ich dich nicht mitnehmen dürfen."

Susi verstand kein Wort, aber sie dachte nicht weiter darüber nach. Sie war so glücklich, dass sie nicht wieder ins Heim musste, sondern für immer mit nach Hause durfte. Sie wusste noch ganz genau, wie es daheim aussah. Sie wohnten im Erdgeschoss eines zweistöckigen Hauses. Man betrat zuerst einen kleinen Flur, der eine Garderobe und vier Türen hatte, die in die Stube, die Küche, die Toilette und das

Schlafzimmer der Eltern führten. Dahinter war das Kinderzimmer für sie und ihre Geschwister. Auf die Geschwister freute sich Susi ganz besonders.

Die Mutter schloss die Wohnungstür auf. Susi wich erschrocken zurück. Wenn sie einen Schritt in den Flur machte, trat sie gegen die Garderobe. Die Mutter schob ihr Mädchen durch die Tür und gleich ein wenig zur Seite, damit auch sie in den Flur treten konnte. Den Koffer setzte sie im Schlafzimmer ab. Dann streichelte sie Susi sanft über die Wange und zupfte dabei einige Locken aus dem Gesicht.

In diesem Moment schlug die Tür auf und zwei unbekannte große Kinder stürmten herein. Sie waren von oben bis unten voller Schnee, sogar auf den Pudelmützen, und stürzten sich auf Susi. Sie erschrak, wich zurück und stolperte über Schuhe. Der Junge lachte.

„Susi! Susi!", schrien die beiden Kinder.

Susi hielt sich die Ohren zu. Ihr schien, als habe sie noch nie zuvor so laute Stimmen gehört. Das fremde Mädchen schlang beide Arme um sir und drückte sie fest an sich. Susi bekam Angst.

„Lasst unsere Susi doch erst einmal Luft holen", ermahnte die Mutter lachend. Sie spürte, dass Susi ihre Geschwister gar nicht erkannte. Beide waren mehr als einen ganzen Kopf größer als ihre große Schwester.

Auf dem Flurboden wurde der Schnee zu einer schmutzigen Pfütze. Die Mutter stand dabei und wischte diese eklige Pfütze nicht weg, stattdessen lachte sie noch immer. Susi lachte nicht.

„Mir ist hier alles zu eng. Mir gefällt das nicht."

Susi drückte ihre Puppe Cornelia an sich und setzte sich still auf einen Stuhl. Die Geschwister merkten, dass sich Susi gar nicht so über das Wiedersehen freute wie sie selbst und dass sie ganz offensichtlich nicht mit hinaus in den Schnee kommen würde. Sie drehten sich um und knallten die Tür hinter sich zu.

Nun weinte Susi. Auch ihre Mutter weinte.

Seit der Bronchioskopie wollte Susi nicht mehr schlafen. Der Moment kurz vor dem Einschlafen machte ihr Angst. Sie war nicht mehr wach und schlief noch nicht, fühlte sich wie betäubt, wie in einer Zwischenwelt. Es war ihr sehr unangenehm, wenn sie spürte, wie ihre Sinne schwanden. Sie öffnete sofort ihre Augen, schaltete das Nachtlicht an und griff zu einem Buch wie zu einem Rettungsanker. Sie musste lesen, ihre Gedanken auf eine fremde Geschichte lenken und sich wach halten. Meist schlief sie erst weit nach Mitternacht mit dem

Gesicht auf ihrem Buch ein.

„Du darfst noch nicht in die Schule, Susi. Du musst dich erst erholen", erklärte die Mutter.

„Aber wir machen einen schönen Urlaub mit dir", ergänzte der Vater. „Zuerst fünf Tage mit mir und dann fünf Tage mit deiner Mutti."

Und so verbrachte Susi fünf wunderschöne Tage mit ihrem Vater im Erzgebirge, wo sie viel durch die Wälder wanderten, Pferde auf der Weide fütterten und jeden Tag etwas anderes erlebten.

Danach war Susi fünf Tage mit der Mutter im gleichen Ferienhaus und verlebte eine ganz andere Art Urlaub. Sie liefen nicht in den Wald, sondern auf der Straße entlang zum nächsten Ort, um eine Zeitschrift oder ein Buch oder eine Haarspange zu kaufen oder Kuchen mit Schlagsahne zu essen. Am Abend saß die Mutter mit anderen Frauen zusammen, spielte mit ihnen Canasta, während Susi in ihrem Bett lag und zufrieden in ihren Büchern las.

Bis nach den Winterferien im Februar musste Susi daheim bleiben. In dieser Zeit kam die Lehrerin jede Woche und brachte die Hausaufgaben, so dass Susi schreiben und rechnen üben konnte. Susi hatte den gesamten Lehrstoff des vergangenen Jahres versäumt, aber alles in diesen zwei Monaten aufgeholt.

Dann endlich durfte sie wieder in die Schule zu den anderen Kindern. Alles war wie immer und doch war alles ganz anders.

„Warum hast du mich nie besucht?", wollte Susi von ihrer Freundin Steffi wissen.

„Ich durfte nicht. Ich darf überhaupt nicht mehr mit dir spielen, weil du krank bist und mich ansteckst."

„Aber ich bin doch wieder gesund."

„Bist du nicht. Deine Mutter hat dich einfach nach Hause geholt. Und nun steckst du uns alle mit deiner Krankheit an."

Auch Susis Freund Peter wollte nicht mehr mit ihr spielen.

„Geh weg!", schrie er und boxte Susi in den Bauch. Ihr blieb sofort die Luft weg. Sie krümmte sich und hielt sich mit beiden Armen den schmerzenden Bauch. Als sie wieder atmen konnte, rannte sie mit voller Wucht gegen den viel größeren Jungen und hämmerte so fest sie konnte auf ihn ein. So schnell, dass er nicht dazu kam, sich zu wehren. Von diesem Tag an war nie wieder ein Kind gewalttätig gegen Susi und auch nicht mehr gemein mit Worten.

Die Freizeit verbrachte Susi ab sofort allein. Ihre neuen Freunde waren ihre Bücher.

Ein Jahr später durfte die Familie in die

Wohnung umziehen, in der früher die Oma wohnte. Die Oma erhielt vom Wohnungsamt einen Raum in einer kleinen Zwei-Zimmer-Wohnung zugewiesen, wo sie sich das Außenklo mit einer anderen Frau teilte. Eine Küche gab es nicht, nur zwei Kochplatten in der Wohn-Schlaf-Stube.

Susis Familie freute sich besonders über die wunderbar große Wohnküche. Der Vater kaufte einen Gasherd und holte das Gas in Flaschen jede zweite Woche von einer Sammelstelle ab. Nun musste die Mutter nicht mehr den Herd anheizen, wenn sie am Wochenende kochen wollte. Außerdem zog der Vater in den großen Vorsaal eine Wand ein und verband diesen Raum mit dem Klo. So entstand ein richtiges Bad mit Wanne und einem Kessel, in dem man das Badewasser und den ganzen Raum heizen konnte. Susi bezog mit ihrer Schwester die Bodenkammer. Das Bett für den Bruder fand gerade so Platz in einer winzigen Abstelle. Nun verbrachte Susi viel Zeit in ihrem neuen Zimmer. Sie konnte stundenlang völlig ungestört lesen, weil ihre Geschwister sich lieber bei Freunden aufhielten und die Eltern höchst selten die vielen steilen Treppen bis hinauf zum Boden kletterten.

## Susi und ihre Familie

Im Sommer 1955 wurde Susis Schwester geboren. Sie war genau ein Jahr und einen Monat jünger als Susi. Ein weiteres Jahr und einen weiteren Monat später kam der kleine Bruder zur Welt. Die Schwester hieß Ute, der Bruder Uwe. Susi fand das seltsam, weil man die beiden Namen kaum auseinander halten konnte, sie klangen so ähnlich und meist schauten die Geschwister gleichzeitig auf, wenn die Mutter sie rief. Deshalb erfand die Mutter Kosenamen und nannte die Schwester Resl und den Bruder Seppl. Nun endeten beide Namen auf einem kurzen L hinter einem Mitlaut und wurden auf einem E betont, also ebenfalls ein recht ähnlicher Klang. Immerhin klingt das E erheblich freundlicher als das U. Susi mochte den Buchstaben U nicht, er wirkte auf sie unangenehm. Deshalb mochte es Susi nicht, wenn sie *Suuusi* gerufen wurde. Die Oma rief Sanne oder Sannchen, das klang freundlicher und gefiel ihr viel besser.

Susi interessierte sich sehr für Namen und ihre Bedeutung. Sie hatte herausgefunden, dass Susanne *Lilie* bedeutete. Lilie – das war eine ungewöhnlich schöne Blume. Susi wusste das aus Vaters Gartenbuch und schaute sich die vielen Fotos von Lilien an. Es gab unzählig viele verschiedene Sorten Lilien. Manche wuchsen höher als Susi groß war, manche Blüten sahen wie ein Turban aus dem Märchenbuch aus, manche wie der Trichter von Vaters Posaune, andere erinnerten an Omas Staubwedel.

„Haben wir Lilien in unserem Garten?", fragte Susi den Vater.

„Ja, diese kleinen dunkelblauen."

Der Vater tippte mit seinem Finger auf das Foto.

Susi hüpfte vor Begeisterung hin und her und rief: „Ich will ganz viele Lilien im Garten haben."

Der Vater lachte. Dann nahm er Susi an die Hand und ging mit ihr in die Gärtnerei. Dort suchte er viele verschiedene Lilienzwiebeln aus und pflanzte sie daheim zusammen mit mit seiner Tochter in den Garten, wohin am Morgen die Sonne scheint und die Lilien sich wohl fühlten. Susi war mit ihrem Lilien-Namen hochzufrieden.

Die Namen Ute und Uwe standen für Besitz oder Erbe, damit konnte Susi nichts anfangen, die Geschwister schon eher. Sie achteten jedenfalls besser auf ihre Sachen als Susi. Ute und Uwe waren sich so ähnlich wie ihre Namen und ganz anders als Susi.

Susi war klein und zierlich, ihre Geschwister eher groß und kräftig. Als sie in die Schule kam, waren alle drei Geschwister gleich groß, nach dem Jahr in der Heilstätte überragten Ute und Uwe ihre ältere Schwester um mehr als einen ganzen Kopf.

Susi hatte dunkle graublaue Augen, die Augen von Ute und Uwe waren hellblau, fast durchsichtig wie stark verdünnte Wasserfarbe.

Und sie hatte dunkelbraune Locken, Ute glatte blonde Haare, Uwe rote. Dass sie so verschieden bunte Haare hatten fand sie sehr lustig.

Die Schwester spielte am liebsten mit Puppen, zog sie an und aus und fuhr sie in einem Wagen spazieren. Als sie älter wurde, passte Ute auf Babys und kleine Kinder in der Nachbarschaft auf und erlernte später wie die Mutter den Beruf einer Kindergärtnerin.

Der Bruder baute gern Türme aus Bausteinen und tobte am liebsten draußen um die Häuser. Uwe wurde Maurer.

Susi saß am liebsten in einer ruhigen Ecke im Zimmer, auf einer Wiese oder im Wald und las in einem Buch. Wenn sie gefragt wurde, was sie sich zum Geburtstag oder zu Weihnachten wünscht, antwortete sie immer: „Ich möchte ein neues Buch."

Ute las nicht so gern. Sie mochte es lieber,

wenn Susi ihr am Abend im Bett etwas vorlas. Leider schlief sie meist dabei ein, was Susi so heftig ärgerte, dass sie ihren Hausschuh hinüber ins Bett der Schwester warf. Einmal traf sie Ute derartig böse am Auge, dass es blau wurde.

„Du bist zu unbeherrscht", schimpfte der Vater. Dann schlug er Susi zur Strafe ins Gesicht.

„Selbst unbeherrscht!", schrie Susi.

Für diese Bemerkung bekam sie noch einmal eine schallende Ohrfeige.


Susi steckte die vielen unkontrollierten Schläge der Mutter leichter weg als die einzeln abgezählten Strafhiebe des Vaters. Sie hasste ihn für diese Kälte.

„Dieser böse Mann kann unmöglich mein Vater sein", beklagte sich Susi bei der Mutter.

Das kränkte die Mutter und sie wurde wütend. Sie nahm den Feuerhaken von der Wand und haute damit auf die Arme und den Rücken ihrer Tochter. Susi wich zwar geschickt aus, trotzdem hatte sie viele Tage lang blau-bunte Flecken auf ihrem Rücken, an Armen und sogar Beinen.

Ute machte ihren Eltern keinen Ärger und bekam deshalb auch keine Schläge.

„Ich bin eben die gute Ute und du nur die dumme Suuuse", stichelte sie gern. „Außerdem bin ich die Goldmarie, weil ich goldene Haare habe und du bist die Pechmarie."

Ute fragte nicht ständig *warum* wie Susi.

„Du sollst nicht dauernd *warum* fragen, sondern machen, was die Erwachsenen sagen!", schimpften die Eltern und die Lehrer.

Der Vater ergänzte: „Du sollst nur reden, wenn du gefragt wirst!"

„Ich verstehe nicht, warum mich niemand versteht", beklagte sich Susi bei der Oma.

„Ich verstehe das sehr wohl. Du stellst viele Fragen, aber die Leute glauben dir nicht, dass du fragst, weil du etwas wissen willst. Sie glauben, dass du ihnen nicht glaubst. Deshalb reagieren sie so wütend auf deine Fragen."

„Alles, was ich sage, ist falsch."

„Weil du alles aussprichst. Das mögen die Leute nicht. Die Leute wollen nicht, dass du alles sagst. Sie wollen auch nicht, dass du die Wahrheit sagst. Sie wollen nur, dass du ihnen zustimmst."

„Das verstehe ich nicht."

„Ich weiß, Sannchen. Und ich weiß, dass dir das noch viel Kummer machen wird."

Auch wenn Susi nicht alles verstand, was die Oma sagte, fühlte sie sich trotzdem von ihrer Oma verstanden und getröstet.

Susis Mutter hieß Jutta. Jutta bedeutet *die Gepriesene*. Das passte gut, denn die Mutter sah ihr gesamtes Umfeld vor allem als ihr Publikum, das sie bewundern sollte. Sobald die Mutter nicht im Mittelpunkt stand, wurde sie sehr schnell sehr wütend. Sie war überhaupt recht launisch Sie sang und lachte gern, konnte aber ganz plötzlich in Tränen ausbrechen oder in einem Wutanfall blind um sich schlagen.

Die Mutter hatte eine Weiterbildung zur Lehrerin absolviert und unterrichtete in der Stadt Kinder bis zur vierten Klasse im Fach Deutsch.

„Eure Mutter ist jetzt eine feine Stadtdame", erklärte der Vater. „Sie sitzt gern in Cafés, geht gern einkaufen und mag alles, was glitzert."

Sie kam selten vor 19 Uhr mit dem letzten Bus aus der Stadt nach Hause und erwartete, dass der Abendbrottisch gedeckt und alle daheim waren. Sobald alle am Tisch saßen, erzählte die Mutter von sich und ihren Erlebnissen. Sie erzählte sehr spannend und konnte aus der kleinsten Begebenheit eine wunderbare Geschichte machen, allerdings auf Kosten der Wahrheit. Susi wusste nie, welcher Teil der Geschichte wahr und welcher frei erfunden war, zumal die Mutter die Geschichten ständig veränderte. Meist stand der Vater einfach auf, wenn er satt war, er mochte dem Monolog nicht zuhören. Dann ärgerte sich die Mutter, schimpfte den Vater einen ungehobelten

Bauern und ließ ihren Zorn an ihren Kindern aus.

Sie mahnte: „Susi! Du isst alles auf, sonst hole ich dir Nachschlag. Ute, du hörst sofort auf zu schmatzen! Uwe, schlinge nicht alles so gierig hinunter!"

Die Kinder durften erst vom Tisch aufstehen, wenn alle mit dem Essen fertig waren und die Mutter es erlaubte.

Manchmal schleppte die Mutter Susi mit in ihre Schule zu einer Versammlung, das kleine Mädchen sollte dann mit einem Gedicht die Kollegen beeindrucken.

„Kannst du schon zählen?", fragten die Kollegen. Susi musste dann schüchtern nicken und durfte nicht verraten, dass sie schon zehn Jahre alt war und nicht erst fünf, wie sie mit ihren siebzehn Kilogramm Körpergewicht wirkte. Susi sagte gern Gedichte auf, das schien die Mutter zu wissen, denn gefragt hat sie ihr Kind nie.

Die Mutter schaute Susi beim Sprechen nie an, sie blickte immer irgendwo in den Raum, als ob sie der Wand etwas erzählte. Dann hätte Susi am liebsten geschrien: „Hier bin ich! Sieh mich an, wenn du mit mir redest!"

Aber das hätte nichts genützt, denn die Mutter überhörte jede Bemerkung, jeden Einwand. Sie sprach einfach weiter oder wurde böse: „Du sollst zuhören!"

Einmal fuhr Susi mit der Mutter auf dem Motorroller, sie wollten zusammen den Vater in der Kur besuchen. Auf der Heimfahrt bog die Mutter falsch ab und fuhr in die entgegengesetzte Richtung.

„Wir fahren falsch! Du musst wenden!", schrie Susi vom Rücksitz der Mutter ins Ohr.

Die Mutter reagierte nicht. Später tuckerte der Roller seltsam und blieb schließlich stehen.

„Vielleicht ist kein Benzin mehr im Tank", vermutete Susi. „Wir sind schon so lange unterwegs."

„Na und? Du bist still! Wenn ich falsch fahre, hast du den Mund zu halten und einfach mitzufahren."

Alle sagten, dass Susi ihrer Mutter sehr ähnlich sei. Darüber freute sich Susi, obwohl sie wusste, dass sich diese Ähnlichkeit nur auf die dunklen Haare und die Augen beschränkte. Ansonsten glich eher die Schwester der Mutter.

Der Vater hieß Horst, Horst bedeutet Wald oder Haus. Sein Haus war dem Vater sehr wichtig, ebenso sein Garten und seine Familie. Am meisten jedoch liebte der Vater die Musik und spielte leidenschaftlich gern Posaune. Susi faszinierte es, dass der Vater allein mit seinen

Lippen verschiedene Töne erzeugen und mit dem Zug die Höhen variieren konnte. Sie konnte nicht einmal pfeifen. Aber sie verstand es, dem Instrument einen leisen Ton zu entlocken, indem sie die Lippen nicht zu fest zusammenpresste, sie gegen das Mundstück drückte und pftt pftt machte.

Der Vater wollte immer in Bewegung sein. Er konnte nur still sitzen, wenn er die Zeitung las und manchmal dabei im Sessel kurz einschlief. Er kam jeden Tag pünktlich 15:30 Uhr von der Arbeit. Susi erwartete ihn oft mit einer Tasse Kaffee, manchmal lief sie ihm ein Stück entgegen.

Nach dem Vesper ging der Vater meist in seinen großen Garten, grub Erde um, pflanzte Gemüse oder erntete Obst. Bei der Ernte half Susi gern, aber zum Pflanzen und Jäten hatte sie keine Lust.

„Warum sitzt du nicht gemütlich im Liegestuhl wie die Mutti und sonnst dich?", wunderte sich Susi. „Dauernd wühlst du in der Erde."

„Wenn man ein Stück Land hat, dann hat man die Verantwortung dafür. Man muss sich darum kümmern, etwas aussähen, anpflanzen, düngen, ernten, es pflegen. Man kann es nicht einfach brach liegen lassen, das ist liederlich."

„Und warum hast du Land? Du hättest die viele Arbeit nicht, wenn du dich nicht um dein Land kümmern müsstest."

„Mir macht es eben Freude, etwas anzupflanzen und wachsen zu sehen."

„Ach so."

„Außerdem kenne ich es nicht anders. Daheim auf unserem Hof in Pommern mussten wir immer zuerst die Tiere versorgen, ehe wir uns an den Frühstückstisch setzen durften. Dann hatten wir einen weiten Fußmarsch zur Schule. Und am Nachmittag konnten wir nicht spielen, sondern mussten raus aufs Feld."

„Das hätte mir nicht gefallen", schlussfolgerte Susi.

Sie mochte den Garten nicht, weil er rundherum eingezäunt war und sie sich wie eingesperrt fühlte. Meist lief sie in den nahen Wald und spielte am Bach. Sie warf Stöckchen ins Wasser und schaute ihnen zu, wie sie fortschwammen.

Manchmal hatte der Vater nach der Arbeit Lust, ins Schwimmbad zu fahren oder Pilze zu sammeln. Dann lief Susi jubelnd zum Motorroller und freute sich auf den unverhofften Ausflug, denn sie durfte immer mit.

Nach dem Abendessen traf sich der Vater meist mit seinen Musikkollegen, um zu proben. Er hatte eine eigene Bläsergruppe und spielte außerdem in zwei weiteren Musikgruppen zum Tanz, auf Dorffesten und zu Beerdigungen.

Obendrein gehörte er zum großen Bergmanns-orchester und half manchmal im Orchester des Stadttheaters aus.

Fast jeder Sonntag war Wandertag für die ganze Familie. Der Vater schnitzte für seine Kinder Wanderstöcke mit lustigen Gesichtern und interessanten Zeichen. Die Eltern stimmten fröhliche Lieder an wie *Das Wandern ist des Müllers Lust*. Susi sang am liebsten einen Kanon. Sie fand es lustig, wenn alle nachein-ander mit der Melodie begannen und mochte besonders *Was müssen das für Bäume sein*. Und am allerschönsten war, wenn sich die Mutter neue Verse zu altbekannten Liedern ausdachte. Die Mutter verstand es, aus dem Stehgreif lustige Reime zu bilden, in denen die ganze Familie vorkam. Susi bewunderte das sehr und versuchte oft, dies nachzumachen, aber es gelang ihr nicht. Zum Mittag kehrten sie unterwegs in einem Gasthof ein. Dort musste Susi kein Fleisch essen, sie durfte Kartoffeln mit Soße wählen und war hochzufrieden.

An den Abenden spielte die Familie oft Karten oder ein lustiges Brettspiel wie *Mensch ärgere dich nicht*. Susi fand das ganz wunderbar, nur gefiel ihr gar nicht, wenn sie verlor. Das machte sie manchmal so wütend, dass sie die Karten oder Spielfiguren auf den Boden warf.

Ostern versteckte die Mutter nicht einfach ein Nest mit bunt gefärbten Eiern für jedes Kind. Sie versteckte Zettel mit lustigen Rätseln *Susi sucht bei ihrer Lieblingsspeise.* Nun musste Susi erst einmal erraten, dass sie am liebsten Makkaroni aß. Neben der Makkaroni-Dose lag ein buntes Osterei und ein weiterer Zettel mit einer neuen Aufgabe. Auf diese Weise waren die drei Geschwister den ganzen Vormittag beschäftigt bis sie zuletzt einen Osterhasen aus Schokolade fanden und der Osterkorb für jedes Kind prall gefüllt war.

Am ersten September bekam jedes Kind eine kleine mit Süßigkeiten gefüllte Zuckertüte zum Start in das neue Schuljahr.

Susis geliebte Oma hieß Martha. Martha bedeutet *Herrin, Gebieterin.* Susi fand, dass dieser Name wunderbar zu ihrer Oma passte. Susi liebte auch ihre andere Oma – die Mutter ihrer Mutter. Aber diese Oma wohnte so weit entfernt, dass sie nur während der Ferien besucht werden konnte. Diese Oma war sehr laut und sehr lustig. Wenn sie schallend loslachte, zuckten erst einmal alle Leute in ihrer Nähe zusammen, doch dann lachten alle mit. Diese Oma hieß Elfriede, Elfriede bedeutet *Naturgewalt.* Und das war Oma Elfriede wirklich, eine Naturgewalt.

Susi verbrachte ihre Ferien gern bei Oma Elfriede. Die Oma arbeitete tagsüber in einem Kinderkrankenhaus, aber nach Dienstschluss ging sie gern mit Susi im Tierpark spazieren oder Eis essen. Oft gingen sie ins Kino, am liebsten in lustige Filme, weil die Oma so gern lachte. Bei einer komische Szene mit Louis de Funés kreischte Oma Elfriede laut auf, klatschte in ihre Hände und erwischte mit einem derben Schlag den Schenkel ihres Sitznachbarn. Der Mann schrie empört: „He! Was soll das?"

Oma Elfriede brachte vor Lachen kein Wort heraus und konnte nicht um Entschuldigung bitten. Sie umarmte den Mann, zeigte mit der Hand auf die Leinwand, auf der Louis de Funés immer noch wild herumsprang, und lachte und lachte immer weiter. Es dauerte nicht lange und der Mann lachte einfach mit.

Ein anderes Mal schimpfte Oma Elfriede laut im Kino: „Es stinkt. Es ist empörend, dass sich die Leute so vergessen."

Die Oma vermutete, dass der Mann in der Reihe vor ihr ständig pupste. Plötzlich hörte die Oma auf zu schimpfen und schaute sich still den ganzen Rest des Filmes an. Nach der Vorstellung zerrte sie Susi eilig aus dem Kino- saal und rannte mit ihr in den Park nebenan. Dort lachte die Oma so laut, dass die Spaziergänger stehen blieben. Schließlich stellte sie ihre Tasche auf einer Parkbank ab und befahl: „Susi, riech mal!"

Susi hielt ihre Nase über die Tasche und fuhr entsetzt zurück. Aus der Tasche stank es ganz fürchterlich.

„Das ist mein Käse! Ich habe vergessen, ihn nach dem Einkauf auszupacken. Der Käse hat so gestunken im Kino und nicht der Mann vor mir."

Nun lachte auch Susi.


Oma Elfriede machte gern Geschenke. Am liebsten beschenkte sie ihre Tochter, sie war ihr einziges Kind. Wenn die Oma zu Weihnachten zu Besuch kam, hatte sie meist zwei riesengroße Koffer dabei und verkündete, dass sie mindestens vier Wochen bliebe. Aber die Koffer waren nicht voller Kleider, sondern voller Geschenke für die Mutter: ein Speiseservice mit Goldrand für 24 Personen oder Bettwäsche für die ganze Familie, die damals ein Vermögen kostete. Die Kinder bekamen immer Schokolade, der Vater bekam dagegen gar nichts. Ein einziges Mal hatte Oma Elfriede auch ein großes, aber recht leichtes Paket für den Vater.

„Pack es aus!", rief sie und lachte ihr lautes ansteckendes Lachen.

Der Vater knotete die Schnur auf, mit der die

große Kiste zugebunden war. Dann rollte er bedächtig die Schnur auf, er wollte sie später in seinen Schuppen tragen und weiter verwenden. Er wickelte vorsichtig das bunte Einschlag-papier ab, faltete es und legte es beiseite.

„Nun mach schon! Wir wollen sehen, was in der großen Kiste ist."

Sieben Schachteln musste der Vater öffnen. Jede war in Papier eingewickelt und mit einem Band verschnürt. Und sieben Mal hat der Vater das Papier säuberlich zusammengelegt und die Schnüre ordentlich aufgewickelt. Im allerletzten Papier befand sich eine Zigarre. Oma Elfriede lachte schallend. Sie schlug sich vor Freude auf ihre Schenkel und stieß die Kinder gegen die Schultern.

„Ist das nicht lustig?", wollte sie wissen.

„Sehr lustig", stimmte der Vater lächelnd zu, aber er lächelte nur mit dem Mund, seine Augen schauten ernst.

„Und jetzt kannst du dir die Zigarre anzünden!", bestimmte die Oma. „Du hast sie dir verdient."


## Susi und die Schule

Herbst 1964. Susi ging inzwischen in die fünfte Klasse und nach wie vor sehr gern zur Schule. Allerdings langweilte sie sich schnell, wenn die

Lehrer das gleiche erzählten wie am Tag zuvor.

„Aber das wissen wir längst! Das haben Sie bereits gestern erzählt", rief Susi empört.

Für ihre vorlauten Bemerkungen bekam Susi viele Einträge ins Klassenbuch. Auch dafür, dass sie oft ihre Hausaufgaben nicht vorzeigen konnte.

„Das ist keine Aufgabe, das ist langweiliges Wiederholen. Bei einer richtigen Aufgabe muss man überlegen, um eine Lösung zu finden", verteidigte sie sich.

Susis Eltern reagierten ganz verschieden auf die vielen Tadel, die ihre Tochter in der Schule erhielt.

„Du blamierst mich!", klagte die Mutter und weinte.

„Du bist ungehorsam!", tadelte der Vater.

Susi war froh, dass sich ihre Eltern ansonsten nicht um ihre Hausaufgaben kümmerten, denn es waren allein ihre Aufgaben und somit auch allein ihre Entscheidung, ob und wie sie diese erledigte.

Besonders wichtig für Susi war zu wissen, wofür man das brauchen konnte, was sie in der Schule lernen sollte. Wenn ihr dieser Sinn nicht von selbst einleuchtete, sprang sie von ihrer Bank auf und rief: „Warum muss man das wissen? Wozu ist das wichtig? Was kann man damit anfangen?"

Auf derartige Fragen bekam Susi höchst selten eine Antwort, meist nur einen weiteren Eintrag ins Klassenbuch und oft einen Brief mit nach Hause für die Eltern.

So kam es, dass Susi auf ihren Zeugnissen in Betragen, Ordnung, Fleiß und Mitarbeit dicke Vieren stehen hatte. Die Vier in Mitarbeit ärgerte sie besonders, weil sie ihrer Meinung nach sehr wohl mitarbeitete. Die Lehrer sahen das anders, sie empfanden Susis Art der Mitarbeit eher als Störung. Vor allem, wenn sich Susi wie wild meldete, dabei mit dem Finger schnipste und rief: „Ich weiß es!"

Susi wurde wütend, wenn der Lehrer die Antwort nicht von ihr, sondern von einem Schüler hören wollte, der sich gar nicht gemeldet hatte.

„Der hat sich gar nicht gemeldet", beschwerte sich Susi.

„Aber er ist aufmerksamer als du."

Damit hatte der Lehrer wohl Recht, denn Susi hörte nur so lange aufmerksam zu bis sie sich langweilte, weil sie das Thema nicht interessierte oder sich der Lehrer wiederholte. Dann schweiften ihre Gedanken ab und das sah man ihr sofort an. Susi gab sich keine Mühe, ihre Gedanken zu verbergen. Sie wusste gar nicht, wie man das macht.

Biologie mochte Susi überhaupt nicht. Das lag nicht am Fach, sondern am Lehrer, der mit leiser monotoner Stimme erzählte. Die meisten Kinder alberten herum oder dösten vor sich hin, was der Lehrer nicht zu bemerken schien. Das machte Susi so wütend, dass sie einmal einfach aufstand und hinaus auf den Hof ging. Das hat der Lehrer allerdings sehr wohl gemerkt und meldete den Vorfall dem Direktor. Der Direktor rief beim Fahnenappell, als alle Kinder der gesamten Schule im großen Schulhof antreten mussten, Susi zu sich nach vorn. Alle Schüler sollten sich das freche Mädchen anschauen, das keine Hausaufgaben macht und sogar unerlaubt die Schulstunde verlässt. Susi sollte sich schämen. Aber Susi schämte sich nicht, sie ärgerte sich. Sie war ganz rot vor Zorn, weil sie ihrer Meinung nach alles richtig gemacht hatte.

Susi erhielt in manchen Unterrichtsfächern eine Eins oder Zwei, in anderen wie in Biologie eine Vier. Susi war das völlig gleichgültig. Den Eltern allerdings nicht.

„Du musst gehorchen lernen!", bestimmte der Vater. „Du sollst nicht so viel fragen und nur reden, wenn du gefragt wirst."

„Nimm dir ein Beispiel an deiner Schwester Ute, die hat in Betragen und Fleiß immer eine Eins", empfahl die Mutter.

„Na und? Dafür bin ich in Deutsch und Mathe besser", entgegnete Susi trotzig.

„Deshalb freuen wir uns auch, wenn Ute eine Drei im Diktat bekommt. Würdest du eine Drei für einen Aufsatz bekommen, müssten wir dich dafür tadeln."

Das verstand Susi gut. Aber sie verstand nicht, dass die Eltern sie wegen einer schlechten Note in Ordnung und Betragen ausschimpften. Sie wollte eher getröstet werden, weil sie diese schlechte Bewertung als äußerst ungerecht empfand.

„Ab sofort darfst du erst zur Oma, wenn du deine Hausaufgaben gemacht hast."

Die Mutter beklagte sich bei der Oma, weil Susi nur über ihren Büchern hing und bis spät in die Nacht las.

„Es wäre besser, sie würde endlich lernen, selbst zu denken, anstatt immer nur zu lesen, was andere denken."

Die Oma lachte, dann schüttelte sie ihren Kopf: „Du glaubst, Susanne denkt nicht selbst? Dann verstehst du das Mädchen nicht."

„Nein, Susi denkt nicht, dafür ist sie viel zu ungeduldig", beharrte die Mutter.

„Ungeduldig ist das Mädchen wohl", stimmte die Oma zu. „Aber Susanne ist blitzgescheit und wie alle Menschen dieser Art hat sie nun mal keine Geduld."

Die Oma las keine Bücher. Sie schien ihr unendliches Wissen, das andere sich mühsam erarbeiten mussten, einfach aus der Luft zu greifen. Sie konnte außerdem wunderbar zuhören und Susi viele gute Ratschläge geben. „Sannchen, lernen ist wichtig. Wer nichts weiß, muss alles glauben. Aber nicht allein die Worte sind wichtig, die die Leute sagen. Es ist besser, in ihren Gesichtern zu lesen. Nimm dich in acht vor Leuten, bei denen das Mienenspiel nicht mit ihren Worten übereinstimmt!"

So gern Susi die Vormittage in der Schule verbrachte, so heftig wehrte sie sich gegen sämtliche Veranstaltungen am Nachmittag. Sie wollte weiter nichts, als in Ruhe ihre Bücher lesen. Darüber vergaß sie oft sogar ihre Aufgaben, die sie im Haushalt zu erfüllen hatte. Dazu gehörte vor allem der Abwasch. Sie tauchte ihre Hände in das heiße Spülwasser und angelte nach Tellern und Besteck. Dabei verwandelten sich ihre Finger in mutige Taucher und das Geschirr in Schiffbrüchige, das vor dem Ertrinken gerettet werden mussten. Die Zeit verging, der Vater kam manchmal schon von der Arbeit und Susi fischte noch immer im inzwischen kalten Wasser.
Oft schickte der Vater Susi hinaus auf die

Felder, um frisches Grün für seine Stallhasen zu pflücken, Bärenklau mochten sie besonders gern. Und Susi mochte diese Aufgabe sehr gern. Ostern und Weihnachten musste der kleine Bruder beim Schlachten eines Hasen helfen. Die Mutter bereitete den Festschmaus zu, aber sie wollte nichts von dem Braten essen. Susi brachte meist das Fell zur Sammelstelle und erhielt dafür ungefähr zwei Mark, die sie behalten durfte.

Während der Sommerferien musste Susi einige Wochen im Betriebsferienlager verbringen. Das gefiel ihr ganz und gar nicht. Sie hasste es, den Tag mit all den vielen Kindern bei einem gemeinsamen Morgenappell zu beginnen. Sie wollte nicht mit den entsetzlich vielen Kindern basteln und schon gar nicht mit ihnen in Schlafsälen übernachten oder gar an Sport-wettkämpfen teilnehmen.

Normalerweise mochte Susi Gesellschaft, aber sie entzog sich regelmäßig dem Gruppen-zwang. Außerdem verstand sie die albernen Späße der Kinder nicht, denn sie nahm alles und jeden ernst. Späße auf Kosten anderer machten sie sehr schnell sehr wütend.

Als Susi in die achte Klasse ging, wählten die Lehrer die Schüler aus, die auf der Erweiterten Oberschule in der Stadt ihr Abitur machen und damit später studieren durften. Susi war nicht dabei und ärgerte sich sehr darüber.

Sie musste also einen Beruf erlernen. Aber sie hatte überhaupt keine Vorstellung davon, was sie einmal machen könnte. Am liebsten wäre sie Lehrerin geworden, aber das war ihr wegen der angeblichen TBC-Erkrankung nicht erlaubt. Also blieben ihr nur die Bücher. Eine Arbeit in der Stadtbücherei schien ihr viel zu langweilig. Susi stellte sich vor, dass man in einer Bücherei den ganzen Tag nur Bücher in Regale sortiert und aufschreibt, wer welches Buch mitgenommen oder wiedergebracht hat. Sie fragte sich, ob Buchhändler mehr zu tun haben als Bücher zu verkaufen und nahm sich vor, in die Stadt zu fahren und in der Buchhandlung nachzufragen.

Da kam ein Lehrer in Susis Klasse und sagte: „Ich habe hier eine Liste mit allen Lehrstellen im gesamten Kreisgebiet. Ich weiß also ganz genau, wo ihr euch bewerben könnt und welche Zensuren ihr für welche Berufe braucht."

Dieser Lehrer erzählte von einem Wissenschaftlichen Informationszentrum in der Bergakademie der Stadt. Dort gab es eine riesengroße Bibliothek mit Lesesaal, ein Fotolabor, eine Druckerei und eine Buchbinderei. Das hörte sich für Susi interessant an. Gleich am nächsten Tag fuhr sie mit der Mutter in die

Stadt und sprach beim Direktor dieses Zentrums vor.

„Ich möchte hier gern einen Beruf lernen, am liebsten etwas mit Büchern."

„Hier gibt es aber keine Romane, denn wir sind eine wissenschaftliche Bibliothek für unsere Studenten."

„Das macht nichts. Hauptsache, ich kann hier etwas lernen und muss nicht nur aufschreiben, welcher Student ein Buch mitgenommen hat."

„Lernen willst du also. Welches sind denn deine Lieblingsfächer in der Schule?", wollte der Direktor wissen.

Ohne einen winzigen Moment zu zögern antwortete Susi: „Deutsch, Mathe, Physik, die Fremdsprachen und Erdkunde."

„Kein Sport?"

„Nö. Ich finde die Übungen langweilig. Außerdem ist es mir völlig gleichgültig, wer schneller läuft als ich oder weiter hüpft. Volleyball spiele ich ganz gern, das kann ich auch gut, aber das kommt im Unterricht höchst selten vor und darauf gibt es keine Zensuren."

„Und warum magst du ausgerechnet Deutsch und Mathe?", bohrte der Direktor weiter.

„Weil Deutsch meine Muttersprache ist und somit die Grundlage für alles andere. Mathe und Physik sind die logischen Fächer, so etwas mag ich."

Dem Mann gefiel das aufgeweckte Mädchen, aber ihm gefiel die Note Vier in Biologie nicht.

„Wenn du mir versprichst, aus der Biologie-Vier eine Drei zu machen, unterschreibe ich sofort den Lehrvertrag."

Susi lachte. „Mir ist zwar nicht klar, weshalb ich Bio in einer Bibliothek brauche, aber ich verspreche Ihnen, dass auf meinem Abschlusszeugnis eine Zwei stehen wird. Abgemacht?"

Nun lachte auch der Direktor. „Ich habe zwar noch 50 Bewerbungen auf meinem Tisch liegen und brauche nur vier Lehrlinge, aber einen Lehrling kenne ich schon, er heißt Susanne Schmidt."

## Susi und die Musik

1958, Sobald im Radio ein hübsches Lied ertönte, hielt es Susi nicht mehr im Sitzen aus, sie musste aufspringen und sich im Takt bewegen.

„Ich will tanzen! Immer tanzen!", rief sie.

Die Mutter brachte Susi ins Kinderballett des Stadttheaters. Eine Schwester des Vaters nähte ein rosafarbenes Tutu. Susi zog das wunderhübsche Röckchen sofort an und tanzte kreuz und quer durch die Stube der Tante. Sie warf abwechselnd ihre Arme und Beine hoch in die Luft und sang laut dazu.

„Du siehst schön aus", stellte Ute fest.

Susi freute sich und kletterte zuerst auf den Stuhl und dann ganz hoch auf die Lehne, damit man sie besser sehen konnt. Ute hockte auf dem Sitzpolster.

„Weißt du was? Noch viel schöner siehst du aus, wenn du mit einem Tuch wedelst."

Ute stand auf, um ein Tuch zu holen. Der Stuhl kippte um, Susi fiel auf den Boden, hielt sich die Stirn und schrie: „Tante! Tante!"

Die Tante kam sofort gelaufen.

„Mädchen, du hast eine große Beule am Kopf. Warte!" Schnell holte die Tante ein breites Küchenmesser, hielt es Susi an die Stirn und drückte die Beule wieder flach.

„Bis zur Hochzeit ist alles wieder gut", neckte sie und tröstete: „Zur nächsten Tanzstunde sieht keiner mehr die Beule."

„Naja, so richtig tanzen wir gar nicht. Manchmal üben wir eine ganze Stunde lang zwei oder drei Schritte. Das ist langweilig."

„Zeige mir das mal!"

Susi stellte sich in Position: die Fersen aneinander, die Fußspitzen weit zur Seite, die Hände vor den Bauch, die Arme bildeten ein Ei.

„Das ist die erste Position. Und das die zweite."
Susi veränderte leicht ihre Fußstellung.

„Wir üben fünf Positionen, immer und immer

wieder. Dann halbe Spitze und ganze Spitze."

„Tut das nicht weh?", wollte die Tante besorgt wissen?

„Nein, ich habe doch Ballettschuhe, die sind an den Zehen ganz hart. Und außerdem ist vorn Watte drin."

Susi drehte sich im Kreis, schwenkte ihre Arme hin und her und seufzte: „Ich will richtig tanzen, weißt du, so nach der Musik und nicht nur langweilige Positionen üben."

Später musste Susi wegen ihrer Lungen-krankheit mit dem Ballettunterricht aufhören.


Eines Tages brachte der Vater zwei Karten für die Oper *Carmen* im Stadttheater mit.

„Ich mag keine Opern, Opern sind lächerlich", befand die Mutter.

„Lächerlich?"

„Da jodelt eine Frau auf der Bühne zehn Minuten lang: *ich steheherbe, ihihihihich steheherbe*, dann denke ich, sie sollte endlich sterben, damit Ruhe ist." Die Mutter kicherte. „Eine Operette ist viel lustiger, da gibt es schöne Lieder zum Mitsingen." Sofort trällerte die Mutter los: „Ach, ich hab sie ja nur auf die Schulter geküsst."

„Oberflächlich. Fickifacki", brummte der Vater.

Mit der Mutter besuchte Susi Operetten und Schauspiele im Stadttheater, zu denen der

Vater keine Lust hatte. Und mit dem Vater hörte sie sich außer *Carmen* weitere Opern wie die *Zauberflöte*, *Zar und Zimmermann* und *Aida* an. Bei ihrem ersten Opernbesuch zuckte Susi sofort bei der ersten Arie zusammen und dachte: „Oh Gott, warum schreit die Frau so?" Auch beim ersten Konzertbesuch waren ihr die hohen Töne der Geigen und Flöten nicht angenehm. Erst allmählich empfand sie wie der Vater viel Freude an dieser Musik.

Die Mutter mochte am liebsten Schlager von Liebe und Schmerz, einfache Melodien zum Mitsingen und Tanzen. Das mochte Susi ebenfalls sehr gern.

„Wenn ich nicht mehr tanzen darf, will ich singen."

Susi trällerte ständig irgendeine Melodie vor sich hin, meist Volkslieder, die sie in der Schule lernte. Im Schulchor gefiel es ihr sofort. Weil sie so klein war, stand sie vorn in der ersten Reihe. Laut schmetterte sie: „Alle Vögel sind schohon da."

Das Lied kannte und mochte sie sehr gern.

„Singt weiter!"

Der Musiklehrer hörte auf zu dirigieren und lief vor den Kindern entlang, den Kopf hielt er schief, während er konzentriert lauschte.

„Susanne, bitte sing den Anfang mal allein!"

Susi freute sich. Vielleicht durfte sie mit nach vorn zu den beiden Solisten.

„Alle Vögel sind schohon da, alle Vögel alle", sang sie voller Inbrunst.

Die Kinder lachten.

„Nein, Susanne", bestimmte der Musiklehrer. „Ich kann dich im Schulchor nicht gebrauchen. Du triffst leider nie die richtigen Töne."

„Aber ich singe so furchtbar gerne."

„Ich weiß, aber nicht im Schulchor."

Nun lachten die Kinder noch lauter. Sollten die Kinder doch lachen, Susi wollte lieber falsch singen als gar nicht.


Der Musiklehrer spielte Klavier. Seine Finger liefen leicht über die Tasten oder hämmerten heftig auf sie ein. Jedenfalls klang alles, was der Lehrer auf dem Klavier spielte, ganz wunderbar.

„Vati, ich will Klavier spielen", bettelte Susi.

„Das ist nicht so einfach."

„Doch! Ich habe genau gesehen, wie der Lehrer das mit seinen Fingern gemacht hat. Schau!"

Susi bewegte ihre Finger und Hände genauso, wie sie es beim Lehrer beobachtet hatte. Der Vater schüttelte seinen Kopf.

„Um Klavier spielen zu können, muss man lange üben."

„Dann übe ich eben lange", bestimmte Susi.

„Das kann man nicht allein. Das kann dir nur ein richtiger Klavierlehrer beibringen. Du müsstest jede Woche zum Unterricht gehen und jeden Tag mindestens eine Stunde lang üben."

Diese Aussichten gefielen Susi nicht, aber sie blieb dabei, sie wollte ein Klavier.

Als sie an ihrem zehnten Geburtstag von der Schule nach Hause kam, stand in der Stube ein richtiges großes, schwarzes Klavier. Susi stand fassungslos davor, ihr zog es vor Staunen direkt die Kehle zu. Sie öffnete den Deckel und schaute auf die vielen Tasten. Vorsichtig tippte sie mit einem Finger auf eine der weißen Tasten und erschrak. Der Ton war unverhofft laut. Jetzt erst bemerkte sie den besonderen Hocker, der vor dem Klavier stand. Sie setzte sich darauf und bewegte ihre Hände und Finger genauso wie der Musiklehrer in der Schule auf den Tasten hin und her. Aber es klang schaurig und gar nicht wie ein richtiges Lied. Susi fiel ein, dass der Vater gesagt hatte, dass man erst lange üben muss, um eine richtige Melodie auf dem Klavier spielen zu können. Ungeduldig sprang sie hin und her, die Zeit verging entsetzlich langsam, bis der Vater endlich von der Arbeit kam. Susi hielt es in der Wohnung nicht mehr aus und lief dem Vater entgegen. Als er endlich aus dem Werktor kam, rannte sie stürmisch auf ihn zu und fiel ihm um den Hals. Sagen konnte sie allerdings nichts, ihre Kehle war wie zugeschnürt.

Daheim spielte ihr der Vater einige Kinderlieder auf dem Klavier vor. Susi erkannte die Melodien, aber sie klangen irgendwie schräg. Das lag daran, dass der Vater wegen seiner extrem dicken Finger oft zwei Tasten gleichzeitig drückte.

Schon am nächsten Tag brachte sie der Vater zur ersten Klavierstunde in die Stadt. Der Lehrer war sehr alt, sehr klein und sehr krumm. Er stützte sich auf einen Stock beim Gehen und schlurfte in einen schmalen Raum. Susi folgte ihm. Dort standen drei Klaviere, ein Sofa und ein kleiner Sessel. Auf einem der Klaviere hockte ein dicker schwarzer Kater und schaute böse von oben herunter.

Susi setzte sich auf den Hocker, auf den der Lehrer zeigte. Er nahm hinter ihr im Sessel Platz und hatte so Susis Finger, die gesamte Tastatur und die Noten im Blick. Wenn Susi einen Fehler spielte, klappte der Lehrer mit einem langen Lineal von hinten auf Susis Schulter und sie musste die Übung wiederholen.

Das Üben daheim mochte Susi nur, wenn der Vater nicht da war. Der Vater duldete nicht, wenn sie eine falsche Taste drückte oder einen Moment nach der richtigen Taste suchte.

„Steht dort eine Pause? Dann spiele auch keine Pause!", schimpfte der Vater.

Er holte seine Posaune und spielte die Melodie von Susis Übungsstück. Das klang wunderschön. Aber wenn Susi zusammen mit dem Vater spielte, klang es nicht immer schön, denn manchmal spielte Susi schneller als der Vater, weil sie eine Stelle besonders gut konnte, manchmal hinkte sie hinterher, weil sie erst nach der richtigen Taste suchen musste.

„Siehst du, was ich meine?", erkundigte sich der Vater. „Du musst die Noten so spielen wie sie stehen und keine Pausen machen. Das ist sehr wichtig, wenn du zusammen mit anderen ein Stück spielst. In einer Gruppe klingt Musik noch schöner als allein und macht auch mehr Spaß."

Der Vater holte einen Stapel Noten aus seinem Zimmer. Er hielt Susi ein Blatt hin.

„Schau, das sind die Noten für eine Posaune."

„Aber das sind nur Basstöne!", rief Susi erstaunt.

„Auch das Cello hat nur Basstöne genau wie die dicke Tuba. Die Noten für Trompete, Saxophon und Klarinette dagegen Violinschlüssel."

„Das ist ja komisch und viel einfacher als Klavier, weil ich beides gleichzeitig erkennen muss: Violin und Bass", merkte Susi. „Aber auf dem Klavier klingt es viel schöner."

„Ja, weil du die Melodie und gleichzeitig die Begleitung spielst. Du kannst sogar mehrere verschiedene Töne zugleich anschlagen, Akkorde, während wir Bläser immer nur einen einzigen Ton blasen können."

Der Vater breitete die Blätter auf dem Tisch aus.

„Schau, wenn ich hier ein schönes Lied habe und die Trompete die Melodie blasen soll, muss ich die Noten für die anderen Instrumente umsetzen", erklärte der Vater.

„Was heißt denn umsetzen?", wollte Susi wissen.

„Die anderen Instrumente wie Klarinette, Saxophon, Oboe und Posaune sollen die Trompete nur unterstützen, sie begleiten. Damit alle zusammen spielen und es gut klingt, muss ich die Melodie für jedes Instrument einzeln aufschreiben."

Jetzt verstand Susi, warum der Vater so viele Stunden über seinen Notenblättern saß. Sie bewunderte ihn sehr und hoffte, eines Tages auch einmal Noten für ein ganzes Orchester schreiben zu können. Bis dahin musste sie aber jeden Tag mindestens eine Stunde lang fleißig Klavier üben.

Als Susi 17 Jahre alt war und ihre gesamte Freizeit mit ihrem Freund verbrachte, war plötzlich das Klavier verschwunden.

„Du brauchst es offensichtlich nicht mehr", sagte der Vater. „Ich habe es zerhackt."

## Susi und die Liebe

Herbst 1971. Als Kind hatte Susi alles lieben wollen: die Dinge und vor allem die Menschen. Sie freute sich auf jeden Menschen, den sie traf und hoffte, von ihm etwas zu erfahren, das sie noch nicht kannte. Susi wollte in einer kleinen Gemeinschaft verwurzelt sein, in ihrer Familie, mit den Nachbarn und einigen wenigen Freunden. Sie lachte jeden an, der ihr begegnete.

„So etwas tut man nicht", tadelte die Mutter.

Susi gab sich Mühe, den Eltern zu gefallen, den Lehrern und den Geschwistern. Aber es gelang ihr nicht. Sie schien immer etwas falsch zu sagen oder zu tun, die Menschen um sie herum waren nie zufrieden, wollten andere Worte hören und ärgerten sich über das, was Susi tat. Bedingungslos wurde sie nur von der Oma geliebt.

Susi liebte und genoss ihr Leben. Nach der Arbeit bummelte sie gern durch die Stadt, betrachtete die Schaufenster und kaufte sich gern einen Eisbecher mit Heidelbeeren und Schlagsahne. Daheim lag sie am liebsten auf ihrem Bett und las in einem Buch. Susi fand es seltsam, dass die Menschen nicht zu leben verstehen. Den meisten war Geld wichtiger als alles andere. Sie wollten fleißig arbeiten und viel Geld verdienen. Susi wusste zwar, dass man Geld zum Leben brauchte. Aber sie maß dem keine große Bedeutung zu, denn alles, was für Geld zu haben ist, kann man leicht ersetzen. Für Susi bestand der Sinn des Lebens allein darin, es zu genießen. Genuss ist überhaupt nicht von Geld abhängig.

Schon als Schulkind war Susi nicht bereit, für ein paar Groschen ihre Freizeit zu opfern wie es ihre Freunde taten, die während der Ferien Kartoffeln lasen oder in einem Betrieb arbeiteten.

Susi lernte und arbeitete in der Bibliothek der Bergakademie Freiberg. Die Arbeit gefiel ihr sehr, sie war interessant und vor allem abwechslungsreich. Abwechslung war wichtig. Sie arbeitete jeweils einige Wochen in der Buchbinderei, später im Fotolabor, in der Druckerei, in der Fernleihe und auch in der Ausleihe. Dort sah sie täglich viele Studenten, von denen einige gern mit Susi ausgehen wollten. Auch das gefiel Susi. Aber ihr gefiel nicht, dass diese Studenten manchmal einfach am Ausgang warteten, um Susi nach der Arbeit ungefragt abzupassen. Deshalb hatte sich Susi angewöhnt, zuerst einmal aus dem Fenster zu schauen und zu prüfen, ob sie ungestört den Hauptausgang benutzen konnte. Oft wich sie geschickt auf einen Nebeneingang aus, denn das Haus, in dem sich die Bibliothek befand, war so groß, dass es einen ganzen Block einnahm, der von vier Straßen eingefasst war. Jede der vier Straßen hatte einen Ein- oder Ausgang zur Bibliothek.

Susi gehörte zu den Mädchen, die Verliebtsein nie mit Liebe verwechselten. Sie hätte sich niemals in einen Mann verlieben können, der zum Beispiel als Fernfahrer ständig unterwegs wäre, in Schichten arbeitete oder für irgendeine Forschung lebte statt einfach nur zu leben. Sie war sich sicher, dass zu jedem Beruf ein ganz bestimmter Charakter gehörte.

Susi hatte keinen festen Freund. Sie ging gern mit einem der Geologie-Studenten aus, weil er sie lustig zu unterhalten verstand. Wenn er sie vor der Bibliothek abholte, gingen sie meist ein Eis essen und manchmal ins Kino. Und am Wochenende gingen sie tanzen. Susi tanzte nach wie vor sehr gern. Leider musste sie schon eine ganze Stunde vor dem Schluss die Tanzveranstaltung verlassen, um den Samstag-

Nachtbus zurück ins Dorf zu erwischen. Wenn sie diesen Bus verpasste, musste sie fünf Kilometer durch die dunkle Nacht bis in ihr Heimatdorf laufen. Das gefiel Susi gar nicht und den Eltern noch weniger. Der Vater blieb wach und kontrollierte, ob Susi pünktlich vor Mitternacht nach Hause kam.

Eines Nachts gegen Ende Oktober lief Susi eilig vom Tanzsaal zur Garderobe, um ihren Mantel zu holen – es blieb nur wenig Zeit bis zur Abfahrt des Busses, den Susi nicht verpassen durfte.

„Bleib noch, Susanne!", bat ihr Freund. „Du musst nicht allein laufen, ich begleite dich und bringe dich bis an deine Haustür."

„Das geht nicht, ich habe meinen Eltern versprochen, pünktlich daheim zu sein. Außerdem gefällt mir die Musik nicht. Diese Gruppe hat Bläser wie die Blaskapelle meines Vaters, dazu kann und will ich nicht tanzen."

Der Freund half Susi in den Mantel. In diesem Moment sah sie *IHN*, den tollsten Jungen, den sie je gesehen hatte, sehr groß, schlank, dunkle Augen und langes schwarzes, welliges Haar. Susi schlüpfte schnell aus dem Mantel und drückte ihn dem verblüfften Freund in den Arm.

„Ich bleibe noch hier", verkündete sie strahlend.

Der Freund strahlte zurück.

„Komm, wir tanzen gleich hier am Eingang zum Saal", bat Susi.

Dem Freund war alles recht, wenn nur seine Susanne bei ihm blieb und nicht nach Hause ging. Aber Susi hatte nur noch Augen für *ihn*, für diesen schönen Unbekannten. Er stand direkt neben dem Eingang zwischen anderen jungen Burschen und überragte sie alle. Einer der Jungs stupste *ihn* mit dem Ellenbogen an. „Kennst du die?", und zeigte dabei auf Susi. „Die stiert dich dauernd an."

Der schöne Fremde schaute Susi an und lächelte. Susi lächelte zurück.

Die Musik hörte auf zu spielen und Susi ging mit ihrem Freund die Treppe hinauf auf den Rang. Von hier oben hatte sie einen wunderbaren Blick auf die Bühne, die gesamte Tanzfläche und den Eingangsbereich. Nur diesen schönen jungen Mann entdeckte sie nicht. Sie fragte sich, wohin er plötzlich verschwunden sein könnte und beugte sich weit über das Geländer. Sie hörte nicht, dass ihr Freund ununterbrochen auf sie einplapperte und merkte nicht, wie sehr er sich über ihre Gegenwart freute.

Als die Musiker wieder spielten, spürte Susi eine Hand auf ihrer Schulter und wusste sofort, dass es nur *seine* Hand sein konnte. Sie fühlte sich, als ob sie die Treppe zur Tanzfläche hinunter schwebte, so glücklich war sie. Plötzlich gefiel ihr die Musik. Sie war ganz wunderbar und man konnte sich herrlich dazu bewegen. Sie tanzten, tanzten und tanzten, bis die Musiker ihre Instrumente einpackten.

Auf dem Nachhauseweg griff er wie selbstverständlich nach Susis Hand und hielt sie fest in seiner. Susi spürte seine Haut heiß in ihren Fingern. Sie wollte ihn unbedingt küssen und schaute ihn an. Da legte er seine Lippen sehr sanft auf ihre. Susi musste sich an seinen Armen festhalten, so schwach und wackelig fühlte sie sich auf einmal. Der Kuss dauerte nicht lange, aber Susi bekam keine Luft. Erst hinterher fiel ihr ein, dass sie doch durch die Nase hätte atmen können. Ihr kam es so vor, als ob sie sich schon ewig kennen, dabei waren sie Fremde. Er hieß Manfred. Was für ein wunderschöner Name. Manfred, *Mann des Friedens*, ein friedlicher Mann, das gefiel Susi sehr gut. Aber ihr gefiel nicht, dass sie nicht wusste, was sie tun musste. In ihrer Verlegenheit plapperte sie pausenlos auf Manfred ein.
Susi erzählte, dass sie eigentlich Susanne heißt und dass dies Lilie bedeutet. Sie beschrieb die vielen verschiedenen Formen der Lilien und dass der Vater einige in seinem

Garten hat.

„Weißt du, ich habe mit meiner Mutter zusammen Geburtstag", berichtete sie schließlich.

„Und ich mit meiner", konterte Manfred.

„Ehrlich. Ich bin an ihrem 20. Geburtstag geboren."

„Und ich am 30. Geburtstag meiner Mutter."

Nun sagte Susi nichts mehr. Sie glaubte, dass ihr Manfred nicht glaubte. Aber sie wollte, dass er weiter neben ihr her ging und ihre Hand hielt. Aber er verabschiedete sich mit einem langen Kuss von Susi, als sie die Stadtgrenze erreichten.

Seltsamerweise spürte Susi keinerlei Angst, so allein fünf Kilometer durch die stockfinstere Nacht zu laufen. Ganz im Gegenteil, sie fühlte eine unbändige Freude und hätte am liebsten laut gejubelt. Ihr fiel ein, dass sie Manfred nichts gefragt hatte. Sie wusste nicht, wie alt er ist, ob er lernte oder was er arbeitete. Sie wusste nur, dass Manfred der wunderbarste Mensch auf der ganzen Welt ist. Plötzlich wurde ihr klar, was genau die Mädchen meinten, wenn sie kichernd von Liebe schwatzten. Bisher hatte sie sich an derartigen Gesprächen nie beteiligt, ihr war dieses Getuschel um einen Blick immer albern vorge-kommen. Sie fand es ganz normal, sich anzuschauen und vor allem fand sie es eklig, sich zu küssen.

Aber jetzt war alles ganz anders.

Von diesem Abend an holte Manfred seine Susi jeden Tag von der Arbeit ab. Sie bummelten durch die Stadt bis es Zeit wurde, zum letzten Abendbus zu gehen, der Susi zurück ins Dorf brachte. Der Abschied fiel ihnen beiden immer sehr schwer, der Busfahrer musste erst mehrmals hupen, damit sich Susi von Manfred losreißen konnte. Susi hatte es nie gemocht, wenn sie Susi gerufen wurde. Aber wenn Manfred *Susi* sagte und sie dabei so besonders ansah, wurden ihr die Knie ebenso weich wie wenn er sie küsste. Manfred gab ihr das Gefühl, sie sei die einzig wichtige Person auf der ganzen Welt. Das machte sie überglücklich. Die Zeit schien stehenzubleiben, obwohl die Uhr weiterlief. Ihr Herz hüpfte, das Denken hörte auf. Sie war wie in einer anderen Welt, die nichts körperliches mehr hat.

Inzwischen wusste Susi, dass Manfred im dritten Lehrjahr BMSR-Mechaniker mit Abitur lernte und dass sich die Lehrwerkstatt ausgerechnet in Susis Dorf befand. Manfred ging also jeden Tag auf dem Weg zum Bahnhof an Susis Haus vorbei. Aber er tat das zu einer Zeit, in der Susi in Freiberg arbeitete, wo Manfred wohnte. Die ersten sechs Lebensjahre verbrachte er sogar im Nachbardorf. Als Kind spazierte Susi am liebsten einen gewundenen Pfad an einem kleinen Bach entlang, der genau zu diesem Dorf führte. Diese vielen Verbindungen wertete Susi als sehr günstige Zeichen für ihre Beziehung zu Manfred.

Vor Freude hätte Susi den ganzen Tag singen können, am liebsten Schlager, in denen es um die große Liebe ging. Susi liebte die *Schlagerrevue* von Radio DDR, dem einzigen Sender, den sie daheim hören konnte. Bei den Tanzveranstaltungen in der Mensa und im Tivoli wurde fast ausschließlich DDR-Beatmusik gespielt. Das gefiel Susi gut, denn zu diesen Melodien konnte sie wunderbar tanzen. Außerdem kannte sie gar keine andere Tanzmusik.

Manfred hatte das alte Röhrenradio seines verstorbenen Großvaters geerbt. Das unmoderne große Gerät wollte keiner haben. Aber Manfred merkte sofort, dass er damit einen ganz ungewöhnlich guten UKW-Empfang hatte. So lernte er Musik kennen, die im DDR-Radio nicht gespielt wurde und die für seine Ohren völlig neu und mit nichts vorher gehörtem vergleichbar war. Er entdeckte den Sender RIAS, der täglich vier Stunden lang diese außergewöhnliche Musik spielte. Er wollte diese Musik festhalten und seine Lieblingstitel jederzeit genießen können. Also sparte er auf ein Tonbandgerät und brachte mit der Aufnahme von Musik viele Stunden zu. Westdeutsche Sender wie RIAS konnte man normalerweise im Raum Freiberg nicht hören.

Manfred spielte Susi seine Lieblingsstücke von Deep Purple, Jethro Tull, Chicago und vieles mehr vor. Dabei hielt er den Kopf schief und packte Susi am Arm, wenn er sie auf Gitarrensoli aufmerksam machen wollte und trommelte mit den Händen den Takt auf der Tischkante mit. Wenn Manfred über Musik sprach, schien sein ganzes Gesicht vor Begeisterung zu glühen. Susi war sofort klar, dass sie für den Rest ihres Lebens lieben würde, ihm zuzuhören, wenn er über Dinge sprach, die er liebte.

Susi kannte keinen der Titel, die Manfred ihr vorspielte. Sie hörte ihm und der Musik so gebannt zu, dass sie darüber die Zeit vergaß und den Abendbus nach Hause verpasste.

„Es ist spät. Ich möchte, dass deine Freundin nach Hause geht", bestimmte Manfreds Vater.

„Der nächste Bus fährt erst 21:30 Uhr, in fast drei Stunden und es ist kalt draußen."

„Ich dulde nicht, dass sie noch länger hier bleibt", beendete der Vater das Gespräch.

Susi und Manfred bummelten durch die finstere Stadt, Straßenbeleuchtung gab es kaum. Sie spürten die Kälte nicht, weil sie sich fest im Arm hielten.

22 Uhr stand Susi vor ihrem Elternhaus. Die Haustür war verschlossen. Susi klingelte. Keiner schien sie zu hören. Susi lief um das Haus und sah, dass hinter keinem Fenster Licht brannte. Sie vermutete ihre Eltern im Bett und stellte sich unter das Schlafstubenfenster. Normalerweise war das Fenster immer sperrangelweit offen, weil der Vater nur bei frischer Luft schlafen konnte. Heute war es wie alle anderen Fenster der Wohnung geschlossen. An das Fenster klopfen konnte Susi nicht, da sich direkt unter dem Fenster die Kellertreppe befand. Also rief sie zuerst leise, dann immer lauter: „Macht mir bitte auf, die Haustür ist verschlossen, ich kann nicht rein."

Doch nichts rührte sich. Sie klingelte noch einige Male, dann gab sie auf, stellte sich auf die Straße und wartete auf ein Auto, das sie mit in die Stadt nehmen könnte. So spät war kaum noch jemand unterwegs und Susi musste sehr lange warten, bis sie endlich Scheinwerfer auf sich zukommen sah. Sie stellte sich schnell mitten auf die Straße und hob beide Arme. Der Wagen hielt.

„Können Sie mich bitte mit nach Freiberg

nehmen?"

„Gern. Steig ein, Mädchen!"

Am Bahnhof ließ der freundliche Fahrer Susi aussteigen. Von dort bis zu Manfreds Wohnung musste sie noch fast eine halbe Stunde laufen. Inzwischen waren auch die restlichen Straßenlaternen ausgeschaltet, kein Fenster war erleuchtet und es war stockdunkel.

Susi wagte nicht, bei Manfred zu klingeln. Sie lief auf die Rückseite des Hauses und rechnete aus, welches der Fenster zu Manfreds Zimmer führte. Zum Glück wohnte Manfred wie Susis Eltern im Erdgeschoss. Leider befand sich sein Fenster wie das Schlafzimmer der Eltern ebenfalls direkt über der Kellertreppe. Susi rief: „Manfred! Manfred!"

Nichts rührte sich. Sie tastete auf dem Boden nach Steinchen, fand aber nur festgetretene Erde. Kurzentschlossen kletterte Susi auf das Treppengeländer, warf ihre Tasche gegen das Fenster und zog sich auf das Fensterbrett hinauf.

„Was ist denn los?"

Manfreds verschlafene Stimme klang ärgerlich.

„Ich bin´s, Susi. Hilf mir!"

Manfred reichte Susi beide Arme und hielt sie fest, während sie über das Sofa hinunter auf den Fußboden stieg. Manfred setzte sich auf das Sofa und zog Susi auf seinen Schoß. Susi weinte.

„Was ist denn passiert?", wollte Manfred wissen.

„Meine Eltern haben mich ausgesperrt. Ich habe hundert Mal geklingelt und gerufen, aber es hatte keinen Zweck. Meine Eltern wollen mich nicht mehr."

Susi weinte heftiger.

„Aber ich will dich", sagte Manfred und zog Susi fester an sich. „Bleib einfach bei mir!"

Susi lächelte. Dann fiel ihr ein: „Aber dein Vater will mich auch nicht."

„Ach, der merkt das nicht, er kommt nie in mein Zimmer."

„Und deine Mutter?"

„Sie hat Nachtschicht", beruhigte er Susi. „Willst du dich nicht ausziehen?"

Susi nickte, obwohl es ihr peinlich war. Trotzdem musste sie wenigstens ihre dicke Winterhose ablegen. Manfred versteckte sie unter seinen Sachen. Den Pullover behielt Susi an.

Er schlief oben in einem Doppelstockbett. Dort fühlte sich Susi sicher. Sie kannte dieses Gefühl aus ihrer frühen Kindheit, als sie mit ihrer Schwester zusammen ein Doppelstockbett hatte. Auch Manfred teilte sein Bett mit seiner Schwester. Die wohnte zur Zeit in einem Wohnheim in Thüringen. Susi schlief damals genau wie Manfred oben und drückte sich ganz hinten an die Wand, wenn die Mutter oder der Vater wütend auf sie waren und sie bestrafen wollten. Doch so weit oben und hinten war Susi für Schläge nicht erreichbar. Und hier hinter Manfred gekuschelt konnte sie von seinen Eltern nicht entdeckt werden.

Manfred hielt Susi im Arm und merkte, wie sie sich langsam entspannte. Er fuhr mit der Hand langsam unter ihren Pullover und spürte, wie sich Susi sofort wieder verkrampfte.

„Alles in Ordnung. Versuche einfach zu schlafen. Morgen sehen wir weiter."

Manfreds Wecker klingelte um sechs Uhr. Susi hörte Geräusche in der Wohnung und erschrak. „Das ist mein Vater. Er macht sich sein Frühstück", erklärte Manfred.

Die Küche hatte keine Tür. Susi musste an ihr vorbei, wenn sie ins Bad wollte. Manfred schien ihre Gedanken zu erraten und sagte: „Mein Vater frühstückt immer in der Stube. Jetzt ist es günstig. Jetzt kannst du schnell ins Bad."

Susi kletterte aus dem Bett, griff nach ihrer Hose und öffnete leise die Tür. Rasch schlich sie ins Bad, ging nur kurz zur Toilette und erledigte eilig eine sehr kurze Katzenwäsche.

„Mein Vater arbeitet im Naturkundemuseum. Das ist nur wenige Meter von deiner Bibliothek entfernt. Eigentlich könntet ihr zusammen zur

Arbeit laufen."

Susi kicherte bei dem Gedanken.

„Schaut er zum Abschied nicht noch einmal in dein Zimmer?", wollte sie besorgt wissen.

„Nein. Aber ich gehe sicherheitshalber zu ihm raus und hole dich, wenn die Luft rein ist."

Von diesem Tag an schlief Susi bei Manfred. Er holte sie von der Arbeit ab, sie bummelten durch die Stadt und aßen in einem Gasthof zu Abend. Meist wählten sie Bratkartoffeln oder eine Küchenmeisterstulle und für Manfred ein Bier. Das kostete zusammen keine fünf Mark. Dann schlichen sie sich in Manfreds Zimmer. Sein Vater schaute meist noch lange Sport im Fernsehen, denn in Japan fand gerade die Winterolympiade statt.

Es dauerte nicht lange und Susi und Manfred waren ein richtiges Paar. Susi fühlte sich großartig wie eine erwachsene Frau. Sie konnte sich keinen Tag mehr ohne ihren geliebten Manfred vorstellen.

Eines Morgens kam sie aus dem Haus, nachdem Manfreds Vater zur Arbeit unterwegs war, und lief direkt in die Arme von Manfreds Mutter. Susi grüßte freundlich: „Guten Morgen, Frau Herzog."

Die Frau blieb überrascht stehen. „Haben Sie etwa hier geschlafen?"

„Ja, schon ganz oft."

Susi lächelte und lief schnell weiter. Nun war es raus. Irgendwie war Susi erleichtert, dass Manfreds Eltern endlich Bescheid wussten. Und auch ihre Eltern mussten sich abfinden, denn immerhin hatten sie Susi ausgesperrt und damit ihre Tochter direkt in Manfreds Arme getrieben.

**Susi und ihre Schwangerschaft**

Juni 1972. Susi hatte sich im Kreis kichernder Mädchen nie wohl gefühlt und im Gegensatz zu ihren Freundinnen Babys immer hässlich gefunden. Für sie waren Babys hilflose Schreihälse, die man füttern und wickeln muss, die allein zu nichts fähig sind. Die meisten Babys hängen im Arm der Mutter wie ein Wurm im Sack. Erst ab dem zweiten Lebensjahr erkennt man das kleine Menschlein, wenn es seine Ärmchen und Beinchen kontrolliert bewegen und vor allem reden, sich verständlich machen kann.

Und nun war Susi schwanger und darüber ganz fassungslos und vollkommen entsetzt.

„Kann man das", Susi zeigte mit ihrer Hand auf ihren Bauch, „nicht einfach entfernen?", fragte sie ihren Frauenarzt.

„Doch, das ist möglich. Seit drei Monaten gibt

es ein neues Gesetz, das Schwangerschafts-abbrüche erlaubt. Trotzdem rate ich Ihnen dringend davon ab."

„Wieso denn?"

„Weil keine Klinik Erfahrungen mit Schwanger-schaftsabbrüchen hat, das Gesetz ist viel zu neu. Vielleicht gibt es Komplikationen, vielleicht nicht sofort, sondern erst viele Jahre später. Welcher Mann möchte eine Frau, die mit ihrem Unterleib Probleme hat, ständig zum Arzt rennt und sich behandeln lässt?" Dann wurde die Stimme des Arztes sanfter. „Ein Kind kommt immer ungelegen. Und wenn Ihr Freund zu Ihnen hält ..."

Susi nickte. Dabei fiel ihr ein, dass Manfred kein einziges Wort zu der Schwangerschaft gesagt hatte. Vermutlich war er darüber ebenso fassungslos wie sie selbst und deshalb so sprachlos.

„Dann sollten Sie das Kind bekommen", fuhr der Arzt fort. „Es ist das kleinere Risiko. Außerdem sind Sie zum Zeitpunkt der Geburt achtzehn Jahre alt und somit volljährig."

Aber noch war Susi erst siebzehn Jahre jung und im zweiten Jahr ihrer Ausbildung. Einen Monat verbrachte sie jeweils daheim und arbeitete in der Bibliothek der Bergakademie und einen Monat lebte und lernte sie in einem alten Schloss in Thüringen. Dieses Schloss befand sich auf einem Hügel oberhalb der kleinen Stadt. Es war ein finsteres kaltes Gemäuer mit einem Speiseraum im Keller-gewölbe, engen Treppenaufgängen, zwei Klassen-räumen im Obergeschoss, darüber vier Schlafsäle und zwei Waschräume. Eine Gouvernante achtete darauf, dass keines der Mädchen nach dem Abendessen das Haus verließ. Wer keinen Ärger machte, durfte Mittwochs ins Kino gehen. Das Kino lag genau unterhalb des Schlosses – für den Heimweg nach Filmende blieben keine fünf Minuten. Die Gouvernante stand schon mit finsterem Gesicht in der Eingangstür und rief: „Jetzt aber schnell!" Dabei hakte sie auf einer Liste die Namen der Mädchen ab, die die Erlaubnis zum Ausgang hatten.

Susi lag wie jeden Morgen in ihrem Bett. Ihr war übel und sie schaute angestrengt hinauf an die hohe Decke. Sie war allein, die neun anderen Mädchen aus ihrem Schlafsaal waren bereits hinunter zum Frühstück gelaufen. Aber Susi hörte noch Stimmen aus dem Waschraum nebenan, vermutlich Mädchen aus dem hinteren Schlafsaal, mit denen sie sich den Waschraum teilten. Sie konnte also noch nicht aufstehen, denn sie brauchte absolut freie Bahn bis zur Toilette. Die war in der hintersten

Ecke des Waschraums. Schon der Gedanke an dieses Klo verursachte ihr Brechreiz. Sie konzentrierte sich auf ihre Atmung – durch die Nase ein- und durch den Mund tief und langsam ausatmen. Ein, aus, immer wieder und dabei bis zehn zählen. Jetzt war es still nebenan und Susi schlüpfte in ihre Hausschuhe. Am liebsten wäre sie gleich barfuß losgerannt, aber in den unregelmäßigen Dielen des Fußbodens holte man sich leicht einen Schiefer. Acht schnelle Schritte durchs Zimmer, sechs durch den Waschraum. Susi drehte mit der rechten Hand den Schlüssel an der Toilettentür herum und hielt sich mit der linken Mund und Nase zu. Dann hob sie schnell den Holzdeckel und beugte sich über das Loch im Holzkasten. Es stank bestialisch, denn im Rohr des Trockenklos blieb einiges hängen, so auch der Magenschleim aus ihrem Mund. Sie schloss den Deckel, lief zurück in den Waschraum und spülte sich den Mund aus. Aber schon musste sie wieder zur Toilette rennen, Mund und Nase zuhalten, Schlüssel umdrehen, Deckel lüften, ins Rohr zielen, zurück zum Waschbecken. Susis Magen war leer, trotzdem quälte sie weiterer Brechreiz. Sie konzentrierte sich auf ihre Atmung, erledigte eilig ihre Katzenwäsche, zog sich an, ergriff ihre Schulmappe und lief die Treppe hinunter

Richtung Keller, wo sich der Frühstücksraum für die Lehrlinge befand. Susi schaffte es selten bis ganz nach unten, denn vom Geruch der frischen Brötchen und warmen Milch wurde ihr derart übel, dass sie bereits im ersten Stock wieder eine Toilette brauchte, wo sie sich übergeben konnte. Zum Glück war dort ein ganz normales Wasserklosett, das keine zusätzliche Übelkeit verursachte. Dann stieg sie schnell die Treppen hinunter und griff sich ein trockenes Brötchen, das sie häppchenweise und sehr sehr langsam während der ersten Unterrichtsstunde  kaute. Wenn sie zu schnell schluckte musste sie sofort wieder zur Toilette rennen. Es war furchtbar.

Susi konzentrierte sich während der ersten Unterrichtsstunde allein auf das Brötchen und ihre Atmung. Sie hatte weder Kraft noch Lust, dem Lehrstoff zu folgen. Meist war er sowieso langweilig, langweilig wie die Lehrer, die man nichts fragen konnte, weil sie ihren Text nur von einem Zettel ablasen und die jede Zwischen-frage aus dem Konzept brachte.

Susis Freundin Ingrid riet ihr, heißen Wein mit Gewürznelken zu trinken und mehrmals von einem Tisch zu springen. Das würde die Schwangerschaft abbrechen. Sie war sehr dankbar für diesen Rat. Leider half er nicht.

Susi vermisste Manfred schmerzlich. Vier Wochen ohne jeden Kontakt hielt sie nur sehr schwer aus. Manfreds Eltern besaßen kein Telefon und im Schloss hätte er Susi sowieso nicht erreichen können. Manchmal schrieben sie sich Briefe. Leider dauerte die Post fast eine ganze Woche.

Manfred hatte seine letzte mündliche Abitur-Prüfung und lief direkt von der Schule zum Stadtrand. Er hielt ein Auto an, das ihn zur Autobahn brachte. Dort musste er fast eine ganze Stunde warten, bis ihn endlich ein LKW mitnahm. Es war ein klappriges Armeefahrzeug voller russischer Soldaten. Manfred lachte, denn seine letzte Prüfung hatte er ausge-rechnet im Fach Russisch. Er stellte sich vor, wie er das seiner Susi erzählte, die überall Zeichen entdeckte.

Manfred war nun fertig mit der Schule und hatte Zeit. Er wollte Susi in Thüringen besuchen, die bis zu ihrem 18. Geburtstag das Schloss über Nacht nicht verlassen durfte. Susi besorgte ihm ein kleines Zimmer bei einer alten Dame. Diese Frau duldete keine weiblichen Besucher. Das Zimmer hätte Susi sowieso nicht gefallen, denn es bestand lediglich aus einem Bett mit durchgelegener Matratze und einem Stuhl, auf dem eine Waschschüssel aus Blech stand. Wasser musste sich Manfred aus der Küche holen, das alte Plumsklo war draußen auf dem Hof hinter einem Bretterverschlag. Susi entdeckte hinter dem Schloss ein großes Feld aus zwei Meter hohen Brennnesseln. Das bildete zwei Wochen lang ihr neues Versteck, in dem sie sich mit Manfred nach dem Unterricht traf. Keiner hätte dort ein Liebesnest vermutet und niemand konnte sie dort entdecken.

Susi wusste, sie sollte so schnell wie möglich ihren Eltern die Schwangerschaft beichten, aber ihr fehlte der Mut dazu. Sie dachte an die Zeit, als das neue Gesetz die Antibabypille erlaubte. Aber weil Susi noch minderjährig war, bekam sie ohne die Zustimmung der Mutter das Rezept nicht.

„Du willst die Pille?", empörte sich die Mutter. „Hast du etwa schon mit einem Kerl geschlafen? Sollte ich das herausfinden, fliegst du sofort raus!"

Die Mutter kannte Manfred bereits und mochte ihn. Aber sie achtete streng darauf, dass er nie über Nacht in der Wohnung blieb.

„So etwas dulde ich nicht und es gehört sich auch nicht", erklärte sie. „Und es gehört sich noch weniger, dass ein Mädchen wie eine Nutte zum Freund ins Bett geht."

Und nun war Susi trotzdem schwanger und wusste nicht, wie sie das ihrer Mutter erklären sollte.

Anfang Juli fuhren Susis Eltern in den Urlaub zu einer Schwester des Vaters, die ganz idyllisch an einem Brandenburger See wohnte. Am Tag der Abfahrt packte die Mutter Susi derb am Arm und zischte: „Glaube nicht, dass ich blind bin!"

Susi erschrak und überlegte, was die Mutter wohl gesehen haben könnte. Susi war schlank wie immer und außerdem erst im dritten Monat. Aber sie war inzwischen achtzehn Jahre alt und nahm sich fest vor, dies ihren Eltern ganz deutlich zu sagen. Außerdem hatte sie seit einigen Tagen ihren Facharbeiterbrief in der Tasche. Das würde ein Gespräch mit den Eltern hoffentlich erleichtern.

Susi versuchte, nicht weiter darüber nachzudenken, sondern die Zeit ohne die Eltern zu genießen. Denn die waren im Urlaub und konnten Manfred nicht mehr am Abend nach Hause schicken.

Manfred öffnete die Kühlschranktür.

„Hast du Hunger?", fragte Susi.

„Nein. Ich wollte nur mal sehen, was bei euch so alles im Kühlschrank steht."

Susi lachte. „Na, was bei allen Leuten im Kühlschrank steht."

„Den Tipp habe ich von meiner Mutter", verteidigte sich Manfred. „Man sollte sich die

Mutter der Freundin ansehen und auch den Kühlschrank, damit man weiß, was einen erwartet."

„Und? Bist du zufrieden mit deiner Inspektion? Ist sie gut für mich ausgegangen?"

Manfred nickte, denn so einen üppig mir Wurst, Schinken und Käse gefüllten Kühlschrank hatte er daheim bei seinen Eltern nicht. Dafür störten ihn die beiden Wandschränke in der Küche, die mit allerlei zum Teil geöffneten und halb verbrauchten Konserven gefüllt waren. Der Wandschrank unter dem Giebelfenster beherberge außerdem Flaschen mit gegorener Milch. Susi folgte Manfreds Blick und erklärte: „Das sind die Vorräte meiner Mutter. Außerdem ist Schnaps für ungebetene Gäste drin. Die guten Flaschen versteckt mein Vater im Keller."


Eine Woche später besuchte Susi ihren Freund Manfred daheim bei seinen Eltern, die an diesem Tag ihre Silberhochzeit feierten. Susi klingelte am späten Nachmittag an der Tür, Manfreds Mutter öffnete, Susi gratulierte und überreichte einen kleinen Blumenstrauß. Manfreds Mutter schaute zuerst auf die Blumen, dann auf Susis Arm, in dessen Beuge ein Pflaster klebte.

„Was ist das?"

„Von einer Blutsenkung."

„Verstehe. Sind Sie schwanger?"

„Ja, das bin ich."

Nun war es heraus. Manfreds Mutter war Hebamme und drückte sich immer sehr direkt aus. Nur jetzt schien es ihr die Sprache verschlagen zu haben, sie stand wortlos vor Susi und versperrte mit ihrem kräftigen Körper die Tür. Susi sah, wie sich Manfred hinter seiner Mutter vorbei drückte, ins Bad ging und hörte, wie er von innen den Schlüssel umdrehte.

„Darf ich reinkommen?", fragte Susi zaghaft.

Manfreds Mutter trat zur Seite und gab die Tür frei. Susi ging durch den schmalen Flur hinein in die Stube, wo Manfreds Vater auf dem Sofa saß. Sie grüßte freundlich. Manfreds Mutter stand nun ebenfalls in der Stube. Sie hatte ihre Hände in die breiten Hüften gestemmt und sah aus, als ob sie eine ganze Reihe Vorwürfe und Fragen loswerden wollte. Susi kam ihr zuvor: „Freuen Sie sich gar nicht?"

„Freuen?" Manfreds Mutter schüttelte den Kopf. „Nein, überrascht bin ich, sehr überrascht."

Dann drehte sie sich zu ihrem Mann um: „Ich brauche jetzt einen Schnaps, hole mal die Gläser aus dem Schrank." Und zu Susi gewandt: „Ab jetzt werden wir uns duzen."

Viel Zeit für ein langes Gespräch blieb nicht, denn am Abend sollte die Silberhochzeit von

Manfreds Eltern mit der ganzen Verwandtschaft in einem Lokal gefeiert werden.

„Schön, dass ihr alle gekommen seid", eröffnete Manfreds Mutter das Fest. „Bevor wir mit dem Festmahl beginnen, muss ich euch etwas wichtiges sagen, das ich ausgerechnet heute erfahren habe." Sie machte eine geheimnisvolle Pause, ehe sie verkündete: „Wir werden Großeltern."

Alle klatschten. Und alle Verwandten schauten auf Manfreds ältere Schwester, die bereits drei Jahre verheiratet war. Aber die schüttelte nur den Kopf und blickte fragend hinüber zu Susi, die glücklich neben Manfred saß und lächelte.

Zwei Tage später saßen Susi und Manfred im Zug. Sie fuhren in ihren ersten gemeinsamen Urlaub und zwar genau zu der Tante, bei der im Moment Susis Eltern Urlaub machten. Sie würden sich nicht begegnen, denn Susis Eltern waren bereits auf der Heimfahrt.

Zweimal mussten Susi und Manfred umsteigen. Beim zweiten Mal hatten sie nur fünf Minuten Zeit dafür. Manfred nahm die Reisetasche in die rechte und Susi an die linke Hand und rannte mit ihr durch die Unterführung, um den Vorortzug nicht zu verpassen. Und genau dort stießen sie mit Susis Eltern zusammen. Es blieb nur Zeit für ein kurzes Hallo und ein

Küsschen, dann rannten sie weiter. Plötzlich drehte sich Susi um und rief so laut sie konnte: „Mutti, du vermutest richtig."

Die Mutter blieb stehen, sah ihren Mann an und sagte: „Ich glaube, heute gehe ich zum ersten Mal mit einem Großvater ins Bett."


„Nein, wir wollen nicht heiraten!"

„Aber das geht doch nicht!", empörte sich Manfreds Mutter.

„Ich will aber nicht geheiratet werden, nur weil ich ein Kind bekomme."

Susi verschränkte trotzig ihre Arme und schaute mutwillig Manfreds Mutter an, die ihr gegenüber saß. Sie saß zwischen ihren Eltern und Manfred und kam sich vor wie in einem Boxring. Sie wusste nicht, ob ihre Eltern ihre Gegner oder nur die Schiedsrichter waren.

„Du bist auch vor unserer Ehe geboren", stellte Susis Vater fest. „Weil deine Mutter im Hochzeitskleid schön und schlank sein wollte."

Susi schaute ihre Mutter an. Die nickte und lachte.

„Hochzeitskleid", maulte Susi. „Als ob das so wichtig wäre."

„Aber", sprach der Vater weiter, „als du endlich da warst, hatte ich viel Lauferei, denn ein unehelich geborenes Kind bekommt automatisch den Namen der Mutter."

Daran hatte Susi noch gar nicht gedacht.

„Falls ihr also sowieso zusammenbleiben wollt, wäre es einfacher, vor der Entbindung zu heiraten."

Susi zuckte mit der Schulter.

„Na und?", meinte sie schnippisch.

Aber so resolut und sicher wie Susi auftrat fühlte sie sich bei weitem nicht. Vielmehr hatte sie Angst, denn Manfred wollte ab September in Dresden studieren und schon einige Wochen vorher sein Zimmer im Wohnheim beziehen. Er freute sich auf sein Studentenleben in der großen Stadt, auf interessante Erlebnisse und neue Freunde. Susi fragte sich, ob er sie nicht ganz schnell vergisst. Diese Sorge wollte sie sich auf gar keinen Fall anmerken lassen.

Ende Oktober kam Manfred aus Dresden zurück und umarmte Susi.

„Meine liebe Susi, ich habe dich so schrecklich vermisst."

„Warum warst du dann so lange weg?"

„Wollen wir nun heiraten?", fragte Manfred und wartete gespannt auf Susis Antwort.

„Warum so plötzlich?", zischte Susi giftig.

„Weil ich jetzt weiß, dass ohne dich nichts mehr richtig schön ist."

Manfred zog Susi an sich, aber die stieß ihn zurück.

„Was ist denn los?", wollte Manfred irritiert wissen.

„Du hast dich kein einziges Mal gemeldet, nicht angerufen, nicht geschrieben. Ich wusste nicht, wie es dir geht und wo du wohnst." Leise setzte sie nach: „Ich war immer hier."

Manfred schaute verlegen zu Boden. Er wusste, dass Susi Recht hatte.

„Weißt du, am Anfang war alles so neu für mich und so spannend. Dresden ist eine riesige Stadt. Und es gibt einen tollen Studentenclub. Am Anfang bin ich jeden Abend mit den Jungs durch die Kneipen gezogen."

„Verstehe", fauchte Susi und nickte.

„Ich will, dass du meine Frau bist. Ich will immer mit dir zusammen sein, mich um dich kümmern und um unser Kind."

Nun lächelte Susi. Dann kroch sie in seine Arme und sagte ihm, dass sie ihn liebt. Und Manfred drückte sie fest an sich.

Gleich am nächsten Tag gingen sie zum Standesamt. Der einzige freie Termin für eine Hochzeit in diesem Jahr war bereits in drei Wochen an einem Freitag morgens acht Uhr.

„Welchen gemeinsamen Familiennamen wollen Sie tragen?", fragte der Beamte.

Manfred antwortete nicht. Er hielt die Luft an, weil Susi einmal zu ihm gesagt hatte: „Ich bin eine Schmidt und ich bleibe eine Schmidt."

„Herzog natürlich", sagte Susi schnell.

Der Name Herzog gefiel ihr gut. Er bedeutet *Führer*. Sie wollte mit diesem wunderbaren *friedlichen Mann* eine Ehe führen. Susi fand, das passte gut.

„Du liebe Zeit! Wie soll ich so kurzfristig ein Lokal für die Feier finden?", ereiferte sich Susis Mutter.

„Wir wollen keine Feier", bestimmte Susi.

„Ganz ohne Fest geht es nicht. Zumindest die beiden Eltern, Geschwister, die Omas müssen wir einladen." Die Mutter rechnete alle in Frage kommenden Personen zusammen. „Das sind insgesamt dreizehn Leute."

„Dreizehn?", rief Susi erschrocken. „Das ist keine gute Zahl."

Die Mutter lachte. „Daran merkt man, dass du noch ein Kind bist und noch immer an Märchen glaubst. Aber ich habe eine Idee. Manfred hat nur eine Oma, du aber zwei. Also laden wir als Ersatz für die fehlende Oma einfach eine seiner Tanten ein. Und schon ist die böse Dreizehn weg."

Die Mutter schubste Susi zur Seite und nun lachte auch Susi.


„Susi, komm raus!", rief der Vater. „Du hast Besuch."

Susi trat vor die Haustür und blieb verdutzt

117

oben auf der Treppe stehen. Bis hinunter zur Straße tummelten sich auf dem ganzen Weg junge Leute aus dem Dorf und warfen Teller auf das Pflaster. Zwei Jungs luden einen Handwagen voller Antennen ab. Manfred lachte, Susis Vater lachte nicht. Susi hatte niemandem verraten, dass sie am nächsten Tag heiraten wird. Trotzdem wusste offenbar das ganze Dorf davon.

„Manfred, du musst deine Gäste besänftigen!"

Manfred zuckte mit der Schulter. „Wie soll ich das machen?"

„Mit Schnaps natürlich."

Manfred zuckte wieder mit der Schulter. Er hatte keinen Schnaps. Er war hier bei Susi und ihren Eltern nur Gast und kannte den Brauch gar nicht.

„Warte, ich helfe dir."

Susis Vater ging zurück ins Haus und holte eine Flasche Korn aus dem Keller, dazu Schnapsgläser. Als er wieder hinaus auf die Treppe kam, sah er einen großen Laster rückwärts gegen den Weg zur Treppe fahren. Die Ladeklappe war bereits nach unten gelassen und der Vater konnte erkennen, dass der gesamte Hänger mit Glühlampen beladen war. Vermutlich arbeitete der Fahrer im nahen Lampenwerk. Schnell lief er zur Fahrertür und öffnete sie.

„Halt! Bernd, du Schlitzohr, das kippst du hier nicht ab!"

„Nicht? Ich bin schon dabei."

Der Vater hielt die Flasche Korn hoch.

„Mit einer einzigen Pulle kommst du mir nicht davon", lachte Bernd.

„Gut, ich gebe dir zwei, aber du fährst sofort weg und nimmst deinen Schrott wieder mit!"

Der Vater stieß seinen Sohn Uwe gegen die Schulter und machte Manfred ein Zeichen, rasch die Antennen auf den Hänger zu werfen. In diesem Moment fuhr der Laster los, ohne sein gefährliches Gut abgekippt zu haben. Der Vater seufzte erleichtert und forderte die jungen Leute auf, näher zu kommen. Dann drückte er Susi das Tablett mit den Gläsern in die Hand und Manfred die Flasche Korn, verschränkte die Arme und schaute streng in die Runde.

Susi war hundemüde und hatte keine Lust, draußen in der Kälte zwischen der lärmenden Dorfjugend zu stehen. Sie hörte noch ihren Vater sagen, dass Manfred um Mitternacht die Scherben auffegen und mit dem Handwagen zum Schrottplatz fahren müsse, Uwe solle ihm dabei helfen. Der Schrottplatz war mindestens drei Kilometer vom letzten Haus des Dorfes entfernt, aber diese Arbeit musste getan werden.

Am nächsten Morgen weckte die Mutter Susi und Manfred schon vor sechs Uhr. Sie hatte Kaffee gekocht und Schnitten geschmiert.

"Beeilt euch, das Taxi kommt in einer halben Stunde, ihr habt sieben Uhr den Termin beim Friseur."

Susi zog ihr himmelblaues Hochzeitskleid an. Eine ihrer Tanten hatte es genäht. Unter der Brust war ein breites Seidenband, von da fiel der weite Rock im Empirestil locker nach unten und umspielte weich und unauffällig das runde Schwangerschaftsbäuchlein. Das Kleid war kurz und ließ die Knie frei, die Ärmel gingen bis knapp an die Ellenbogen.

Über Nacht hatte es geschneit. Mitte November gab es oft den ersten Schnee und Susi schaute während der Fahrt in die Stadt auf die schnee-bedeckten Felder. Sie mochte den Schnee sehr. Alles wirkte so unberührt wie ein unbe-schriebenes Blatt Papier, so neu wie ihr künftiges Leben als Ehefrau.

Der Friseur steckte Susis Locken an den Seiten nach oben, dadurch wirkte sie etwas älter – fast wie eine richtige Frau.

Manfred saß inzwischen auf der Toilette des Friseursalons. Ihm war übel und er wusste nicht, ob vom Feiern am Polterabend oder vor Aufregung wegen der Hochzeit.

Im Rathaus schaute sich Susi nach dem

Fotografen um. Sie hatte extra im Laden nach-gefragt, ob der Fotograf auch sicher kommt und schöne Erinnerungsfotos von diesem wichtigen Tag macht. Ihr wurde versichert, dass der Fotograf vom Amt bestellt wäre und deshalb keine einzige Hochzeit versäume. Aber nun konnte Susi ihn nicht finden. Vielleicht hatte er irgendeinen geheimen Platz wie in den orientalischen Märchen, wo man hinter einer versteckten Wand alles beobachten konnte, ohne entdeckt zu werden. Leider erfuhr sie später, dass der Fotograf von diesem Termin nichts wusste und Susi somit kein einziges Hochzeitsbild von der Trauung besaß.

Die Standesbeamtin hielt eine lange Rede. Susi hörte aufmerksam zu.

„Ich möchte Ihnen ein berühmtes Wort des großen russischen Schriftstellers Nikolai Ostrowski mit auf den neuen Lebensweg geben: *Das Wertvollste, was der Mensch besitzt, ist sein Leben. Es wird ihm nur einmal gegeben und er muss es so nutzen, dass ihn nicht sinnlos verbrachte Jahre qualvoll gereuen.*"

Susi kicherte und stieß Manfred in die Seite. Sie sah, dass Manfred ganz rot im Gesicht war und sich sichtlich bemühte, nicht laut loszu-prusten. Irritiert schaute die Standesbeamtin auf. Sie konnte nicht verstehen, was an der traurigen Geschichte des Helden Pawel Kortschagins so lustig war. Sie konnte auch nicht wissen, wie genau die Jungvermählten das Buch „Wie der Stahl gehärtet wurde" kannten, dass sie beide ausgerechnet dieses Thema bei ihren mündlichen Abschluss-prüfungen in Deutsch zu beantworten hatten und den berühmten Spruch in- und auswendig kannten.

Das war ein Zeichen. Susi mochte Zeichen, sie achtete auf Zeichen und sie freute sich ganz besonders über dieses Zeichen, weil sie wusste, dass sie ihr Leben zusammen mit Manfred ganz sicher sinnvoll nutzen wird.

Auf ihrem Weg zum Gasthof schien die Sonne, die bereits den meisten Schnee fortgeleckt hatte.

## Susi und ihr erstes Kind

Februar 1973. In der Wohnung von Susis Eltern wurde ein Telefon installiert. Im ganzen Dorf gab es kaum mehr als zehn private Telefon-anschlüsse. Susi freute sich darüber wie über einen Lottogewinn, der noch dazu so passend kurz vor der Entbindung kam. Man konnte allerdings nur Leute in der näheren Umgebung anrufen, weil die Vorwahlen von jedem Ort aus eine andere war. Somit war man nahezu immer auf die Handvermittlung des Fernmeldeamtes angewiesen. Manfred gelang es, die Vorwahl zu Susis Dorf von Dresden aus zu ermitteln.

„Hallo?"

„Ich höre dich gut, Manfred, du brauchst nicht zu schreien."

„Susi, ich bin schon in Freiberg und bleibe gleich hier."

„Du kommst heute nicht?"

„Du weißt, ich habe Klassentreffen und gehe nur noch einmal kurz nach Hause."

„Schade. Weißt du, mir geht es nicht so gut. Ich bin allein im Haus. Meine Eltern sind in Leipzig bei einer Studienfeier meiner Schwester."

„Heißt das, ich soll zu dir kommen?"

„Ja, das wäre mir lieber."

Glücklich war Manfred nicht darüber, aber er wollte Susi nicht allein lassen, zumal der Termin zur Entbindung bereits zehn Tage überschritten war.

Seit der Hochzeit erlaubten Susis Eltern, dass Manfred mit in Susis Kinderzimmer schlief. Das Zimmer hatte Susi für sich allein, seit die Schwester in Leipzig lernte und dort in einem Wohnheim lebte.

Susi bekam Bauchschmerzen. Es war nicht schlimm, aber irgendwie war ihr ängstlich zumute. Manfred würde frühestens in einer

Stunde hier sein, denn Samstags fuhren noch weniger Busse aufs Land als in der Woche. Susi nahm das Telefon und wählte die Nummer der Auskunft. Sie wollte unbedingt mit ihrer Mutter sprechen. Eine Verbindung in eine andere Stadt musste angemeldet werden. Die Telefonistin fand die Rufnummer der Leipziger Schule, wo diese Studienfeier stattfand, schnell heraus und konnte die Verbindung herstellen. Aber es dauerte lange, bis dort jemand ans Telefon ging. Dann musste Susi noch einmal lange warten, bis man ihre Mutter ausfindig gemacht und ins Sekretariat der Schule gebracht hatte.

„Mutti, ich glaube, ich habe Wehen."

Die Mutter ließ sich alles genau beschreiben. Dann sagte sie: „Nein, Susi, das sind noch keine richtigen Wehen. Ich habe jetzt länger als fünf Minuten mit dir gesprochen und du wirkst ganz ruhig."

„Sollte ich etwa ins Telefon schreien?"

Die Mutter lachte. „Nein, aber wenn du Wehen hast, fragst du nicht mehr, dann weißt du das ganz einfach."

Nach dem Abendessen lag Susi ruhig auf dem Sofa. Manfred dagegen lief unruhig hin und her, das Klassentreffen sollte gleich beginnen, es fuhr aber kein Bus mehr in die Stadt. Am liebsten wäre er gleich zu Fuß in die Stadt gelaufen, aber Susi benahm sich so seltsam. Außerdem lag Schnee.

Eine Tante war zu Besuch und plapperte munter auf Susi ein: „Du liegst hier so ruhig, bis zur Entbindung hast du noch lange Zeit. Ich gehe jetzt. Tschüss.“

Kaum war die Tante aus der Tür, warf Susi ihre Decke zurück und schrie: „Schnell! Rufe den Krankenwagen und hole meine Tasche!“

„Aber du hast doch die ganze Zeit nichts gesagt“. beklagte sich Manfred.

„Aber jetzt sage ich´s. Oder soll ich das Kind hier in der Wohnung bekommen?“

Eine halbe Stunde später stand der Kranken-wagen vor dem Haus.

„Darf ich mitkommen?“, bat Manfred den Fahrer.

„Nein, das ist streng verboten“. lautete die eindeutige Antwort.

Als der Fahrer vom Klassentreffen hörte und sah, wie sich Manfred anschickte, eine Stunde durch den Schnee und die Dunkelheit in die Stadt zu laufen, die gleiche Strecke, die der Krankenwagen in zehn Minuten schaffte, gab er nach.

„Los, steig ein! Am Ortseingang lasse ich dich raus. Und wehe, du erzählst es jemandem!“

Zufällig hatte Manfreds Mutter Dienst in der

Frauenklinik. Sie war Hebamme und kümmerte sich sofort um Susi.

„Ich habe in einem Buch gelesen, dass schon einmal ein Mann bei der Geburt seines Kindes dabei war."

Manfreds Mutter lachte. „Ich bin froh, dass das hier in der Klinik verboten ist. Mit den Männern hat man mehr Arbeit als mit der Gebärenden."

„Das verstehe ich nicht", wunderte sich Susi.

„Viele fallen in Ohnmacht oder greifen gar die Hebamme an, wenn ihre Frauen vor Schmerzen schreien."

Susi zuckte vor Schreck zusammen. Im Film hatte sie schon gesehen, dass Frauen bei der Geburt schrecklich schreien. Nun stand ihr das auch bevor.

„Du weißt doch, dass ich früher freischaffende Hebamme war und mit meinem Motorrad über Land fuhr, um zu meinen Hausgeburten zu kommen."

Susi nickte.

„Ich habe die Männer immer gleich raus geschickt. Sie mussten für heißes Wasser und saubere Tücher sorgen und durften sich im Geburtszimmer nicht blicken lassen."

Susi versuchte, gleichmäßig zu atmen, als eine neue Wehe kam.

„Oder kannst du dir vorstellen, dass Manfred ruhig deine Hand halten würde?", wollte die

Schwiegermutter wissen.

Darüber musste Susi nicht nachdenken, denn Manfred konnte kein Blut sehen. Er war kaum fähig, eine kleine Wunde am Finger zu verbinden.

„Jedenfalls möchte ich mein Kind heute schon haben."

Die Hebamme lachte. „Du Dummchen kannst froh sein, wenn du es morgen Mittag im Arm hältst."

Susi erschrak. Sie wollte nicht, dass die Geburt so lange dauerte.


Zwei Minuten vor Mitternacht war das Baby geboren.

„Wir können den Geburtstag auf morgen schreiben, wenn du willst", schlug Manfreds Mutter vor.

„Nein, wozu?"

„Weil dein Sohn dann ein Sonntagskind wäre."

Susi lachte, aber sie wollte das Datum auf gar keinen Fall ändern lassen. Das Kind war an einem 17. geboren, sie hatte an einem 17. geheiratet und Manfred an einem 17. kennengelernt. 17 war ihre Glückszahl und für Susi ein wunderbares Zeichen, dass das Kind an einem 17. geboren wurde.

„Wie wollt ihr den Kleinen nennen?"

„André."

Susi hatte zusammen mit Manfred lange nach dem richtigen Namen gesucht. Ihr war wichtig, dass er mit einem freundlichen A begann und kein U enthielt. Außerdem sollte der Name eine schöne und passende Bedeutung haben. André klang wunderbar und bedeutet *der Männliche, der Tapfere*. Das gefiel beiden gut.

„Der Name ist ganz in Ordnung", stellte Susis Bruder fest. „Aber das Datum ist Mist. Geldtag ist am 18., also wird dein Kind nie Geburtstagsgeschenke bekommen."

Susi lachte, denn sie war rundherum glücklich. André war das hübscheste Baby, das sie je in ihrem ganzen Leben gesehen hatte. Sie konnte sich an dem Kleinen gar nicht satt sehen, sie bestaunte die kleinen Fingerchen, den winzigen Mund, die süße Stupsnase … alles war so wunderschön an diesem Kind. Susi konnte es stundenlang betrachten, ohne dass ihr langweilig wurde. Sie verglich Manfreds und Andrés Augen, die Nase, den Mund, die Stirn und war absolut zufrieden mit allem, was sie entdeckte. Ihr gefiel auch, dass André nicht wie ein Wurm in der Decke hing, sondern wild mit Armen und Beinen strampelte und schon lange vor den Mahlzeiten brüllend seine Milch forderte. Susi war sehr stolz auf ihr eigenwilliges Baby.

## Susi und ihre erste Wohnung

Frühling 1973. Susi stellte ins Kinderzimmer der elterlichen Wohnung das Gitterbettchen für ihr Baby. Eigentlich gehörte das Zimmer zur Hälfte der Schwester, aber Ute wohnte zur Zeit ihrer Ausbildung in einem Wohnheim in Leipzig. Wenn sie manchmal am Wochenende nach Hause kam, musste Manfred auf dem Sofa in der Stube oder daheim bei seinen Eltern schlafen. Das war für alle eine sehr unangenehme Situation.

Außerdem konnte sich Susi nicht nach den Bedürfnissen ihres Babys richten, sondern musste zuerst die Bedingungen ihrer Eltern akzeptieren. So war ihr zum Beispiel nicht erlaubt, am Morgen die Küche zu betreten, wenn die Eltern frühstückten. Und das war immer genau die Zeit, in der André lautstark nach seiner Flasche verlangte.

Wenn die Eltern aus dem Haus waren, setzte Susi den großen Topf mit den ausgespülten Windeln auf den Herd und kochte sie aus. Zum Trocknen kam die Babywäsche tropfnass raus auf die Leine, die quer über die Wiese gespannt war.

Am Wochenende war alles noch schwieriger, weil die Eltern dann etwas länger schliefen, die Mutter das Mittag in der Küche kochte und außerdem selbst den Wäscheplatz für die Wäsche der Familie benötigte.

Da Susi nicht mehr arbeitete, sondern sich den ganzen Tag mit dem Baby im Elternhaus aufhielt, war sie für den Haushalt und den Einkauf zuständig. Das musste sie erst mühevoll lernen.

Die Mutter mochte Manfred und den kleinen André. Der Vater mochte die Beiden sicher auch, aber er konnte oder wollte es nicht zeigen. Ihn ärgerte, dass Manfred weiter studierte. Denn wer eine Familie gründet, sollte über genügend Geld verfügen, um diese ernähren zu können.

„Dieser Student!", schimpfte der Vater.

Oder er nannte ihn *Gammler*, weil er so lange Locken hatte statt ordentlich kurz geschnittene Haare. Mit Manfred selbst sprach er überhaupt nicht und tat so, als wäre dieser gar nicht vorhanden.


Susi und Manfred beantragten im Wohnungsamt der Stadt eine Wohnung. Man sagte ihnen, dass es jahrelange Wartezeiten auf eine Wohnung gibt und sie vorerst kein dringender *Fall* wären, da sie bei Susis Eltern ausreichend

Platz hätten.

Manfred überlegte, ob es eine Chance auf eine Betriebswohnung gäbe. Immerhin hatte er sein Abitur mit Berufsausbildung in der Betriebs-berufsschule des Kombinats gemacht und schon vor dem Studium zwei Monate als Anlagenfahrer in der Erzverhüttung gearbeitet. Außerdem wollte er gern nach dem Studium in seinen Ausbildungsbetrieb zurückkehren und dort arbeiten. Manfred bat Susi, in der Wohnungsabteilung des Kombinates nachzu-fragen.

Gleich am nächsten Tag packte Susi den kleinen André in den Kinderwagen und fuhr mit dem Zug in die Stadt. Dort lief sie sofort zum Kombinat, aber der Pförtner ließ sie nicht durch.

„Kinderwagen sind hier verboten. Überhaupt dürfen Kinder hier nicht hinein. Auch keine Betriebsfremden."

„Mein Mann kann aber nicht selbst kommen. Es sei denn, die Frau der Wohnungsabteilung arbeitet am Sonntag."

„Das ist nicht mein Problem. Hier kommen Sie jedenfalls nicht durch!", bestimmte der Pförtner.

Aber Susi ließ sich nicht vertreiben. Sie blieb hartnäckig am Pförtnerhäuschen stehen, klopfte immer wieder an die Scheibe oder klinkte an der Tür, die der strenge Mann längst von innen verschlossen hatte. Nach einer halben Stunde hatte der Pförtner genug und rief die Wohnungsabteilung an, erzählte von der lästigen jungen Frau am Eingang, die sich nicht abwimmeln ließ.

„Sie können rein", brummte der Mann. „Gleich dort im Hauptgebäude, erster Stock, Zimmer 17."

Susi strahlte. Zimmer 17, das bringt Glück. „Aber die Kinderkutsche bleibt draußen!"

„Gut, dann passen Sie inzwischen auf mein Baby auf."

Susi drehte sich um und lief schnell hinüber zum Hauptgebäude. Nach einem kurzen Gruß begann Susi sofort zu reden. Sie erzählte ausführlich von ihrem Mann, von seiner Ausbildung, seinem Studium, von ihrer Schwester und dem gemeinsamen Zimmer, vom kleinen André, von ihrem Vater, der im gleichen Kombinat arbeitet, von der Mutter, die früher den Betriebskindergarten leitete und vom Bruder, der mit in der Wohnung lebte und im gleichen Kombinat eine Lehre begonnen hatte.

Die Frau blätterte wortlos und ohne aufzuschauen in einem Kasten voller Karteikarten. Susi hatte das Gefühl, dass die Frau ihr nicht zuhörte und begann, von der Oma und ihren vielen Kindern zu erzählen.

Jetzt lachte die Frau schallend.

„Gute Frau Herzog, holen Sie erst einmal Luft. Ich habe eine Wohnung für Sie."

Susi hatte es sofort die Sprache verschlagen.

„Drei Zimmer, Küche, Innenklo hier in der Stadt."

Susi schluckte. Sie konnte ihr plötzliches Glück nicht fassen. Mit einem einzigen Kind bekam man normalerweise nie eine Wohnung mit drei Zimmern. Laut Gesetz musste eine Familie ein größeres Schulkind haben oder mindestens zwei kleinere Kinder, um ein Kinderzimmer (ein halbes Zimmer von sieben Quadratmetern) beanspruchen zu dürfen. Eine Wohnung hier in der Stadt bedeutete: kein Vorortzug mehr für Manfred oder für den Kinderwagen.

„Nehmen Sie die Wohnung an?"

„Aber ja!", jubelte Susi.

„Hier ist der Schlüssel. Die Adresse lautet Lindenweg 17."


Susi stand vor dem Haus. Es war ein großes Haus und befand sich direkt neben den Bahnschienen. Der Zug fuhr unten in einem tiefen Graben vorbei, vom Hauseingang aus sah man die Stromleitungen für die Elektro-Lok. An der anderen Hausseite lief die sehr stark befahrene Fernverkehrsstraße zwischen Karl-Marx-Stadt und Dresden vorbei. Optimal war der Platz nicht, aber auf dem Weg zum Haus hatte Susi in unmittelbarer Nähe einen kleinen Lebensmittelladen und einen Bäcker gesehen. Auf der anderen Straßenseite befand sich der Eingang zum Tierpark. Das gefiel Susi gut und sie malte sich sofort viele schöne Spaziergänge mit ihrem Baby aus.

Sie stellte den Kinderwagen vor dem Haus ab, nahm den kleinen André auf den Arm und studierte die Klingelschilder. Sieben Klingeln, die unterste ohne Namen. Dort würde bald Herzog stehen. Susi öffnete die Haustür. Platz für einen Kinderwagen gab es nicht, aber vielleicht gab es dafür einen Kellerraum. Susi stieg die neun Stufen bis zum Erdgeschoss hinauf. An der Tür stand ein Name, an der Tür gegenüber ebenfalls. Also stieg Susi in den ersten Stock und dann hinauf in den zweiten, aber überall standen Namen an den Türen. Ratlos blieb sie stehen und drückte schließlich auf die nächstbeste Klingel.

„Guten Tag. Mein Name ist Herzog. Ich habe eine Zuweisung für eine Wohnung hier im Haus, weiß aber nicht, welche Wohnung die richtige ist. Überall stehen Namen dran."

„Nur die Wohnung im Keller ist frei."

„Im Keller? Aber man kann doch nicht im Keller wohnen!", rief Susi erschrocken.

Ziemlich mutlos ging sie wieder die Treppen hinab, vorbei an der Haustür und noch einmal neun Stufen hinunter in den Keller. Dort sah sie eine normale Wohnungstür, der Schlüssel passte ins Schloss.

Susi schaute sich in der Wohnung um: ein kleiner Flur, eine winzige Toilette, eine schöne große Wohnküche mit Speisekammer und drei hintereinander liegende schmale Zimmer. Die Fenster der Räume waren viel größer als die in Susis Elternhaus und ließen die kleinen Zimmer hell wirken. Susi hatte überhaupt nicht den Eindruck, in einem Kellergeschoss zu stehen. Draußen spielten mehrere Kinder auf einer großen Wiese, einen Buddelkasten gab es auch. Das gefiel ihr sofort und sie sah in Gedanken schon ihren kleinen André über die Wiese toben und im Sandkasten spielen.

Die Bahnschienen lagen also auf der anderen Seite des Hauses und würden nicht stören. Das Haus ging um die Ecke und wirkte deshalb so groß. Und diese Ecke verdeckte den Blick zur Hauptstraße. Hier in der Wohnung war es angenehm ruhig. Auch das gefiel Susi. Sie ging noch einmal zurück in die Küche. Dort stand neben dem schmalen Kohleherd ein moderner Gasherd, worüber sie sich sehr freute. Nun musste sie zum Kochen nicht erst heizen. Platz für Küchenschränke und einen großen Esstisch gab es auch. Neben der Tür sah sie ein großes gusseisernes Spülbecken, die einzige Wasserquelle in der Wohnung. Im ersten der schmalen Durchgangszimmer gab es einen großen Kachelofen, also war das die Stube, im Raum dahinter stand ein kleiner Ofen und war gut als Kinderzimmer geeignet, der letzte Raum ohne Ofen wäre die Schlafstube. Susi fand, dass die Wohnung gut zu ihr und ihrer kleinen Familie passte. Sie konnte es gar nicht erwarten, Manfred am Wochenende die Wohnung zu zeigen. Bis dahin fertigte Susi Zeichnungen von allen Zimmern an und richtete die Wohnung auf dem Papier ein.

Manfred war nicht ganz so begeistert von der neuen Wohnung wie Susi, denn er erkannte sofort, dass die Wände sämtlicher Zimmer bis in eine Raumhöhe von einem reichlichen Meter von Salpeter und Schimmel befallen waren. Die Tapete hing lose davor herunter und verdeckte die bröckelige Wand nur schlecht. Manfred versuchte, die Wände abzuwaschen und mit neuer Tapete zu überkleben. Aber der Putz hatte sich bereits von den Ziegeln gelöst, die Tapete hielt sowieso nicht auf dem ausgeblühten Mauerwerk. Also setzte er vor jede Wand in der Stube und im Kinderzimmer eine ein Meter dreißig hohe Schutzwand aus Pappe. Dann strich er die Pappe, die Wände und die Türen mit einer freundlich hellgelben Farbe. Nun konnte der kleine André gefahrlos herumkrabbeln.

Susi fühlte sich sofort wohl in der Stadt. Ihr gefielen die belebten Straßen, die vielen Möglichkeiten zum Einkaufen und die Nähe zum Tierpark. Täglich spazierte sie mit der Kinderkutsche an den Gattern entlang und André hatte seine Freude an Damwild, Papageien, Eseln und Enten. Und Susi freute sich über die vielen Bäume. Noch mehr wunderschöne große Bäume wuchsen im Stadtpark, der kurz unterhalb des Tierparks begann. Dort gab es riesige Rotbuchen, herrliche Sträucher und viele bunte Blumen in hübsch angelegten Beeten. Susi hatte schon als Kind den Wald gemocht und war froh, hier in der Stadt nicht auf ihre geliebten Bäume verzichten zu müssen.

In ihrem Elternhaus stand fast immer eine Vase mit einem schönen Blumenstrauß aus Vaters Garten auf dem Tisch. In der Stadt gab es zwar mehrere Blumenläden, aber höchst selten Schnittblumen zu kaufen. Man konnte für Hochzeiten und Trauerfeiern Blumen, meist Nelken, bestellen. Ansonsten musste man sich das ganze Jahr über mit einem Stock Alpenveilchen zufrieden geben. So blieb Susi nichts anderes übrig, als ihren Esstisch und die Fensterbretter mit Alpenveilchen zu schmücken.

## Susi und ihre neue Arbeit

Frühling 1974. Susi war nun schon ein ganzes Jahr zu Hause und langweilte sich mit nur ihrem Baby als Gesellschaft. Zu tun gab es sowieso nicht viel. Zwar mussten täglich die Windeln ausgespült, gekocht und draußen aufgehangen und das Mittag eingekauft und zubereitet werden, aber das war keine wirkliche Arbeit, die Susi erfüllte. Sie las in ihren Büchern, wenn André schlief und ging ansonsten viel mit ihm hinaus in den Park.

Susi hatte einen Beruf gelernt, den sie liebte. Sie wollte wieder in der Bibliothek arbeiten und das so schnell wie möglich. Dazu brauchte sie einen Krippenplatz für André. Sie packte André in den Sportwagen und lief mit ihm zu ihrer Arbeitsstelle. Dort wollte sie wieder einmal nachfragen, ob es endlich einen Krippenplatz für ihren Jungen gibt, damit sie endlich wieder in der Bibliothek arbeiten konnte.

„Guten Tag, mein Name ist Herzog."

„Ich weiß", fauchte die Sachbearbeiterin. „Ich sagte Ihnen bereits vor drei Wochen, dass es keine freien Krippenplätze gibt."

„Nein, Sie sagten, dass es für MEIN Kind

keinen freien Platz gibt."

„Die uns zugeteilten Plätze sind für die Kinder unserer Studentinnen reserviert. Das habe ich Ihnen bereits mehrmals erklärt. Können Sie das nicht verstehen? Oder wollen Sie nicht?"

„Mein Mann studiert ebenfalls, das habe ich Ihnen auch schon mehrmals erklärt."

„Ihr Mann studiert nicht hier an der Bergakademie, sondern an der TU in Dresden."

„Das stimmt. Aber er ist Student. Und ich habe hier in der Bergakademie einen Arbeitsplatz in der Bibliothek. Diese Bibliothek ist für die Studenten da. Wo ist das Problem?"

„Dass ich keinen Krippenplatz für Sie habe und dass ich mich an die Weisungen des Rektors halten muss."

„Gut. Dann werde ich eben mit dem Rektor sprechen."

Die Frau lachte, es klang herablassend und fast ein wenig gehässig. Susi sprach ungerührt weiter: „Ich lasse mein Kind in der Zwischenzeit hier bei Ihnen. In einer Stunde hat es Hunger. Seine Flasche ist eingewickelt hier in der Tasche. Ich weiß ja nicht, wie lange so ein Gespräch mit dem Rektor dauert."

„Warten Sie! Sie können doch nicht einfach ..."

Den Rest hörte Susi nicht mehr. Sie hatte längst die Tür hinter sich geschlossen und lief den langen Gang entlang. Susi wusste nicht, wo sich das Zimmer des Rektors befand, ob hier im Haus oder in einem anderen der vielen Gebäude der Bergakademie und ob sie überhaupt so ohne weiteres zu ihm hinein spazieren konnte. Aber sie musste irgendetwas tun.

Außerdem reichte Manfreds Stipendium hinten und vorn nicht zum Leben. Seine Mutter unterstützte ihn jeden Monat mit einhundert Mark und Susis Mutter kam jede Woche mit einer Tasche voller Lebensmittel vorbei. Sie behauptete, dass sie immer zu viel Wurst, Käse, Eier und Nudeln einkaufe, obwohl doch Susi und ihre Schwester gar nicht mehr daheim wohnten. Susi wusste, dass das nicht stimmte und die Mutter Susi nur helfen wollte.

Susi beschloss, in der Bibliothek vorbeizuschauen. Ein Gespräch mit den Kollegen würde sie zumindest ablenken. Vielleicht wusste jemand, wo sie den Rektor finden konnte. Im Gang lief sie dem Bibliotheksleiter direkt in die Arme.

„Guten Tag, Frau Herzog. Ich habe Sie schon lange nicht mehr gesehen."

„Kein Wunder, ich sitze seit einem Jahr daheim herum, denn ich habe immer noch keinen Krippenplatz für mein Baby."

„Nanu? Warten Sie, ich muss nur schnell hinüber in die Fernleihe. Wenn ich zurück bin reden wir."

Fernleihe. Daran hatte Susi keine guten Erinnerungen, denn das Thema für ihre schriftliche Abschlussprüfung lautete: *Statistische Auswertung der internationalen Fernleihe.* Susi freute sich zuerst, denn sie mochte Statistiken und zählte und rechnete gern. Für ihre Arbeit durfte Susi sämtliche Fernleihkarteien der letzten fünf Jahre mit nach Hause nehmen. Susi zählte, wie viele Dissertationen und Doktorarbeiten aus dem Haus in andere Bibliotheken geschickt wurden und wie viel Fachliteratur die Bibliothek für ihre Studenten und Professoren in der Ferne bestellten. Susi sortierte die Fernleihen nach mehreren ganz unterschiedlichen Gesichtspunkten und hatte damit zwar viel Arbeit, aber auch sehr viel Freude. Sie fand das alles hochinteressant. Die Bergakademie Freiberg besteht seit 1765 und ist die älteste Montanschule weltweit. Außer ihr gab es nur noch in der BRD drei Hochschulen für Bergbau mit ähnlichen Fachgebieten, und zwar in Darmstadt, Clausthal und Aachen. Mit diesen tauschte die Bergakademie regelmäßig ihre Dissertationen und Lehrwerke aus.

Leider erhielt Susi für ihre Arbeit nur eine Vier, denn die Prüfer kritisierten, dass Susi kaum Anfragen aus sozialistischen Ländern berücksichtigt hatte.

„Wie sollte ich? Es waren gar keine da", verteidigte Susi ihre Arbeit.

„Sie haben offensichtlich den Ernst Ihrer Aufgabe nicht erkannt."

„Das habe ich sehr wohl. Es ging um Statistik, ich kann nur die Ausleihen auswerten, die tatsächlich stattgefunden haben. Es gibt eben nur Anfragen aus oder für Darmstadt und Aachen, die sich wie unsere Bergakademie mit Bergbau befassen. Hätte ich russische oder wenigstens polnische Fernleihen unterschmuggeln sollen? Das wäre Betrug."

„Werden Sie nicht frech! Gehen Sie! Wir sind hier fertig."

Weil Susi nicht zu lügen verstand, hatte sie auf ihrem Facharbeiterbrief zum Schluss eine dicke Drei stehen. Von diesem Tag an beurteilte Susi keine Statistik mehr so unbefangen wie früher. Ihr war ab sofort klar, dass das Ergebnis jeder Statistik allein vom Auftraggeber abhing.

Susi musste nicht lange auf den Chef warten. Er öffnete seine Bürotür und wies mit der Hand auf den freien Stuhl.

„Vielen Dank." Susi setzte sich.

„Können Sie sich vorstellen, im Institut für Geologie zu arbeiten? Die Leiterin der Bibliothek der Dokumentationsabteilung braucht eine tüchtige Hilfe."

„Aber ja! Supergern!", rief Susi aus.

Der Chef griff zum Telefon und wählte eine

Nummer.

„Ich brauche einen Krippenplatz für Frau Herzog. Sofort. Bitte kümmern Sie sich darum!"

Die neue Arbeit machte Susi vom ersten Tag an große Freude. Nahezu alles war wie in der großen Bibliothek des Informationszentrums, nur gab es jetzt keine verschiedenen Abteilungen mehr. Susi war für alle anfallenden Arbeiten wie Fernleihe, Ausleihe, Telefon, Leseraum und Bestellungen zuständig. Getrübt wurde die neue Arbeit nur dadurch, dass sich André jeden Morgen schreiend und strampelnd wehrte, wenn Susi ihn in der Kinderkrippe abgeben wollte.

Nach wenigen Wochen wurde André krank. Er hustete den ganzen Tag und die ganze Nacht ohne Pause. Die Kinderärztin diagnostizierte chronische Bronchitis, worunter wegen der vielen Schwermetalle in der Freiberger Luft viele Kinder litten. Die Ärztin vermittelte eine Tagesmutter, wo André trotz seiner Krankheit bleiben durfte. Die Tagesmutter hatte selbst fünf kleine Kinder. Dort fühlte sich André sehr wohl. Außerdem wohnte sie keine fünf Gehminuten von Susis Wohnung entfernt direkt auf dem Weg zur Arbeit.

Die Arbeit machte Susi zwar sehr viel Freude, aber alle Aufgaben waren schnell erledigt und die Zeit verging entsprechend langsam. Außerdem kamen in das Institut kaum Besucher, die etwas ausleihen wollten. Susi fühlte sich bald nicht mehr ausgelastet.

Eines Tages hörte Susi zufällig von einer Landwirtschaftsschule, in der es eine Fachbibliothek gab, aber keinen Bibliothekar. Sofort stieg Susi in den Stadtbus und fuhr zu dieser Schule.

„Guten Tag. Mein Name ist Herzog. Ich bin gelernter Bibliotheksfacharbeiter für wissenschaftliche Bibliotheken und möchte bei Ihnen arbeiten."

„Wir brauchen niemanden", entgegnete die Sekretärin streng.

„Ich weiß aber, dass Sie zwar eine Fachbibliothek haben, aber keine Fachkraft, die sich darum kümmert."

„Das brauchen wir auch nicht. Nach dem Mittag geht die Köchin in die Bücherei, falls ein Student ein Buch will."

„Aber so geht das doch nicht!", rief Susi aus.

In diesem Moment sprang die Tür auf und ein dicker Herr trat ins Sekretariat. Er stand breitbeinig im Türrahmen, den er komplett ausfüllte, hatte seine Hemdsärmel zur Hälfte hochgekrempelt, die oberen Knöpfe standen offen.

„Was ist hier los?", wollte der Mann wissen.

„Diese junge Frau will bei uns arbeiten", antwortete die Sekretärin und wies mit der Hand auf Susi. „In der Bücherei."

Susi lächelte den dicken Mann an und grüßte freundlich.

„Soso. Sie wollen also hier arbeiten. Und warum sollten wir Sie einstellen?"

„Weil so eine große Fachschule unbedingt eine Fachkraft für ihre Fachbibliothek braucht. Ich habe in der Bergakademie gelernt und kenne mich mit der Arbeit in einer Fachbibliothek aus."

„Soso, Sie kennen sich also aus." Der Mann reichte Susi seine Hand. „Ich bin der Direktor und jetzt zeige ich Ihnen unsere Bücherei."

Der Direktor führte Susi einen langen breiten Gang entlang und schloss eine Tür auf. Das Zimmer dahinter war vollgestopft mit Regalen voller Bücher, auf dem Boden lagen stapelweise Mappen.

„Unsere Abschlussarbeiten", erklärte der Direktor, indem er auf die Mappen zeigte.

„So kann man das aber nicht lassen", tadelte Susi schmunzelnd. „Ich würde hier alles sortieren, damit sich jeder schnell zurechtfindet."

„Soso, sortieren würden Sie."

„Und weshalb gibt es hier neben der Fachliteratur auch Belletristik?", wollte Susi wissen.

„Nun, wir haben ein Wohnheim für unsere Studenten aus dem Umland. Und die wollen

Romane lesen."

Susi versicherte eilig: „Damit kenne ich mich ebenfalls aus, weil zu meiner Ausbildung zwei Monate Arbeit in der Stadtbücherei gehörte."

„Soso, das dachte ich mir, dass Sie sich auch damit auskennen."

Der Direktor führte Susi in einen großen Speiseraum und rief nach der Köchin.

„Diese junge Frau will in der Bücherei arbeiten."

„Das wäre herrlich", freute sich die Köchin. „Ich habe in der Küche so viel zu tun und weiß manchmal nicht, wo mir der Kopf steht."

„Also gut", beendete der Direktor das Gespräch. „Sie", wendete er sich an Susi, „gehen jetzt ins Sekretariat, lassen Ihre Daten dort und wir fordern Ihre Kaderakte an. Dann sehen wir weiter."

Vier Wochen später hatte Susi ihren ersten Arbeitstag in der Fachbibliothek der Landwirtschaftsschule. Das war eine Arbeit genau nach Susis Geschmack. Während des Unterrichts war Ruhe im Haus und Susi konnte eine Kartei anlegen, für jedes Buch und jede Abschlussarbeit Titelaufnahmen anfertigen, die Regale geschickter einräumen und Bücher bestellen. Am schönsten sahen die Einbände der kommunistischen Fachliteratur aus. Das *Kapital* von Karl Marx war zum Beispiel aus hochwertigem Leder und hatte goldene Schriften. Die Buchseiten waren richtig weiß. Die Romane dagegen waren auf gelblichem rauen Papier gedruckt und in dünnem Karton aus blassen Farben eingebunden, die schnell zerfleddert ausschauten.

Susi kümmerte sich ab sofort um den Schulbuchverkauf und bestellte außerdem Fachbücher, Lexika und Belletristik aus den Messelisten, die sie sich jeden Monat aus Leipzig schicken ließ. Darin waren alle Drucksachen sämtlicher DDR-Verlage verzeichnet. Beim Bestellen musste Susi geschickt vorgehen, denn Werke von zum Beispiel Karl Marx wurden wie bestellt geliefert, ebenso altbekannte russische Weltliteratur von Tolstoi oder Dostojewski oder sozialistische Erziehungsliteratur von Christa Wolf und Brigitte Reimann. Aber um einen einzigen Band von Aitmatov zu bekommen, musste Susi drei Stück bestellen. Moderne französische Literatur und kritische Titel von Ulrich Plenzdorf wurden gar nicht angeboten, die lernte Susi erst viele Jahre später kennen. Kommunistische Weltliteratur verkaufte sie an die Lehrer, Romane an die Studenten oder behielt sie selbst. Während der Pausen drängten sich die Studenten und Lehrer in der kleinen Bibliothek, holten ihre bestellten Bücher ab oder wollten einfach nur quatschen. Susi fühlte sich überaus wohl.

## Susi und ihr zweites Kind

Sommer 1974. „Ich will eine kleine Susi", bat Manfred. „Ich will ein Mädchen, das lange Zöpfe hat, sich nicht schmutzig macht, den ganzen Tag singt und plappert."
„Und wie macht man das?"
Manfred lachte und nahm Susi in den Arm. Sie schob ihn zurück.
„Ich meine das ernst. Wenn es nun keine kleine, sondern eine riesengroße Susi wird, die so groß wird wie du?"
Manfred winkte ab.
„Oder wenn es ein ganz kleiner Manfred wird? Glaubst du, man kann das Geschlecht vor der Zeugung bestimmen?"
„Vielleicht." Manfred zuckte mit der Schulter.
Susi überlegte, ob dies möglich war. In ihrem Lexikon stand nichts darüber und in ihrer Bibliothek fand sie ebenfalls keine Antwort. Also ging sie am nächsten Tag in die Buchhandlung der Stadt und kaufte ein Fachbuch über Geschwister. Sie war überrascht, wie einfach es war, Einfluss auf das Geschlecht des künftigen Kindes zu nehmen. Noch mehr überraschte sie, wie wichtig das Geschlecht des

Geschwister für das erstgeborene Kind ist. Für André wäre eine Schwester vorteilhaft, weil er sich somit am besten zu einem Mann entwickeln kann und das Mädchen zu einer Frau. André würde die kleine Schwester beschützen wollen und sie sich geborgen fühlen. Da Mädchen den Jungen verbal überlegen sind, gleicht sich der Altersunterschied wieder aus, der so gering wie möglich sein sollte.

Darüber hatte sich Susi noch niemals Gedanken gemacht. In der Schule lehrte man, dass es zwischen den Geschlechtern keine Unterschiede gibt, Mädchen und Jungen völlig gleich wären. Früher hätte man Jungen und Mädchen getrennt und vor allem unterschiedlich erzogen, heute seien alle gleichberechtigt.

„Seid ihr verrückt?", rief Susis Mutter entsetzt aus, als sie von der neuen Schwangerschaft erfuhr.

„Ein bis zwei Jahre sind der beste Altersunterschied zwischen Geschwistern", verteidigte Susi ihre Entscheidung und ergänzte: „Eure drei Kinder kamen im Abstand von nur einem Jahr."

„Das stimmt. Aber damals gab es keine Pille. Du hättest es einfacher haben können."

149

„André kam zufällig, aber jetzt braucht er ein Geschwister. Mutti, es ist ein absolutes Wunschkind."

„Das mag sein, aber Manfred studiert noch zwei volle Jahre."

„Im dritten und vierten Studienjahr sind die Seminare am Nachmittag. Manfred will dann nicht mehr in Dresden wohnen, sondern bei uns daheim und jeden Tag mit dem Zug zur Uni fahren."

„Und wie wollt ihr das finanziell schaffen?"

„Mit meinen 430 Mark Gehalt ist das überhaupt kein Problem."

„Vorausgesetzt, du bekommst einen Krippen- platz."

„Ach, darüber mache ich mir jetzt noch keine Gedanken."

„Typisch Susi Sorglos", schimpfte die Mutter und schüttelte ihren Kopf. „Und dann in diesem Kellerloch."

Susi zuckte mit der Schulter. Für sie war das Thema beendet und sowieso nicht mehr zu ändern. Ihr ging es gut und sie war glücklich.

Vierter Advent. Susi bummelte mit Manfred und dem kleinen André über den Weihnachtsmarkt. Viele Leute waren unterwegs, denn die beiden Kaufhäuser und einige Geschäfte der Innen- stadt hatten geöffnet. Aber Susi wollte nichts kaufen, sie hatte das Geschenk für André längst besorgt: ein großes gelbes Postauto aus Holz, bei dem man sämtliche Türen öffnen konnte. Im Laderaum hatte sie viele Holzbausteine versteckt. André liebte Autos und Bausteine. Susi freute sich auf den Moment, in dem Uwe als Knecht Ruprecht verkleidet das Postauto aus dem Geschenkesack zog. André war nun fast zwei Jahre alt und konnte schon vieles von der besonderen Stimmung der Weihnachtszeit wahrnehmen.

Susi liebte Traditionen und ganz besonders die Bräuche im Advent. Sie hatte einen Adventskranz aus Tannenzweigen auf dem Esstisch stehen und mit vier dicken Kerzen geschmückt, von denen die vierte heute zum Vesper feierlich angezündet werden sollte. Neben dem Kranz stand ein großer Nussknacker und ein Räucherhäuschen, aus dem am Abend lustig der Rauch einer Räucherkerze heraus dampfte. Im Fenster stand ein großer geschnitzter Bergmann, den ihr die Eltern zum letzten Weihnachtsfest geschenkt hatten. Diese wunderschönen geschnitzten Figuren aus dem Erzgebirge gab es ganz selten zu kaufen, außerdem waren sie unerschwinglich teuer. Gern hätte sie eine Tanne aufgestellt und mit Lichtern, Lametta und Kugeln geschmückt, aber dafür waren die Zimmer ihrer Wohnung zu klein. Sie freute sich auf den ersten Feiertag bei ihren Eltern, denn dort würde ein festlich geschmückter Baum stehen.

„Schau nur!"

Manfred wies mit seiner Hand auf ein kleines Mädchen, das an ihnen vorbei lief, seine Zöpfe lugten unter der Mütze hervor und wippten bei jedem Schritt.

„So eine niedliche kleine Susi wünsche ich mir."

Manfred legte seinen Arm um Susi. „Einen Stammhalter haben wir schließlich schon."

Plötzlich zuckte Susi zusammen.

„Was ist denn?", wollte Manfred wissen.

„Mein Bauch." Susi umfasste mit beiden Händen ihren runden Babybauch. „Senkwehen können es nicht sein, ich bin doch erst im sechsten Monat."

Erschrocken befühlte Susi ihren Unterleib.

„Manfred, wir gehen auf dem Heimweg an der Frauenklinik vorbei. Irgendwas stimmt nicht."


Susi lag auf dem Untersuchungsstuhl und unter diesem Stuhl stand ein Eimer.

„Der Fötus sitzt locker", brummte der Arzt. „Den Rest machen wir gleich weg."

„Warum sind Sie nicht Metzger geworden? Das hätte besser zu Ihnen gepasst", fauchte Susi.

Überrascht schaute der Arzt auf. Es sah aus, als wollte er etwas sagen. Aber er schüttelte nur seinen Kopf und konzentrierte sich sofort wieder auf seine Arbeit.

Eine halbe Stunde später lag Susi in einem Bett in der Frauenklinik und war nicht mehr schwanger. Obwohl ihr der Unterleib bei jeder Bewegung schmerzte, drehte sie sich zur Seite. Sie wollte das Mädchen im Nachbarbett nicht sehen, so fiel es ihr leichter, die giftigen Bemerkungen hinunterzuschlucken, die ihr fast von allein aus dem Mund sprudeln wollten. Das Mädchen nutzte die Weihnachtsferien zu einem Schwangerschaftsabbruch. So würde keiner aus ihrer Schulklasse oder aus der Nachbarschaft von ihrem Malheur erfahren. Susi hatte kein Malheur im Bauch und auch keinen Fötus, ihr Baby war *weggemacht* worden und wie schmutziger Abfall in einem Eimer entsorgt. Dabei war es ein Wunschkind, das schon einen Namen hatte: Katja. Katja - das klingt sehr freundlich und passt wunderbar zu André. Der Name Katja bedeutet *rein* wie natürlich, echt. Ein schöner Name. Nun gab es nichts mehr, was eine Katja werden konnte.

Susi drückte ihren Kopf tief ins Kissen. Gern hätte sie etwas gelesen, um ihre traurigen Gedanken wegzuwischen. Aber sie hatte kein Buch. Susi konnte nicht einmal eine Krankenschwester um ein Buch bitten, denn seit sie hier im Zimmer lag, hatte sich keine blicken lassen.

Susi hörte nur Gelächter aus der Ferne. Wahrscheinlich feierte das Personal Advent. Jetzt zur Weihnachtszeit waren kaum Patienten im Haus. Auch keine Besucher. Die Besuchszeit zwischen 14 und 15 Uhr war längst vorüber, etwa um diese Zeit ist Susi in die Klinik gekommen. Die nächste Besuchserlaubnis wäre erst am Mittwoch, am ersten Weihnachtsfeiertag. Bis dahin wäre sie ganz allein mit diesem Mädchen. Susi weinte. Sie fühlte sich schrecklich einsam und sehnte sich nach Manfred, nach Trost, obwohl sie völlig untröstlich war. Der große, üppig geschmückte Weihnachtsbaum draußen auf dem Gang machte sie noch trauriger als sie so schon war. Erst am Freitag sollte Susi entlassen werden, aber dann wäre das Weihnachtsfest vorbei.

André freute sich, als seine Mama wieder nach Hause kam. Stolz zeigte er ihr sein neues Postauto, das ihm der *Rubborsch* (Ruprecht) geschenkt hatte. Und er zeigte ihr, was er alles in das Auto hinein gepackt hatte. Susi bestaunte Metallteile und Folienbänder, wusste aber nichts damit anzufangen. Sie brachte das Auto samt Inhalt zu Manfred, der gerade die abgebrannten Kerzen am Adventskranz austauschte. Manfred sprang auf und lief zu seinem Radio. Das stand quer, fast komplett aus dem Regal herausgezerrt. Die hintere Abdeckung war abmontiert und fünf der Röhren fehlten. Die musste der kleine Junge herausgerissen haben. Schnell schaute sich Manfred André´s Hände an und seufzte erleichtert, denn sie waren unverletzt. Nun erst erkannte er das viel größere Problem: Die vielen Folienbänder waren seine Tonbänder. André hatte mehrere davon abgewickelt und in sein Postauto gestopft. Manfred versuchte, einige der Aufnahmen zu retten, indem er die Bänder vorsichtig auf die Spulen drehte. Aber diese Mühe war völlig vergebens. Nun war ihm klar, weshalb der Junge so lange so ruhig gespielt hatte.

Im darauffolgenden Sommer musste Manfred zusammen mit allen Studenten seines Studienjahres zu einer sechswöchigen militärischen Grundausbildung nach Thüringen.

„Sechs lange Woche ohne dich! Ich weiß nicht, wie ich das aushalten soll", jammerte Susi.

Sie strich vorsichtig über Manfreds Kopf. Seine Haare waren militärisch kurz geschoren, fast wie Glatze. So ohne seine schulterlangen schwarzen Locken sah Manfred richtig fremd aus.

„Du wirst es nicht glauben, wer neben mir beim Friseur saß." Manfred lachte. „Mein alter

Schuldirektor, der mir zu Schulzeiten jeden Morgen auflauerte und sich über meine langen Haare aufregte."

„Hat er dich erkannt?"

„Und ob! Sein Kommentar: *Herzog, dass ich das miterleben darf, wenn deine langen Zotteln runter müssen.* Nun, ich gönne ihm diese Genugtuung."

Manfred mochte keine Waffen, ihm graute vor dieser militärischen Zeit. Erfahrungen mit Waffen hatte er wie jedes Kind durch die vormilitärische Grundausbildung gesammelt, die Pflicht in allen Schulen war. Nahezu jeder Schüler war Mitglied in der GST (Gesellschaft für Sport und Technik) und musste an diesem reinen Wehrsport mit Schießwettkämpfen teilnehmen. Im neunten Schuljahr fuhren alle Jungen in ein Zeltlager, um zwei Wochen vormilitärischer Übungen zu absolvieren. Als Vorteil der GST sah Manfred, dass er nahezu kostenfrei die Motorrad-Fahrerlaubnis machen konnte. Aber an den regelmäßigen Schießübungen hatte er überhaupt keine Freude.

Manfred hatte das seltene Glück, dass ihm nach seiner Lehrausbildung der Grundwehrdienst von eineinhalb Jahren in der NVA (Nationale Volksarmee) erspart blieb und er sofort studieren durfte. Normalerweise folgte auf das Abitur sofort der Dienst als Soldat in der

Armee. Und diese Studenten, die ihren Soldatendienst bereits absolviert hatten, wurden als militärische Ausbilder für ihre Kommilitonen eingesetzt. Gib einem Menschen Macht und du lernst seinen Charakter kennen. Manfred war völlig fassungslos darüber, wie gründlich sich seine Mitstudenten veränderten und wie freudig sie ihre Macht missbrauchten, indem sie ein strenges Kommando führten. Die körperlichen Schikanen bereiteten Manfred kaum Probleme, aber seelisch verkraftete er diese Veränderung seiner Freunde nur schwer. Er konnte nicht verstehen, weshalb ein gebildeter Mensch Freude empfand, wenn er andere Menschen erniedrigte.

Susi saß auf der Toilette und presste beide Hände gegen ihre Brust. Dieses grässliche Stechen bei jedem Atemzug spürte sie gestern schon, es hörte gar nicht mehr auf und machte ihr Angst. Wie eine Erkältung fühlte es sich nicht an, es musste mit der Luft und somit mit der Lunge zusammenhängen. Susi glaubte nicht, dass sie sich in der Heilstätte mit Lungen-TBC angesteckt haben könnte. Dazu war es viel zu lange her.

Sie löste die Haken ihres BHs und hoffte, dass sie dadurch besser atmen konnte und mehr Luft bekam. Doch das Stechen wurde noch heftiger. Sie versteckte den BH unter ihrer Bluse und ging zurück in die Bibliothek, wo sie ihn in ihre Handtasche stopfte. Susi setzte sich an ihren Schreibtisch, konnte sich allerdings nicht konzentrieren. Also stand sie auf und räumte einige Bücher hin und her. Auch das half nicht. Schließlich versperrte sie die Tür der Bibliothek und brachte den Schlüssel ins Sekretariat.

„Ich muss zum Arzt. Es ist dringend."

Seit einer Stunde saß Susi im Gang der Poliklinik. Nach der Untersuchung gab man ihr eine Art weiße Farbe zu trinken, ein Kontrastmittel. So richtig konnte sich Susi den Sinn nicht erklären, denn die Farbe ging ihrer Meinung nach in Darm und Magen, aber sie fühlte Beschwerden in der Lunge.

„Wozu ist das gut?", wollte sie wissen.

„Für eine Untersuchung." Eine Frau, die eine lange weiße Gummischürze trug, führte Susi in die Röntgenkabine. „Sind Sie schwanger?"

„Ich glaube nicht, aber ich wäre es gern."

„Gut, dann decken wir sicherheitshalber den Unterleib ab."

Die Frau hängte Susi einen schwarzen Latz um den Unterbauch, positionierte Susis Arme oberhalb eines Bleches und ging hinter eine Scheibe.

„Tief einatmen und Luft anhalten!", hörte Susi

die Stimme, dann wurde ihr schwarz vor Augen.
„Geht es wieder?"

Susi merkte, dass sie auf dem harten Boden lag und spürte leichte Schläge im Gesicht.

„Was war denn passiert?", fragte sie irritiert.

„Vielleicht vertragen Sie das Kontrastmittel nicht. Aber wir sind noch nicht fertig. Kommen Sie!"

Die Aufnahme musste wiederholt werden und dann noch eine von der Rückseite.

Eine Woche später erklärte der Arzt: „Sie haben eine Rippenfellentzündung. Sie müssen früher schon einmal eine gehabt haben, denn ich sehe Vernarbungen. Diese alte Entzündung wird Ihnen Schwierigkeiten machen, weil sie nicht behandelt wurde. Ich gebe Ihnen Antibiotika und ein Beruhigungsmittel."

Susi schluckte die Medikamente. Die Schmerzen ließen nach. Aber die Übelkeit blieb. Besonders am Morgen fühlte sich Susi furchtbar schlecht, oft musste sie erbrechen, auch nach Ablauf der Einnahmezeit der medizinischen Mittel.

„Schwanger! Ich bin schwanger!", rief Susi.

Sie freute sich riesig auf ihr zweites Kind und darauf, dass André endlich ein Geschwister bekommen sollte. Drei Jahre Altersunterschied fand Susi ganz in Ordnung, denn drei war eine von Susis magischen Zahlen. Sie waren drei Geschwister, ihr Elternhaus hatte die Nummer 33, drei Jahre lang ging ein Kleinkind in die Kinderkrippe, drei Jahre lang blieb es im Kindergarten, drei Jahre lang war es Jung-pionier.

Drei Monate später lag Susi wieder in der Frauenklinik. Sie musste den ganzen Tag im Bett liegen bleiben und so oft es ging wie ein Hündchen auf allen Vieren kauern. Mit dieser Übung sollte sich die geknickte Gebärmutter aufrichten.

„Wann kommt denn das Kind?", wollte ihre Bettnachbarin Heidi wissen.

„Im Februar."

Heidi lachte. „So wie im Mai die Liebe war, das zeigt sich stets im Februar."

Susi lachte mit. „Das passt, denn mein Sohn André ist ebenfalls im Februar geboren."

Heidi sollte Zwillinge bekommen. Auch bei ihr gab es Komplikationen, aber sie durfte im Zimmer herumlaufen.

„Schaden die Tabletten nicht meinem Baby?"

„So ein Unsinn!", schimpfte die Kranken-schwester. „Wenn der Doktor die Medikamente verordnet, dann werden sie auch geschluckt." Energisch stemmte die Schwester die Hände in ihre breiten Hüften, stellte sich zwischen die Betten und wartete, bis beide Frauen ihre

Medizin genommen hatten.

Nach zwei Monaten war das Ungeborene in Susis Bauch groß genug, um nicht mehr vorzeitig herauszurutschen, und Susi durfte wieder nach Hause.

„Manfred, ich glaube, es geht los."

Susi rüttelte an Manfreds Schulter.

„Was?" Schlaftrunken richtete sich Manfred im Bett auf und schaute auf die Uhr. Drei Uhr.

„Das Baby. Ich glaube, das Baby kommt."

„Gut. Du ziehst dich in Ruhe an und ich laufe schnell rüber zu meiner Mutter und gebe ihr Bescheid, damit sie dir bei der Geburt helfen kann. In einer halben Stunde bin ich zurück und bringe dich in die Klinik."

Sie mussten zur Klinik laufen, weil überall so viel Schnee lag. Außerdem war die nächste Telefonzelle, von der aus man einen Krankenwagen rufen konnte, nicht viel näher als die Klinik selbst.

„Heute ist der 29. Februar. Ist das nicht lustig? Diesen Tag gibt es nur aller vier Jahre. Außerdem ist heute Sonntag. Unser Kind wird ein Sonntagskind, ein glückliches Kind, ein fröhliches Kind, das uns nur Freude macht."

Susi plapperte ohne Pause. Sie versuchte damit, ihre Angst wegzureden. Sie stapfte durch den tiefen Pulverschnee, der leicht wie

Luft war und krallte sich in Manfreds Arm, um nicht zu fallen. Die Wehen schüttelten Susi in Abständen von maximal drei Minuten und sie fürchtete, die Klinik nicht rechtzeitig zu erreichen.

Alles ging gut. Noch vor Sonnenaufgang war die kleine Anett geboren. Anett bedeutet *die Anmutige,* ein wunderschöner Name. André und Anett, das passte gut zusammen. Susi war glücklich und schlief erschöpft ein.

„Susi, wir haben dein Baby in die Kinderklinik geschickt. Das Blut soll ausgetauscht werden", erklärte Manfreds Mutter.

Susi fuhr hoch. „Warum?"

„Es ist ganz gelb und hat überall blaue Flecken am Körper."

„Na und?" empörte sich Susi. „Dein Mann und deine Tochter haben auch eine gelbe Haut. Hast du das dem Arzt nicht gesagt?"

Für Susi sah die etwas dunkle Hautfarbe von Manfreds Vater und Schwester ganz normal aus. Für die Ärzte schimmerte sie gefährlich gelb und sie veranlassten diverse Untersuchungen. Aber keine dieser Untersuchungen ergaben eine Gelbsucht oder eine andere Leberkrankheit.

„Und die blauen Flecken kommen von deinen Ellenbogen, die du mir während der Geburt ständig in den Bauch gerammt hast."

Manfreds Mutter winkte ab. „Das beschleunigt die Geburt."

Susi weinte. Sie hatte große Angst um ihr Kind, denn sie glaubte nicht daran, dass den Ärzten der Blutaustausch ausreicht. Sie würden weiter nach einer Ursache suchen, die es vielleicht gar nicht gab. Vor ihrem inneren Auge sah sie ihr kleines Baby zwischen großen medizinischen Geräten und fühlte, wie es vor Schmerzen schrie.

Da Sonntag und somit Besuchstag war, durfte Manfred fast eine Stunde lang Susi im Arm halten und trösten.

„Alles wird gut", versprach er, aber seine Stimme hörte sich dünn an.

Die Woche in der Klinik war für Susi schwer auszuhalten. Wenn die anderen sieben Frauen im Zimmer ihre Babys zum Stillen bekamen, ging Susi draußen auf dem Gang auf und ab. Die jungen Mütter lachten viel, sie waren glücklich. Obendrein war ausgerechnet Fasching und die Schwestern trugen lustig bunte Papierhütchen.

Kaum daheim schoss die Muttermilch in Susis Brüste, die extrem anschwollen und entsetzlich schmerzten. Susi band die riesigen Brüste mit zwei Windeln nach oben und knotete die Enden hinter dem Hals zusammen. Alles schien ihr auf einmal unerträglich.

Die kleine Anett lag inzwischen in der Kinder-klinik in Chemnitz hinter einer Glaswand, die keine Bakterien hindurch ließ. Die kleinste Infektion würde den Tod des Kindes bedeuten.

Susi und Manfred standen hilflos im Gang und versuchten, wenigstens aus der Entfernung irgendwie ihr Kind zu spüren. Sehen konnten sie es nicht, denn es lag im dritten Bett weiter hinten im Raum. Anfassen oder gar in den Arm nehmen durften sie es erst recht nicht.

„Sie kommen am Donnerstag sechs Uhr hierher!" Der Arzt schaute Manfred an. „Sie begleiten Ihr Kind beim Transport nach Leipzig."

Der Arzt drehte sich um und ging weg, ohne dass Susi etwas fragen konnte.

Donnerstag. Manfred war mit dem Zug nach Chemnitz gefahren und stand pünktlich sechs Uhr vor dem Arztzimmer. Eine Stunde später drückte man ihm ein kleines Bündel in den Arm.

„Gehen Sie in Haus A ins Wartezimmer, Sie werden aufgerufen."

Manfred rührte sich nicht. Er war starr vor Schreck. Dieses Bündel war seine schwer kranke Tochter, für die jede Bakterie ihren Tod bedeutet. Und Manfred trug keinen Mund-schutz, keine Handschuhe, nicht einmal einen weißen Kittel über seinem Winteranorak, der sicher voller Straßenstaub und Bakterien der vielen Menschen aus dem Zug und vom Fußmarsch durch die staubige Stadt voller Trabi-Abgase war.

„Gehen Sie! Haus A", rief die Schwester.

Manfred hätte gern gewusst, ob es einen geschützten Gang zu Haus A gibt oder ob er einfach so mit dem kranken Kind auf dem Arm hinaus in die kalte Winterluft gehen und das Haus A suchen sollte. Vorsichtig hielt er die Kleine im Arm und drückte mit dem Ellenbogen die Türklinke herunter, um ins Treppenhaus zu gelangen.

Auf dem Hof traf Manfred einen freundlichen Mann, der ihm den Weg zu Haus A beschrieb. Manfred öffnete seinen Anorak und schob das Bündel zwischen das Futter und seinen Pullover.

Der Warteraum war kein abgeschlossener Raum, sondern ein zugiger Gang. Hier saßen und standen gut zwanzig Personen. Es war ein ständiges Kommen und Gehen von Patienten, die von einer Klinik in eine andere transportiert wurden. Bei jedem Öffnen der Tür wehte ein Schwall eiskalter Luft in den nach Medikamenten und Schweiß stinkenden Gang. Nach gut zwei Stunden rief endlich eine tiefe Stimme: „Leipzig. Schnell!"

Manfred stand auf und ging zur Tür. Im

Krankenwagen saß bereits eine sehr füllige alte Dame und auf der Liege in der Mitte lag ein Mann, der leise stöhnte. Außer Manfred stieg ein weiterer Mann zu und eine junge Frau, die ein ebensolches Bündel wie Manfred im Arm hielt. Manfred entdeckte, dass mehrere dünne Schläuche aus Mund und Nase des fremden Säuglings heraushingen, die mit Pflastern im Gesicht festgeklebt waren.

„Mein Kind hat eine Magensonde", erklärte die junge Frau, die Manfreds Blicke bemerkte „und muss aller halben Stunde Nahrung bekommen. Inzwischen sind vier Stunden vergangen und ich habe große Angst um mein Kind."

Die Frau zitterte am ganzen Körper, obwohl es im Krankenwagen heiß und stickig war. Auch sie sollte ihr krankes Kind nach Leipzig begleiten, wo sie fast zwei Stunden später eintrafen. Unterwegs sammelte der Transport eine weitere Frau ein. Manfred war froh, dass sie zuerst zur Kinderklinik fuhren und somit noch vor all den anderen Kranken aussteigen konnten. Er atmete tief durch an der frischen Luft und beugte sich schützend über sein kleines Mädchen. Es hatte die ganze Zeit über keinen Ton von sich gegeben. Offensichtlich fühlte es sich geborgen in Manfreds Armen.

Nachdem Manfred eine weitere Stunde in einem dunklen Gang warten musste, nahm ihm eine Schwester sein Kind ab.

„Sie können gehen."

„Wohin?"

Erstaunt drehte sich die Schwester um und schaute Manfred fragend an.

„Wie geht es weiter? Soll ich warten?"

„Nein. Ich sagte doch, dass Sie gehen können."

„Kann ich anrufen?"

Die Schwester zuckte mit der Schulter. „Wir geben keine telefonischen Auskünfte. Besuchszeiten sind Mittwochs und Sonntags von drei bis vier."

Gleich am Sonntag fuhren Susi und Manfred mit dem Bus nach Leipzig. Das ging schneller als mit dem Zug, bei dem sie in Dresden umsteigen mussten.

Vor der Klinik warteten unzählig viele Menschen darauf, ins Gelände zu dürfen. Einige schubsten und drängelten nach vorn, andere standen abseits und schauten wie abwesend vor sich hin. Schlag 15 Uhr öffnete der Pförtner das Tor und die Menschen rannten hindurch.

Susi und Manfred fanden die Kinderklinik schnell, mussten aber lange nach der Station suchen, auf der ihre kleine Tochter liegen sollte. Eine Auskunftsstelle gab es nicht. Susi hoffte, eine Krankenschwester zu treffen, die ihr sagen konnte, in welchem Zimmer ihr Baby lag. Und sie hoffte, dass sie ihr Kind endlich in den Arm nehmen durfte. Sie hatte es bis jetzt noch nicht einmal richtig gesehen.

Die Tür im Erdgeschoss war verschlossen, die im ersten Stock ebenfalls. Im zweiten Stock hörten sie leises Stimmengemurmel und trafen auf eine Menschentraube, die sich vor einer geöffneten Tür drängte und versuchte, in das dahinter liegende Zimmer zu schauen.

„Da hinten in dem Raum sitzen Kinder", berichtete Manfred, der so groß war, dass er über die meisten Köpfe hinweg sehen konnte.

„Darf ich mal durch?", bat Susi.

„Wir wollen alle nach vorn und unsere Kinder sehen", erklärte ein Mann. „Aber in der Tür haben nur vier Leute Platz."

„Ich verstehe nicht", stammelte Susi.

„Ganz einfach: Hinter der Tür ist der Schlafsaal, in dem die Kinder liegen. Fünf Meter von der Tür entfernt stehen kleine Stühlchen, auf dem einige Kinder sitzen. Die Kinder, denen es schlechter geht, liegen hinten in ihren Bettchen. Die kann man nicht sehen."

„Das ist ja furchtbar."

Plötzlich hörte Susi einen durchdringenden Schrei. Ein kleiner Junge hatte versucht, zur Tür zu laufen, wo seine Mama stand, und wurde von einer Schwester grob zurück und in den hinteren Raum gezerrt.

Eine Frau trat zurück. Sie schlug die Hände vor ihr Gesicht und klagte: „Ich ertrage es nicht. Ich ertrage es nicht."

„Gibt es hier keinen Arzt, mit dem man sprechen kann?", wollte Susi wissen.

„Nein. Heute ist Sonntag. Vielleicht haben Sie am Mittwoch Glück."

„Komm, Susi, wir gehen. Hier zu warten bringt nichts. Wir kommen am Mittwoch wieder."

„Was ist mit unserem Kind?"

„Die Blutwerte sind nicht normal."

„Aber das ist doch nicht schlimm. Ich meine, wir könnten es im Arm halten, damit es endlich seine Mutter spürt. Das ist doch wichtig."

„Was wichtig ist bestimme ich", fauchte ein Mann im weißen Kittel, der offensichtlich ein Arzt war. Neben ihm standen zwei weitere Männer in weißem Kittel und eine Frau. Die Frau hielt die Arme vor der Brust verschränkt und verdrehte ihre Augen. Manfred legte seinen Arm beruhigend um Susis Schultern.

„Hören Sie! Wir kommen mit dem Bus aus Freiberg und warten jetzt seit einer Stunde auf ein Arztgespräch. Und unser Kind haben wir nicht einmal gesehen. So geht das nicht."

Susi zitterte. Sie war ganz rot im Gesicht.

„Gehen Sie! Ich habe es nicht nötig, mich mit

einer derart aufgebrachten Frau abzugeben."

„Ich gehe nicht eher bis ich weiß, wie es unserem Kind geht, wie lange es hier bleiben muss und warum und vor allem, was Sie mit ihm machen, welche Medikamente Sie ihm geben."

Die letzten Worte hatte der Arzt nicht mehr gehört, denn Susi wurde von den zwei Männern grob aus dem Zimmer geschoben.

„Lassen Sie meine Frau los!" Manfred war derart fassungslos, dass er erst eine Weile brauchte, um seine Sprache wiederzufinden.

Sonntag fuhren Susi und Manfred nicht nach Leipzig, da sie ihr Kind ohnehin nicht sehen durften. Sie standen am Mittwoch weit vorn in der Warteschlange vor dem Arztzimmer. Die Tür öffnete sich, aber Susi und Manfred wurden nicht hereingebeten, statt dessen die junge Frau hinter ihnen.

„Jetzt sind wir dran!", beschwerte sich Susi.

„Sie kommen hier gar nicht mehr dran."

Mit offenem Mund und ausgebreiteten Armen starrte Susi auf die anderen Besucher. Aber die schauten zur Seite und schienen alles in Ordnung zu finden. Gar nichts war in Ordnung. Susi riss die Tür auf.

„Familie Herzog?", hörte sie neben sich eine ruhige freundliche Stimme. Ein älterer Herr

wies mit dem Arm auf eine offene Tür im Gang.
*Professor* stand am Schild auf dem Tisch.

„Wu de Hosn Husn haßn", sagte der Mann lächelnd.

„Wie bitte?"

„Guten Tag. Ich dachte, Sie kommen aus dem Erzgebirge und verstehen den Spruch."

„Nein, wir sind aus Freiberg."

„Ich möchte mit Ihnen über ihr Kind sprechen, bitte nehmen Sie Platz." Der Professor wies mit der Hand auf die beiden Stühle, die vor seinem großen Schreibtisch standen. „Es hat eine sehr seltene Anämie mit zu vielen roten Blut-körperchen."

„Und was bedeutet das?"

„Das wissen wir nicht. Es gibt praktisch keinen Vergleichsfall."

„Können wir Anett mit nach Hause nehmen?"

„Nein, das geht nicht. Aber Sie dürfen ihr Kind während der Besuchszeiten hier im Gelände ausfahren. Die frische Luft und der Kontakt zu Ihnen wird ihm gut tun."

Der Professor erklärte, dass sie regelmäßig das Blut untersuchen, um bei einer Ver-schlechterung der Werte sofort das Blut auszu-tauschen.

„Außerdem entnehmen wir Gewebeproben aus der Leber."

Susi zuckte zusammen.

„Keine Sorge, Frau Herzog. Wir sind eine sehr moderne Universitätsklinik und haben auch in unseren Hörsälen die besten Bedingungen für diesen kleinen Eingriff."

„Hörsäle? Wieso denn Hörsäle?"

Susi sprang von ihrem Stuhl auf. Auch der Professor erhob sich.

„Wenn Sie sich beeilen, können Sie Ihr Kind jetzt ausfahren, die Stationsschwester ist informiert und hat alles vorbereitet. Wir sehen uns immer am ersten Mittwoch im Monat. Guten Tag."

Manfred zog Susi aus dem Zimmer. Im Gang wartete eine Krankenschwester, die ein Baby im Arm hielt. Sie schaute Susi freundlich an und reichte ihr das Kind.

„Der Kinderwagen steht unten im Treppenhaus. Ich warte pünktlich 16 Uhr im Hauseingang auf Sie."

Susi drückte die kleine Anett fest an sich und stieg mit ihr im Arm vorsichtig die Treppen hinunter. Dort legte sie ihr Baby in die Kinderkutsche, Manfred öffnete die Tür und sie fuhren hinaus in den Park. An einer Bank hielten sie an und bestaunten ihre Tochter, als wäre sie ein großes Wunder.

„Ob wir sie herausnehmen dürfen?"

„Warum nicht? Wir haben sie doch beide schon gehalten."

Manfred hob Anett auf seinen Arm und war überrascht, wie leicht sie war. Das kleine Gesicht wirkte wie das einer Puppe, sehr helle Haut, helle runde Augen und helle Haare. Susi schob erstaunt die Mütze zurück.

„Das verstehe ich nicht. Wir sind beide dunkel, André ebenfalls."

„Sie ist eben ein blonder Engel", versuchte Manfred zu scherzen.

„Sag so etwas nicht!", bat Susi erschrocken.

„Weißt du, was wir machen?", lenkte Manfred schnell ab. „Wir bringen am Sonntag einen Fotoapparat mit und machen tausend Bilder von unserer Kleinen. Und die stellen wir daheim überall auf, damit sie gleich bei uns ist."

Susi nickte. Die Zeit mit ihrer Tochter verging rasend schnell und sie mussten sie schweren Herzens wieder der Krankenschwester übergeben.


„Was ist denn los?"

Manfred fuhr mitten in der Nacht hoch. Susi hatte mehrmals laut geschrien. Nun saß sie zitternd im Bett und umschlang ihre Knie mit den Armen. Manfred zog sie zu sich heran und drückte sie gegen seine Schulter. Da fing Susi an zu weinen. Sie schluchzte so sehr, dass ihr ganzer Körper bebte. Erst, als sie sich so langsam beruhigte, fragte Manfred: „Was hast du denn Schlimmes geträumt?"

„Ich sah Anett nackt auf einem Tisch liegen, eine Frau im weißen Kittel umfasste ihre Beine, eine andere hielt eine Hand auf das Gesicht und drückte mit der anderen die kleinen Ärmchen an den Körper. Es war in einem riesengroßen Hörsaal und hunderte Studenten schauten zu, wie ein Arzt eine Nadel in den Bauch von unserem Baby stach."

Und wieder schüttelte Susi ein Weinkrampf.

„So ist es ganz bestimmt nicht. Das ist nur ein böser Traum", versuchte Manfred die verzweifelte Susi zu beruhigen. Aber Susi stieß Manfred grob zurück, rannte zur Toilette und musste sich übergeben. Lange hockte sie vor der Kloschüssel, die Übelkeit wollte nicht enden.


Seit zwei Monaten erlaubte ein neues Gesetz, dass die Mutter beim zweiten Kind ein ganzes Jahr daheim bleiben durfte und ihr volles Gehalt bekam. Aber Susis Kind lag in einer Klinik, also galt für sie dieses Gesetz nicht, sie musste nach dem Wochenurlaub zurück zur Arbeit.

„Ich nehme am Mittwoch meinen Haushaltstag und möchte ab sofort jeden Mittwoch frei haben."

„Das geht nicht", antwortete der Direktor.

„Es muss irgendwie gehen. Ich darf mein Kind nur Sonntags und Mittwochs eine knappe Stunde lang sehen. Und ich will auf keine einzige dieser Stunden verzichten."

„Es geht nicht und damit Punkt."

Trotzig sprach Susi weiter: „Im Grunde wäre ich gar nicht hier, sondern im Babyjahr daheim."

„Dein Kind ist aber nicht daheim, sondern in der Klinik."

„So wie deine Frau", konterte Susi. „Und du darfst sie täglich besuchen. Sogar deine Kinder dürfen mit."

„Du weißt, dass das eine Ausnahme ist, weil meine Frau im Sterben liegt."

„Ja, ich weiß. Aber du kennst deine Frau seit zwanzig Jahren, ich kenne mein Kind noch gar nicht. Mein Sohn hat seine Schwester überhaupt noch nie gesehen, denn er darf nicht in die Klinik."

Der Direktor drehte sich zur Seite. Susi merkte, dass es ihm schwer fiel, über dieses Thema zu sprechen. Ihr war klar, dass sie zu weit gegangen war, als sie die sterbende Frau erwähnte, aber sie wusste sich nicht anders zu helfen.

„Geh jetzt!"

Susi drehte sich um und verließ das Zimmer des Direktors. Als sie am späten Nachmittag den Schlüssel zur Bibliothek im Sekretariat abgab, erhielt sie einen Brief.

„Sehr geehrte Frau Herzog, die von Ihnen beantragten arbeitsfreien Tage (jeweils Mittwoch) sind Ihnen hiermit bis auf weiteres genehmigt. Stempel. Unterschrift."


„Sie können Ihr Kind mit nach Hause nehmen."

„Ist Anett gesund?", jubelte Susi.

Der Arzt schüttelte den Kopf und hob wie entschuldigend die Arme. Darüber wollte Susi jetzt nicht nachdenken. Zehn Monate lang war ihr Kind in verschiedenen Kliniken diversen Untersuchungen ausgesetzt. Sie hatte es in dieser Zeit insgesamt zwölf Mal sehen dürfen. Ab heute sollte alles anders werden. Ihr blieben noch fast drei Monate Babyzeit, in der sie daheim bleiben und sich um Anett kümmern durfte. Ausgerechnet heute war Manfred nicht dabei. Sein Studium war beendet und er arbeitete seit drei Monaten in seinem Aus-bildungsbetrieb und konnte seitdem nicht mehr mitten in der Woche frei nehmen.

Susi hatte keinen Kinderwagen dabei und auch keine Babykleidung, aber sie freute sich, als man ihr das Kind in eine Decke gewickelt in den Arm gab. Mit diesem erschreckend leichten Bündel von etwas über fünf Kilogramm fuhr Susi mit der Straßenbahn zum Bahnhof, dann mit dem Zug nach Dresden und schließlich mit dem nächsten Zug nach Freiberg. Manfred und André standen auf dem Bahnhof und starrten sprachlos auf die strahlende Susi mit ihrem wertvollen Paket im Arm.

Anett zuckte jedes Mal zusammen, wenn sich ihr jemand näherte. Sobald Susi die Kleine wickeln oder auf den Arm nehmen wollte, machte sie sich steif. Sie hatte ganz offensichtlich Angst. Diesem Baby fehlte das Urvertrauen und somit die komplette Lebensbasis. Kein Mensch kann sich ohne Körperkontakt und liebende Zuwendung entwickeln, weder geistig noch körperlich.

Das schlimmste für Susi war, dass Anett nicht essen wollte. Das Füttern dauerte entsetzlich lange. Susi stellte dabei den Teller mit dem Babybrei auf den warmen Kachelofen, damit sich das Essen nicht so schnell abkühlt. Vermutlich war das kranke Kind so schwach, dass es überhaupt keinen Lebenswillen besaß. Es machte sich steif oder wehrte sich. Es wollte nicht berührt und nicht liebkost werden und es wollte nicht essen. Susi hielt ihr Kind auf dem Schoß und führte den Löffel voller Brei an den Mund. Doch Anett drehte den Kopf zur Seite und presste die Lippen fest zusammen. Susi berührte leicht die Lippen der Kleinen, aber sie öffneten sich nicht. Manchmal verlor Susi die Geduld und drückte mit ihren Fingern den

Mund derb auseinander, um den Löffel hineinzuquetschen. Dann schrie Anett und verschluckte sich am Brei.

Susi war verzweifelt, denn Anett durfte auf gar keinen Fall auch nur ein einziges Gramm abnehmen, das hatte der Arzt ihr mit auf den Weg gegeben. Aber er hatte ihr nicht gesagt, wie man das macht. Und er hatte ihr auch nicht gesagt, dass sie dafür unermesslich viel Geduld braucht. Susi wusste sich einfach nicht zu helfen.

André war immer ein guter Esser gewesen. Bei ihm war die Flasche und später der Teller sofort leer und er schrie, wenn es nichts mehr gab. Anett schrie, wenn sie essen sollte.

Susi dachte an ihre eigene Kindheit und daran, dass sie selbst nie gern gegessen hatte. Sie war immer zu klein und zu zierlich und untergewichtig gewesen. Erst während ihrer Lehrzeit wuchs sie auf fast 170 Zentimeter heran und überragte sogar einige ihrer Freundinnen. Dieser Gedanke tröstete Susi ein wenig und sie hoffte, dass auch Anett wachsen würde.

## Susi und die Neubauwohnung

1. März 1976. Der Tag nach Anetts Geburt war ein sehr wichtiger Tag, denn genau an diesem

Tag musste der Antrag für die Aufnahme in die AWG (Arbeiterwohnungsgenossenschaft) abgegeben werden. Mit zwei Kindern durfte man ein Kinderzimmer, in der Regel sieben Quadratmeter klein, beanspruchen. Manfred beeilte sich, seine Tochter sofort ins Familienbuch eintragen zu lassen. Denn ohne diesen Nachweis hätten sie offiziell nur ein Kind gehabt und keinen Anspruch auf ein Kinderzimmer. Anett hätte also keinen Tag später zur Welt kommen dürfen.

Alles ging gut. Der Antrag wurde angenommen und in gut zwei Jahren sollte die Neubauwohnung bezugsfertig sein. Vorher musste Manfred den Genossenschaftsanteil einzahlen und außerdem 750 Arbeitsstunden ableisten. Dafür hatte er ein Jahr Zeit. Es war klug, mehr Stunden als nötig zu machen, denn mit jeder Zusatzstunde stieg er in der Rangliste höher und durfte deshalb mitbestimmen, in welchem Haus und in welchem Stockwerk er wohnen wollte.

Doch zuerst musste Manfred seine Diplomarbeit schreiben. Das Gute daran war, dass er nicht mehr täglich nach Dresden zur Uni fahren musste, sondern in der Produktion seines Ausbildungsbetriebes arbeiten und Geld verdienen konnte. Das Geld zahlte er sofort auf das AWG-Konto ein. Nachtschichten in der Erzaufbereitung und in der Schwefelabteilung wurden am besten bezahlt. Zwischen den Beschikkungszeiten der großen Drehöfen schrieb er einige der Texte seiner Diplomarbeit in ein Notizheft, die Susi daheim auf weiße Blätter tippte. Manfred musste auch viele technische Zeichnungen von elektronischen Schaltungen anfertigen.

Das Diplom sollte in vierfacher Ausfertigung abgegeben werden, aber Susi gefiel die übliche Vervielfältigung mittels Blaupapier nicht. Es sah unsauber aus und die vierte Seite war kaum noch zu lesen. Auch die vielen Schaltzeichnungen ließen sich so nicht vervielfältigen. Durch einen Zufall lernte Susi eine Frau kennen, die in einem Betrieb arbeitete, der über ein modernes Kopiergerät verfügte. Susi brachte alle beschriebenen Blätter und einen Stapel weißes Schreibmaschinenpapier in diesen Betrieb und konnte bereits am nächsten Tag alles vierfach kopiert wieder abholen. Sie musste nur 30 Mark dafür bezahlen. Manfred sortierte die Seiten, spannte sie in Klemmmappen aus Pappe und beschriftete sie sorgfältig mit Tusche. Er war stolz auf seine schöne Arbeit. Am Abgabetag fuhren sie zusammen mit André nach Dresden und Manfred übergab die vier Ausfertigungen seiner Diplomarbeit der Prüfungsstelle.

Anschließend fuhren alle drei mit dem Zug nach Güstrow in Mecklenburg, nicht weit von der Hansestadt Rostock entfernt. Am Stadtrand gab es eine Landwirtschaftsschule und die stellte ihr Wohnheim für Mitarbeiter anderer Landwirtschaftsschulen zur Verfügung. Das war für Susi und ihre Familie ein wahrer Glückstreffer. Sie hatten ein hübsches Zimmer, Toilette und eine Gemeinschaftsküche auf dem Gang. Den Gliner See erreichten sie in nur einer halben Stunde Fußmarsch.

Endlich hatten Susi und Manfred Zeit für ihren Sohn und nutzten jede gemeinsame Minute. André verbrachte die Sonntage immer bei Susis Mutter, weil seine Eltern mittags nach Leipzig fuhren. Auch Mittwochs holte ihn seine Oma oft aus dem Kindergarten ab, damit Susi zu Anett fahren konnte. André wusste zwar, dass seine kranke Schwester in einer Klinik war, aber er hatte keine Vorstellung vom Kummer und den Sorgen, die seine Eltern deshalb hatten. André liebte seine Oma sehr. Sie dachte sich immer neue spannende Spiele aus und ließ ihren Enkel in eine Fantasiewelt eintauchen.

Nach diesem Urlaub hatte Manfred einige Wochen Zeit, die ersten AWG-Stunden zu leisten. Meist waren es Schachtarbeiten, bei denen er mit Hacke und Schaufel Kabelkanäle aushob, was äußerst schwere körperliche Arbeit war, denn der Freiberger Boden besteht hauptsächlich aus Gneis und anderem harten Gestein. Einmal standen die Männer fünf Meter tief in einem Graben, plötzlich verschwand die Hacke in einem tiefen Loch. Manfred steckte eine lange Latte von vier Metern in dieses Loch, traf damit aber nicht auf Grund. Ihm war klar, dass sie auf einen der vielen unterirdischen Bergbaustollen gestoßen waren, die unter der ganzen Stadt entlang liefen und von denen es keine genaue Karte gab. Er musste schleunigst seine Kollegen informieren und aus dem Graben heraussteigen, ehe die Erde nachgab und alle in den Graben stürzten. Das hätte ihren sicheren Tod bedeutet.

Ab September begann Manfreds Arbeit im Kombinat. An seinem ersten Arbeitstag schickte man ihn nicht ins Büro, sondern zu einem vierwöchigen Einsatz in eine LPG (Landwirtschaftliche Produktionsgenossenschaft), um bei der Kartoffelernte zu helfen.

Danach koordinierte Manfred die Zusammenarbeit zwischen Produktion und EDV, um die Arbeitsgänge zu optimieren. Das war ein sehr wichtiger Posten mit interessanten Aufgaben. Meist übernahm Manfred die Spätschichten, um am Vormittag noch einige AWG-Stunden ableisten zu können.

André ging inzwischen in den Kindergarten und zwar in eine herrlich große Villa direkt dem Wohnhaus der Familie gegenüber. Ringsherum befand sich ein parkähnlicher Garten, in dem die Kinder bei Wind und Wetter toben durften. Andrés Kleidung sah entsprechend mistig aus, wenn Susi ihn am Nachmittag abholte.

Eines Tages klingelte es an der Wohnungstür, als Susi gerade die kleine Anett fütterte. Draußen stand eine Erzieherin, die nervös von einem Fuß auf den anderen trat. Ihre Stimme klang sehr aufgeregt.

„André ist beim Spielen auf ein Auto gefallen und hat sich das Kinn aufgeschlagen. Würden Sie ihn bitte zur Poliklinik bringen? Ich kann nicht weg, weil ich keine Erzieherin entbehren kann."

Susi nickte. „Selbstverständlich. Ich komme sofort."

Sie legte schnell Anett ins Gitterbett und rannte über die Straße zum Kindergarten. André kam sofort angelaufen. Er hob sein Kinn und Susi sah eine große klaffende Wunde, aus der das Fleisch heraushing. Aber André machte keinen bekümmerten Eindruck. Er rief: „Ich will erst noch essen. Heute gibt es Grießbrei."

Susi lief schnell zurück zur Wohnung und holte Andrés Luftroller aus dem Kellerverschlag. Der

Weg zur Poliklinik war nicht weit, aber beim Laufen würde die Wunde sicher mehr schmerzen, als wenn Susi ihr Kind aufsteigen und vorsichtig schieben würde.

André stürmte an Susi vorbei, stieg auf seinen Roller und raste auf dem Fußweg den langen Berg hinunter bis zur Poliklinik. Susi blieb wie gelähmt stehen, ehe sie so schnell sie konnte ihrem Sohn hinterher rannte.

„Das müssen wir nähen", bestimmte der Arzt. Ganz gespannt wartete der Junge, was nun weiter passiert, während Susi schon vor Angst zitterte, dass man ihrem Kind weh tun könnte. Sie wurde wie üblich nach draußen geschickt, während der Arzt die Wunde versorgte.

Zu Neujahr hatte es so viel geschneit, dass der Strom ausfiel. Susi war froh, dass sie einen Gasherd hatte und keinen Elektroofen. So konnte sie das Mittag für ihre Familie kochen, während André draußen im Schnee spielte. Er hatte zu Weihnachten einen neuen Schlitten bekommen und probierte ihn nun auf dem kleinen Hügel vor dem Haus aus.

Plötzlich pochte es energisch ans Fenster, das keine zwanzig Zentimeter über dem Boden war.

„Mama! Mama!"

Susi schaute hoch und blickte in ein blut-verschmiertes Kindergesicht. Schnell griff sie nach einem nassen Waschlappen und lief hinaus. André war beim Rodeln mit der Lippe auf das Holz vom Schlitten gestürzt. Nun tropfte aus seinem Mund Blut. Manfred packte seinen Jungen schnell auf den Schlitten und rannte mit ihm den Berg hinunter bis zur Poliklinik.

„Das müssen wir nähen."

„Ich weiß", erklärte André. „Das kenne ich schon."

Er durfte während der Behandlung auf dem Schoß seines Vaters sitzen. Zum Glück tat das Nähen der Wunde nicht ganz so weh wie beim ersten Mal, denn der Arzt benutzte eine Art Spray zur Betäubung.

Er sagte: „Wir haben hier eine moderne Notstromversorgung und können nahezu uneingeschränkt helfen, auch wenn die ganze Stadt Stromausfall hat."

Im Frühjahr 1978 war die moderne Neubauwohnung endlich bezugsfertig. Eigentlich hätten Susi und Manfred sehr glücklich darüber sein sollen, aber die Wohnung war mit 54 Quadratmeter recht klein. Der winzige Flur bot nicht einmal Platz für einen Garderobenhaken. Von ihm führte eine Tür in eine kleine Nasszelle, eine in ein Schlafzimmer und die letzte in eine etwas größere Stube. Davon war mit einer dünnen Gipswand das winzige Kinderzimmer

185

und eine Küchenzeile abgetrennt.

Susi fand über eine Zeitungsanzeige ein altes Ehepaar, das ihre Vier-Zimmer-Altbauwohnung in der Innenstadt gern gegen die kleine Neubauwohnung am Stadtrand tauschen wollte. Aber die Stadtverwaltung gab ihre Zustimmung zu diesem Tausch nicht, da laut Gesetz der jungen Familie mit zwei kleinen Kindern nur ein Kinderzimmer zustand.

„Ich verstehe das nicht", beklagte sich Susi. „Wir sind vier Personen und die Mieter in dieser Wohnung nur zu zweit."

„Aber sie stehen unter Altersschutz."

„Das stimmt. Aber ihnen ist ihre Wohnung zu groß. Sie möchten gern in unsere kleinere Wohnung, weil ihre Tochter direkt im Haus nebenan lebt. Außerdem ist es für die alten Leute zu beschwerlich, täglich die Öfen zu heizen und die Asche nach draußen zu tragen. Sie wünschen sich nichts sehnlicher als eine Wohnung mit Fernheizung. Wir können darauf verzichten. Hauptsache, wir haben mehr Platz und für jedes unserer Kinder ein eigenes Zimmer."

„Unsere Gesetze sind klar und eindeutig und besagen, dass Ihnen keine so große Wohnung zusteht."

An den Gesetzen lag es also. Es gab sehr viele unsinnige Gesetze, aber auch einige, die für die junge Familie gut waren. Zum Beispiel durfte jedes verheiratete Paar einen Kredit von fünftausend Mark beantragen. Von diesem Geld konnte man sich Möbel kaufen. Für das erste Kind wurden tausend Mark der Schuld erlassen, für das zweite Kind eineinhalb tausend.

Susi und Manfred hatten sich ein Schlafsofa gekauft und Kehrmöbel. Das war keine übliche Anbauwand, die es sowieso nur in einer Länge und drei Farben und obendrein höchst selten zu kaufen gab, sondern Montagemöbel aus festen Seitenwänden, Regalbrettern und verschieden großen Schranktüren, die man nach einer Art Baukastensystem beliebig kombinieren konnte. Das Schlafsofa passte genau zwischen die schmalen Wände des kleinen Kinderzimmers, davor ein alter Kleiderschrank, mehr brauchten Susi und Manfred zum Schlafen nicht. Die Kinder bekamen die größere Schlafstube und das alte Doppelbett aus Manfreds Kinderzimmer und hatten dadurch ausreichend Platz zum Spielen.

## Susi und eine Urlaubsreise

Mai 1978. Susi holte jeden Nachmittag André aus dem Kindergarten ab, der sich genau gegenüber der früheren Kellerwohnung befand. So weit konnte Anett nicht laufen. Deshalb setzte sie das kleine Mädchen bis zum Kindergarten in eine Kinderkutsche. Dann bummelten sie zusammen durch den Tierpark und den herrlichen Stadtpark. Die Kinder liefen fröhlich über die Wiesen, pflückten Blumen und sammelten Blätter. Kurz nach 16 Uhr gesellte sich Manfred zu ihnen, der mit dem Bus von der Arbeit kam. Das war ein festes Ritual.

Das ganze Leben der Familie bestand aus festen Ritualen und richtete sich komplett nach den Bedürfnissen der Kinder. Sämtliche Mahlzeiten und die gesamte Freizeit war allein auf das Wohlbefinden der Kinder ausgerichtet. An den Wochenenden unternahmen sie lange Ausflüge in die Umgebung, so wie es Susi von ihrer Kindheit gewöhnt war.

Susi war von der Arbeit freigestellt. Der Leipziger Professor hatte ihr in einem Attest bescheinigt, dass die kleine Anett nicht in einer Kinderkrippe untergebracht werden darf. Und sie durfte auch nicht geimpft werden, worüber sich Susi sehr freute. André blieben die Impfen nicht erspart, das wurde einfach im Kindergarten und später in der Schule erledigt. Die Eltern hatten keine Möglichkeit, das Impfen ihrer Kinder zu verhindern.

Eines Tages kam Manfred besonders glücklich von der Arbeit. Er lief mit langen Schritten auf seine Familie zu und rief schon von weitem: „Susi, ich habe einen Urlaubsplatz!"

Die Leute im Park drehten sich nach Manfred um. Laute Rufe war man nicht gewöhnt und gehörten sich nicht. Sogar Kinder spielten leise und rannten nicht brüllend umher. Susi lief ihrem Mann entgegen und strahlte.

„Einen Urlaubsplatz? Das ist ja wunderbar."

Während der Schulferien gab es kaum Chancen auf einen Urlaubsplatz, obwohl das Kombinat mehrere Ferienheime für seine Mitarbeiter besaß.

„In zwei Wochen fahren wir alle vier nach Schmilka."

Susi wusste nicht, wo Schmilka lag. Aber das war gleichgültig, denn ein Ferienplatz war wie ein Lottogewinn. Man zahlte dreißig Mark und durfte zehn Tage lang Urlaub mit Vollpension im Betriebsferienheim genießen.

Schmilka war ein winziges Örtchen direkt an der tschechischen Grenze im Elbsandsteingebirge. Das Ferienheim stand etwas oberhalb des Dorfes am Waldrand mit Blick auf die Elbe. Sie hatten ein schönes großes Zimmer mit drei Betten, einem Gitterbettchen, einem alten Kleiderschrank und einer großen Schüssel auf

189

einem Hocker zum Waschen. Das Wasser konnte man sich in einem Krug von der Toilette ganz hinten im Gang holen. Frühstück, Mittag und Abendessen gab es in einem großen Speiseraum unter dem Dach.

Noch bevor Susi den Koffer auspackte, ging sie mit Manfred und den Kindern den Hang hinunter zur Elbe.

Susi mochte die Elbe. Sie erinnerte sich an ihre Kindheit, an spannende Schiffsfahrten mit einem großen Schaufelraddampfer auf der Elbe zusammen mit ihrer Oma Elfriede. Die Oma ging auch gern mit ihr im Elbepark spazieren. Dort gab es einen Kiosk, wo Susi oft eine Limonade bekam und manchmal sogar eine Bockwurst. Sie saßen dann auf einer Bank an der Elbe und beobachteten die Schiffe auf dem großen Fluss.

Gleich am nächsten Tag wanderte die Familie bergauf und zweigte bald vom breiten Weg in einen schmalen Steig ab. Manfred trug die kleine Anett in einem Tragetuch. Gedacht war das Tuch für Babys, die so eingewickelt eine ideale Körperhaltung einnehmen und vor allem die Nähe eines Elternteils spüren. Für Anett war das besonders wichtig. Außerdem war sie trotz ihrer zwei Jahre fast so winzig klein wie ein Baby und vor allem zu schwach, um länger als zehn Minuten zu laufen. In diesem Tuch saß sie geschützt auf Manfreds Hüfte und genoss problemlos alle Familienausflüge. André sprang begeistert die Stufen einer Treppe hoch, hüpfte vergnügt über Steine und von Baumstümpfen herunter. Er entdeckte Eidechsen, Quellen und bunte Steine am Weg. Der Weg wurde immer steiler. Zweimal mussten sie sogar eine Leiter hinaufsteigen. Plötzlich eröffnete sich ein grandioser Ausblick auf die zerklüfteten Felsen der Sächsischen Schweiz und dazwischen der träge dahinfließende Strom Elbe. Susi nahm André an die Hand, was dem lebhaften Jungen überhaupt nicht gefiel. Aber es musste sein, denn der Pfad war sehr schmal und steinig und fiel steil ab.

Am nächsten Tag sollte keine Wanderung stattfinden, weil die Heimleitung zu einem Fuß-ballspiel zwischen Feriengästen und Heim-personal aufgerufen hatte. Das wollte Manfred auf keinen Fall verpassen und meldete sich als Torwart. Schon als Kind hatte er immer im Tor gestanden und freute sich sehr auf das Spiel. Susi freute sich nicht, denn die Sonne brannte derart heiß, dass sie sich eher Sorgen um Manfred machte. Trotzdem begleitete sie mit den Kindern die Fußballer zum Platz. Leider gab es dort kein einziges schattiges Fleckchen und so zog sie es vor, mit den Kindern in den Wald zu spazieren. Dort traf sie eine junge Frau mit einem kleinen Mädchen in Anetts Alter. Die Frau verlebte ebenfalls ihren Urlaub im gleichen Heim und ihr Mann spielte beim Fußballspiel mit. Auch sie fand es leichtsinnig, bei dieser Hitze über einen Platz zu rennen.

Nach dem Abendessen verabschiedete sich Manfred mit den Worten: „Ich gehe jetzt Fußball gucken."

„Jetzt im Urlaub?"

„Es sind Weltmeisterschaften und heute ist das Eröffnungsspiel."

Susi verbrachte enttäuscht den Abend allein mit den Kindern. Sie legte sich zu ihnen ins Bett und erzählte ihnen einen lange Gute-Nacht-Geschichte. Dann las sie in ihrem Buch.

Auch am nächsten Tag fanden Spiele statt und Manfred verschwand schon am Nachmittag im Gemeinschafts-Fernsehraum. Um Mitternacht kam er kurz zu Susi ins Zimmer, um ihr zum 24. Geburtstag zu gratulieren.

Zur Vesperzeit spazierte die Familie an der Elbe entlang. Weil es so heiß war gab es statt der üblichen Geburtstagtorte für jeden einen großen Eisbecher. Susi merkte, dass Manfred immer mal wieder auf seine Uhr schaute. Schließlich verkündete er, dass noch vor dem Abendessen das nächste wichtige Fußballspiel begann, gefolgt von zwei weiteren, die erst weit nach Mitternacht endeten. Darüber ärgerte sich Susi, denn an diesem Abend sollte eine Tanzveranstaltung im Speisesaal stattfinden. Darauf hatte sie sich schon die ganze Woche gefreut. Aber ohne Manfred machte ihr das keinen Spaß.

Während der nächsten beiden Tage war zum Glück kein Fußballspiel. Und dann war der Urlaub vorüber.

## Susi und Berlin

Sommer 1978. Fast jeden Monat musste Susi mit Anett in die Leipziger Kinderklinik zu einer Kontrolluntersuchung fahren. Meist begleitete Manfred die beiden und arbeitete diesen Tag am Wochenende nach. Nach dem Arztbesuch kauften sie in Leipzig Obst und Gemüse ein, was es in Freiberg höchst selten und meist nur zugeteilt zu kaufen gab.

„Am liebsten würde ich gleich hierher nach Leipzig ziehen, weil es Obst für die Kinder gibt. Außerdem ist die Luft gesünder als die in Freiberg."

„Nein", bestimmte der Arzt und unterstrich dieses *Nein* mit einer heftigen Handbewegung.

„Nein?"

„In Freiberg ist die Luft von Stickstoff, Schwefel,

Kadmium und Blei verseucht. Hier in Leipzig ist es die Chemie, die das Leben ungesund macht."

„Also wäre es besser, aufs Land ins Erzgebirge zu ziehen?"

„Nein." Der Arzt schüttelt energisch mit dem Kopf. „Auf dem Land ist die Versorgung nicht gewährleistet, schon gar nicht die ärztliche und am wenigsten derartige Sonderfälle wie die Krankheit Ihrer Tochter. Ich empfehle Ihnen dringend, nach Berlin zu ziehen. Dort gibt es die Uni-Klinik in Buch mit vielen Fachkräften."

„Berlin? Wie sollen wir dorthin kommen?"

„Ich weiß, dass Berlin einen Sonderstatus hat und es kaum eine Möglichkeit gibt, in diese Stadt zu ziehen. Ich sage Ihnen nur, dass es für Ihre Tochter dort die besten Lebens-bedingungen gäbe. Denken Sie darüber nach!"

Als Susi und Manfred bereits an der Tür waren, setzte der Arzt nach: „Dieses Gespräch hat übrigens nie stattgefunden."


Susi gab sofort Anzeigen für sämtliche Berliner Zeitungen auf: *Suche in Berlin Tausch-wohnung, biete in Freiberg 2,5-Zimmer-AWG-Neubauwohnung.*

Zwei Wochen später nahm Manfred drei Tage Urlaub und fuhr mit dem Zug nach Berlin, um eine Arbeit zu suchen. Bevor der Zug in den

Bahnhof einfuhr, sah Manfred vom Fenster aus ein riesiges Werk, *VEB EAW* stand in großen Buchstaben auf dem Gebäude. Manfred dachte an Susi, die das als Zeichen erkennen würde. Er überlegte nicht lange und stellte sich sofort in diesem großen Kombinat vor. Die Buchstaben EAW standen für Elektroapparatewerke.

„Ich möchte gern hier arbeiten als Ingenieur für Elektrotechnik."

Manfred überreichte seine Berufsabschlüsse als Elektriker und BMSR-Mechaniker, sein Abitur und das Diplom als Informations-Elektroniker."

Der Kaderleiter schaute sich die Papiere genau an, dann schüttelte er seinen Kopf: „Ihre Zeugnisse sind gut, aber wir stellen nur Berliner ein."

„Ich weiß. In vier Wochen bin ich Berliner. Wir haben für unsere Neubauwohnung einen Tauschpartner gefunden und ziehen in knapp vier Wochen um."

Das stimmte allerdings nicht, denn auf die Zeitungsanzeige hatte sich kein einziger Interessent gemeldet.

„Gut. Das freut mich sehr, denn wir haben mehr als 30.000 Mitarbeiter und schließen uns momentan mit 24 weiteren Betrieben zu einem riesigen Kombinat zusammen. Wir brauchen in unserem Institut dringend einen Fachingenieur, aber wir brauchen ihn sofort und nicht erst in vier Wochen. Würden Sie derweil im Arbeiterwohnheim wohnen wollen?"

„Selbstverständlich."

„Gut. Ich fordere sofort Ihre Kaderakte an und wenn nichts dagegen spricht und Ihr Betrieb Sie gehen lässt, fangen Sie nächsten Montag hier an."

Manfred konnte sein Glück kaum fassen. Nun musste er schnellstens mit seinem Abteilungsleiter und der Kaderabteilung sprechen und hoffen, dass sie mit seiner Kündigung einverstanden waren. Er ging davon aus, dass es keine Probleme geben würde, weil Berlin immer Vorrang hatte. Wer in Berlin gebraucht wird, muss freigestellt werden.

Er dachte an Susis Bruder Uwe. Der kam eines Morgens auf seine Baustelle und traute seinen Augen nicht. Sie war komplett leergeräumt, keine einzige Maschinen stand an ihrem Platz, sogar das Gerüst war verschwunden, weil alles dringend für Berlin gebraucht wurde.

Manfred war sich sicher, dass er irgendeine Unterkunft für seine Familie finden würde, wenn er erst einmal in Berlin arbeitete und jeden Tag nach einer Wohnung suchen konnte.

Das war leichter gedacht als getan. In Berlin

Prenzlauer Berg gab es viele leere Wohnungen. Man konnte das leicht an den mit Brettern zugenagelten Fenstern erkennen. Manfred durchstreifte nach Feierabend die Straßen und notierte jede Adresse, in der er eine freie Wohnung entdeckte. Diese langen Listen legte er dem zuständigen Wohnungsamt vor und bat darum, ihm und seiner Familie eine dieser Wohnungen zuzuweisen. Leider ohne jeden Erfolg.

Manfreds neue Sekretärin wohnte während der Sommermonate mit ihrem Mann in ihrer Gartenlaube. Das machten viele Berliner so. Diese Sekretärin bot ihm an, während ihrer Abwesenheit ihre Wohnung zu nutzen und erlaubte sogar den Besuch von Frau und Kindern.

Susi hörte, wie im Stockwerk über dieser Wohnung den ganzen Tag über gehämmert und gebohrt wurde. Sie wollte wissen, was dort oben passierte und stieg die Treppen hinauf. Die Wohnungstür stand weit offen, die Klingel funktionierte nicht und wäre bei diesem ohrenbetäubenden Lärm ohnehin nicht zu hören. Also ging Susi einfach hinein. Sie sah einen langen Flur von mindestens acht Metern. Die Tür zur rechten stand offen. Susi schaute kurz hinein. Es war ein sogenanntes Berliner Zimmer mit dem einzigen Fenster in der äußersten Ecke zum Hinterhof. Das machte den großen Raum sehr dunkel. Er war mit einem großen Bett und einem alten Schrank möbliert. Die Tür zur linken war geschlossen, also lief Susi an ihr vorbei und folgte den lauten Handwerksgeräuschen. Der lange Flur führte um eine Ecke und ging von da noch einmal mehr als zehn Meter weiter an drei Türen vorbei. Geradeaus stand eine alte Frau in einem Türrahmen, hinter dem es rumorte.

„Sind Sie die neue Mieterin?", wollte sie wissen. Susi nickte und lächelte die alte Frau an.

„So ein wunderschöner riesiger Raum."

„Wie?"

„Der Raum. Er ist so herrlich groß."

„Vielleicht für Sie, junge Frau. Ich habe das Zimmer noch nie benutzt."

„Warum denn nicht?" Etwas lauter wiederholte Susi: „Warum?"

„Es regnete durch. Darüber befindet sich eine große Terrasse, die seit dem Krieg beschädigt ist. Hier war alles nass, die Dielen kaputt."

„Aber nun ist alles in Ordnung. Neu!", schrie Susi.

„Neu, ja. Ein Zimmer, das kein Mensch braucht. Fast vierzig Quadratmeter. Was soll nur damit werden?"

„Ich nehme das Zimmer", sagte Susi schnell und wiederholte den Satz zur Sicherheit noch einmal ganz laut.

Die Mieterin erzählte, dass das Berliner Zimmer ihr altes Schlafzimmer war und erst gestern einer Stewardess zugewiesen worden war. Und nun glaubte die alte Frau, dass Susi für das neue große Zimmer ebenfalls eine ordnungsgemäße Zuweisung vom Wohnungsamt besaß. Susi korrigierte diesen Irrtum nicht. Sie sagte sich, dass die alte Frau sowieso nicht wusste, was sie mit diesem großen Raum anfangen sollte. Noch in der gleichen Woche zog Susi mit ihrer Familie in das Zimmer ein.

Die Kehrmöbel stellte Manfred mitten in den Raum um eine Ecke, stellte das Doppelstockbett der Kinder an deren Rückseite und trennte damit den Wohnbereich ab. Die Schlafcouch war nun wieder tagsüber ein Sofa und musste für die Nacht zum Bett umgebaut werden.

Vor dem großen Zimmer befand sich ein winziges Kämmerchen, das Manfred später zu einer Schlafkammer für die Kinder umbaute. Gleich daneben war das Bad, ein sehr schmaler Schlauch mit Wanne, winzigem Waschbecken und einer Kloschüssel. Das Bad musste sich die Familie mit der jungen Stewardess und der alten Frau teilen. Das war ein echtes Problem, da die Stewardess viel Zeit für ihre Kosmetik im Bad brauchte und Susi wegen der Kinder fast täglich Wäsche waschen musste. Susi klatschte begeistert in die Hände, als sie den Raum davor besichtigte: eine wunderschöne Wohnküche mit großem Fenster, Essplatz und einer Speisekammer. Susi strich den uralten Küchenschrank der Hauptmieterin dunkelrot, ebenso den Holztisch und die vier Stühle. Die Küche hatte die junge Familie für sich allein, weil die Stewardess nie daheim aß und die alte Frau nicht mehr in der Lage war zu kochen und sich zu versorgen. Susi kümmerte sich um den Haushalt, kaufte ein und kochte. Manfred besorgte Kohlen und heizte nicht nur den Ofen im Familienzimmer, sondern auch den in der Küche und den der alten Frau. Sie hatte es also immer warm, brauchte sich um ihre Mahlzeiten nicht zu kümmern und war zufrieden.

Die Frau war äußerst schwerhörig. Somit störte es sie nicht, wenn die Kinder den langen Gang entlang rannten. Später wurde sie außerdem noch blind, konnte Tag und Nacht nicht mehr unterscheiden und klingelte mit einer großen Glocke nach Susi, wenn sie etwas brauchte.

Wenige Monate später stand plötzlich Susis Bruder Uwe vor der Tür. Susi freute sich sehr über den Besuch, aber Uwe machte einen eher geknickten Eindruck.

„Was ist denn passiert?", wollte Susi wissen.

„Ich bin Bestarbeiter."

„Das ist doch wunderbar!"

„Nein. Als Bestarbeiter muss ich zwingend in der Partei sein. Das will ich nicht."

Susi zuckte mit der Schulter.

„Man kann dich schließlich nicht dazu zwingen, in die SED einzutreten."

„Zwingen nicht, Doch seit meiner Ablehnung habe ich nur Schwierigkeiten. Ich bin nicht mehr Vorarbeiter, musste in eine andere Abteilung und bekomme weniger Lohn."

„Das ist Erpressung!", rief Susi empört aus.

Uwe nickte.

„Man hat mir gedroht, mich rauszuschmeißen. Da bin ich lieber selbst gegangen."

„Du lieber Himmel! Was wird denn jetzt?"

„Ich bleibe hier bei euch. Berlin ist groß, hier finde ich sicher schnell Arbeit."

„Aber keine Wohnung."

Die Wohnungssuche für Uwe war einfacher als befürchtet. Manfred bummelte mit Uwe durch die Straßen und entdeckte mehrere Fenster, woran keine Gardinen hingen. Uwe notierte sich diese Adressen und legte sie im Wohnungsamt vor. Er hatte großes Glück und bekam die Zuweisung für eine ziemlich heruntergekommene Bleibe im Erdgeschoss, die aus einem schmalen Zimmer mit Küche und Innenklo bestand. Sie war keine fünf Fußminuten von der Wohnung seiner Schwester entfernt. Noch bevor die Wände neu gestrichen waren, fand Uwe eine Arbeit bei einer Firma, die auf moderne Art Rohre reinigte. Auch nach dem Einzug in seine Wohnung verbrachte Uwe seine Abende zusammen mit seiner Schwester und ihrer Familie.

Uwe berichtete, dass weder die Eltern noch sonst einer aus der gesamten großen Verwandtschaft begreifen konnte, weshalb Susi auf ihre moderne Neubauwohnung mit Kinderzimmer und Fernheizung verzichtete. Eine Neubauwohnung war ein ganz besonderer höchst seltener Glückstreffer. Und noch weniger konnte irgend jemand verstehen, dass die Familie in die Fremde zog und sich mit einem einzigen Zimmer mit Ofenheizung zufrieden gab. Zu allem Übel versorgten sie eine fremde alte Frau und nahmen zusätzlich eine junge Mitbewohnerin in Kauf. Susi und Manfred erklärten ihren Freunden und Familien, wie dringend sie aus dem hochgiftigen Freiberger Raum weg mussten und wie winzig und unpraktisch die Neubauwohnung für sie war. Trotzdem konnte niemand diesen Schritt nachvollziehen.

Eines Tages hatte die alte Frau ins Bett gekackt und klingelte nach Susi, damit sie ihr helfen sollte. Aber Susi war nicht daheim. Als Susi gegen Abend in die Wohnung kam, waren Möbel, Wände und Fußböden mit Kot beschmiert und die Frau lag hilflos und völlig orientierungslos im Flur. Susi rannte zwei Stock tiefer, wo eine Augenärztin wohnte. Die war zum Glück daheim und wies die alte Frau sofort in ein Krankenhaus ein, wo sie kurze Zeit später starb. Die Frau hatte keinen einzigen Angehörigen. Ihr einziger Kontakt neben Susi und ihrer Familie war der Gemeindepfarrer, der sie jeden Monat besuchte, ihre Rente abholte und einbehielt. Susi informierte den Pfarrer und wollte wissen, ob er an den Möbeln, Bildern und Büchern der alten Frau Interesse habe. Noch am gleichen Tag ließ der Pfarrer den großen Vitrinenschrank, den Kronleuchter und das Bett abholen.

Nun richtete Manfred das Zimmer der Frau vor und die Familie hatte eine schöne Stube mit Stuck an den Decken und einem kleinen Balkon mit Blick zur Straße. Das herrlich große ehemalige Familienzimmer gehörte nun den Kindern ganz allein.

Fast zur gleichen Zeit fand sich eine Lösung für die junge Stewardess. Sie hatte sich als Untermieterin einer Nachbarin eintragen lassen, die mit ihrem Mann und Zwillingen in einer winzigen Einraum-Wohnung hauste. Als diese Familie endlich eine richtige Wohnung zugewiesen bekam, zog die Stewardess hocherfreut in diese kleine Wohnung ein und Manfred konnte das frei gewordene Zimmer in eine Schlafstube umgestalten. Das bedeutete, dass Susi und Manfred nach sieben Ehejahren ihr erstes richtiges Ehebett kaufen konnten und nicht mehr auf dem Sofa schlafen mussten.

Das Wachwerden liebte Susi ab sofort ganz besonders. Wenn der Wecker klingelte – er klingelte fast zwei Stunden später als in Freiberg – drehte sie sich auf Manfreds ausgestreckten Arm, um noch ein Weilchen unter der warmen Bettdecke zu dösen und ihr Gesicht an seine Brust zu drücken. Erst dann wälzte sie sich aus dem Bett, weckte die Kinder und bereitete den Frühstückstisch vor.


Bei der ersten Kontrolluntersuchung in der Uni-Klinik Buch wurde Susi die kleine Anett einfach abgenommen.

„Sie warten hier!", befahl eine Schwester.

Susi hörte ihr Kind hinter der verschlossenen Tür schreien, konnte aber nichts tun als selbst hilflos zu weinen. Sie empfand diese Umgangsart als Übergriff, unter dem die kranken Kinder und ihre Eltern ihr Leben lang leiden.

Zum Krankenhaus gehörte eine medizinische Fachschule. Susi sprach dort vor und fragte, ob

Hilfe in der Bibliothek gebraucht würde. Dabei erfuhr sie, dass die Bibliothek ebenso verwaist war wie die der Landwirtschaftsschule in Freiberg. Susi wusste sofort, wie sie argumentieren musste und durfte noch in der gleichen Woche mit ihrer Arbeit beginnen.

Da es in der DDR eine Pflicht zur Arbeit gab und Hausfrauen nicht akzeptiert wurden, war es für Susi leicht, eine Arbeitsstelle für sich und einen Kindergartenplatz für die kleine Anett zu bekommen. André besuchte inzwischen die erste Klasse einer nahen Schule.

Ein neues Gesetz besagte, dass die Mutter zur Pflege eines erkrankten Kindes von der Arbeit freigestellt und sogar bezahlt werden musste. Das bedeutete, dass Susi nicht mehr ihren monatlichen Haushaltstag für Anetts Kontrolluntersuchungen opfern musste. Außerdem erließ man Frauen mit zwei Kindern täglich eine dreiviertel Stunde Arbeitszeit. Damit sollten die Frauen entlastet werden, aber Susi empfand es genau anders herum, denn so war sie quasi gesetzlich zur Hausarbeit, für den Einkauf und zur Kinderbetreuung verpflichtet. Sie hatte sämtliche Arzttermine wahrzunehmen und die Tochter zum Kindergarten zu bringen und abzuholen.

Einen Schulhort gab es in Berlin allerdings nicht. Somit war André während der Nachmittage sich selbst überlassen und verbrachte diese draußen mit seinen Freunden. Sein liebster Spielplatz waren die vielen unbewohnten und kriegsgeschädigten Häuser, zu denen er sich über die Kellerfenster Zutritt verschaffte. Susi war jeden Abend erleichtert, wenn André wohlbehalten daheim auftauchte. Einmal klingelte ein Mädchen und berichtete, dass André in einen der großen Müllcontainer geklettert sei, der daraufhin zuklappte, sie aber nicht mehr wisse, in welchen.

Ein anderes Mal lautete die Botschaft: „André ist in der Poliklinik und lässt sich sein Loch im Kopf zunähen."

Susi rannte sofort in die nahe Poliklinik, wo ihr völlig verdreckter und blutverschmierter Sohn mit seinem Freund herumalberte. Er war schon geröntgt worden und wartete darauf, ins Behandlungszimmer zu kommen, wo seine Wunde genäht werden sollte. Völlig entspannt tröstete er seine aufgeregte Mutter: „Du hättest nicht kommen müssen. Ich weiß doch, wie das ist, wenn ich genäht werde."

Ein anderes Mal hatte er seinen kleinen Schraubenzieher in eine Steckdose gebohrt und erzählte stolz seiner Mutter: „Das hat so geblitzt und meine Finger verdreht."

Susi rannte sofort zur Augenärztin zwei Etagen unter ihr, die ein Telefon besaß und den

Rettungsdienst verständigte. André freute sich riesig, im Krankenwagen mitzufahren und wollte das spannende Erlebnis am nächsten Tag seinen Freunden berichten.

Die Arbeit in der medizinischen Fachschule war vergleichbar mit der in der Freiberger Land-wirtschaftsschule. Auch hier kümmerte sich Susi um die Titelaufnahmen, den Fachbuch-verkauf, die Pflichtliteratur und organisierte den Verkauf von Belletristik. Neu war, dass in dieser Fachschule Sportler studierten, die die DDR auf internationalen Sportwettkämpfen und bei Olympiaden vertraten. Diese Sportler besuchten weder eine Vorlesung noch ein Seminar. Susi beobachtete manchmal, wie sie auf dem Gang kurz mit einem Lehrer sprachen. Ihr wurde erklärt, dass der straffe Zeitplan der Sportler keinen regulären Unterricht zuließe. Trainingslager und Wettkämpfe seien von größerer Bedeutung als ein Berufsabschluss, diesen bekämen sie auch ohne jeden Unterricht.

In Berlin war es erheblich leichter als in Freiberg, an Informationen über interessante Neuerscheinungen der Buchverlage zu kommen, diese zu bestellen und auch zu erhalten. Nun lernte Susi französische Literatur kennen und zu ihrer Freude Autoren aus der

DDR, die wegen ihrer kritischen Einstellung nur heimlich unter dem Ladentisch verkauft wurden.

Überhaupt gab es in Berlin mehr zu kaufen als sich Susi jemals hätte vorstellen können, ganz gleich, ob es Lebensmittel, Kleidung, Haushaltsgegenstände oder Baumaterial betraf. Was man nicht im Laden kaufen konnte, das wurde getauscht. Der eine Kollege konnte zum Beispiel Fliesen beschaffen und tauschte diese gegen Winterreifen, die er zum Tausch gegen Dachziegel brauchte. Susi und Manfred empörten sich darüber, wie viel in den volkseigenen Betrieben gestohlen und verhökert wurde.

Susi trug stets einen Faltbeutel in ihrer Tasche, falls sie unterwegs überraschend etwas kaufen konnte. Sah man irgendwo in der Stadt viele Leute stehen, stellte man sich einfach dazu, denn dort gab es ganz sicher irgendetwas Besonderes zu kaufen. Gegenüber der Wohnung befand sich ein kleiner Gemüseladen. Dort gab Susi jeden Morgen ihren leeren Einkaufsbeutel ab und holte ihn nach der Arbeit gefüllt wieder. Sie zahlte den Betrag und sah erst daheim beim Auspacken, was sich im Beutel befand. Manchmal waren es Äpfel, frische Gurken oder Tomaten und hin und wieder sogar Bananen.

Man sprach erstaunlich offen über Ware aus dem *Westen*. Susis Kollegen besaßen nicht nur Filzstifte und Jeans, sondern sogar Siemens-Kühlschränke und fuhren einen Golf oder Volvo.

Weder Susi noch Manfred konnten mit dieser Situation umgehen. Es ging nicht darum, dass sie noch niemals vorher Ware aus dem kapitalistischen Ausland in den Händen hatten, sondern darum, dass ausgerechnet parteitreue Funktionäre diese besitzen und benutzen durften und wollten. Ihre bisherige Welt schien komplett auf den Kopf gestellt. Denn das war nicht das Bild vom Sozialismus, das ihnen anerzogen und täglich durch Rundfunk und Presse vermittelt wurde. Susi und Manfred hatten immer im festen Glauben, Gutes für den Frieden und die Republik zu tun, ihr Bestes gegeben. Und nun hatten sie das ungute Gefühl, belogen und betrogen worden zu sein.

„Leider können wir Ihnen für Ihre Tochter nur Folsäure verschreiben. Das sind Vitamine, weil die Versorgung mit Obst und Gemüse nicht gewährleistet ist", erklärte der diensthabende Arzt.

Susi sagte darauf gar nichts, denn verglichen mit Freiberg fühlte sie sich hier in Berlin wie ins Schlaraffenland gefallen.

„Sollte Ihre Tochter das sechste Lebensjahr erreichen, könnten wir die Milz entfernen."

„Warum?"

„Es ist ein Versuch, Ihrem Kind zu helfen."

„Ein Versuch?"

„Hören Sie, jedes Mal, wenn Sie hierher zur Kontrolle kommen, gibt es Probleme mit Ihnen."

„Was denn für Probleme?"

„Sie stellen alles in Frage. Sind Sie der Arzt oder ich? Seien Sie froh, dass wir Ihnen überhaupt helfen."

„Froh? Dazu sind Sie schließlich da! Außerdem helfen Sie nicht, Sie kontrollieren nur die Blutwerte."

„Mehr können wir nun einmal nicht tun."

„Das ist nicht viel. Das ist eigentlich gar nichts", ereiferte sich Susi.

Nun sprang der Arzt von seinem Stuhl auf und zischte mit gepresster Stimme: „Es gibt Mittel, die zum Beispiel die Bildung roter Blutkörperchen verlangsamen. Aber das sind Kontingentmittel, die weder mir noch Ihnen zur Verfügung stehen."

„Was bitte sind denn Kontingentmittel?", wollte Susi irritiert wissen.

„Das ist ein Betrag, der uns zur Verfügung steht, um Medikamente einzukaufen. Einige Mittel können wir nur im Westen beschaffen, was eben nicht so leicht ist, weil sie auf einer besonderen Liste stehen. Verstehen Sie?"

Susi und Manfred standen im Regierungs-gebäude, Amt für Gesundheit. Susi klopfte an die nächstbeste Tür, an der wie an jeder anderen Tür weder ein Name noch eine Dienst-bezeichnung stand. Es dauerte eine ganze Weile bis sie endlich eintreten durften. Hinter dem Schreibtisch saß ein dünner Mann, der stirnrunzelnd von seinen Papieren aufsah.

„Guten Tag, unser Name ist Herzog."

Der Mann reagierte nicht.

Also sprach Susi einfach weiter: „Wir haben jetzt das Jahr des Kindes. Wir haben zwei Kinder, eines davon ist krank und benötigt Medikamente aus dem Westen, damit es sechs Jahre alt und operiert werden kann."

Susi sprach sehr schnell, hörte aber auf zu reden, weil sich der Mann wortlos seinen Papieren zuwandte. Sie stupste Manfred an.

Manfred räusperte sich, dann forderte er laut und deutlich: „Hiermit beantragen wir diese Medizin, die unser Kind braucht."

Susi ergänzte: „Vielleicht gibt es sogar die Möglichkeit, dass meine Tochter direkt in einer Klinik in Westdeutschland behandelt wird und ich sie dorthin begleite."

Plötzlich wurde der Mann lebendig und schrie: „Sind Sie geisteskrank? Wer hat Sie überhaupt hereingelassen?"

„Geisteskrank bin ich ganz sicher nicht." Susi trat von einem Bein auf das andere und sprach dann leise weiter: „Wir dachten nur, dass Sie uns helfen können. Der Arzt sagt, unser Kind kann erst im Alter von sechs Jahren operiert werden, aber er glaubt nicht, dass es diese drei Jahre bis dahin überlebt. Zum Überleben sind Medikamente aus dem Westen nötig, die er nicht beschaffen kann, weil sie auf einer Kontingentliste stehen. Und unsere Tochter steht ganz unten auf dieser Liste und muss warten, bis die Kranken vor ihr geheilt oder eben gestorben sind."

„Ich werde sehen, was ich für Sie tun kann."

Der Mann griff nach einem Stift und fragte:. „Wo und als was arbeiten Sie?"

„Ich bin Ingenieur im EAW-Kombinat und meine Frau arbeitet in der Bibliothek der Medizinischen Fachschule", antwortete Manfred.

Der Mann nahm einen Ordner aus seinem Schreibtisch, studierte diesen und sagte schließlich: „Es tut mir leid, aber das sieht nicht gut für Sie aus."

„Wieso?"

„Auch wir haben so eine Art Dringlichkeitsliste. Unsere Liste ist nicht nach Patienten, sondern nach Berufen geordnet. Das heißt, dass bestimmte Berufe Vorrang haben. Sie haben beide keinen *bevölkerungsbedarfsgerechten*

Beruf und stehen deshalb nicht auf dieser Liste."

„Wie bitte? Was soll das heißen?", schrie Susi außer sich vor Empörung. „Unser Kind ist nicht wichtig, weil seine Eltern den falschen Beruf haben? Was wäre denn der richtige Beruf? Politfunktionär?"

Der Mann hinter dem Schreibtisch kniff die Augen zusammen, bis sie nur ein schmaler Schlitz waren. Er beugte sich wortlos und vollkommen ruhig nach vorn und drückte eine Taste auf seinem Telefon. Im gleichen Moment kamen zwei kräftige Männer in einer grauen Uniform ins Zimmer, stellten sich vor den Schreibtisch und deuteten mit den Armen auf die offene Tür. Susi und Manfred war klar, dass sie sofort gehen sollten.

„Was soll das heißen?", schrie Susi noch einmal.

Manfred griff nach ihrem Arm und zog sie aus dem Raum. Er konnte sich nicht erinnern, jemals eine derart wütende Frau wie seine Susi gesehen zu haben. Sie schien blind vor Wut und zitterte am ganzen Körper. Manfred wusste, er sollte sie jetzt besser in Ruhe lassen. Aber hier konnten sie nicht stehen bleiben. Also nahm er behutsam Susis Hand und rieb mit dem Daumen sanft über ihre Handfläche, nur einmal hin und wieder zurück,

213

das reichte schon, um sie zu beruhigen.

„Alles wird gut. Wir finden eine Lösung."

„Ja, wir gehen in den Westen, wo es dieses Medikament gibt", fauchte Susi.

Dabei wusste Susi ebenso gut wie Manfred, dass dies vollkommen unmöglich war. Aber dieser Satz war nun einmal ausgesprochen, wenn auch in hilflosem Zorn, und er setzte sich im Kopf fest.


Susi und Manfred schauten seit einigen Jahren jeden Montag die Fernsehsendung *„Der schwarze Kanal"*. Plötzlich ertrugen sie die Stimme des Sprechers nicht mehr, der westliche Nachrichten zitierte und diese äußerst garstig kommentierte. Sie glaubten ihm nicht mehr. Sie interessierten sich statt dessen für die sogenannte Feind-Sendung des Herrn Löwental. Dieser Mann deckte absolut kompromisslos sämtliche Missstände in der DDR auf. Besonders fassungslos verfolgten sie die Berichte der Rubrik *Hilferufe von drüben*. Seit ihren eigenen Erfahrungen mit dem Gesundheitswesen der DDR hielten sie diese Geschichten für sehr wahrscheinlich. Herrn Löwental scherte es nicht, dass er damit viele Leute schockte, aber Susi konnte direkte Menschen gut leiden.

Der Raum Dresden/Freiberg wurde *Das Tal der*

*Ahnungslosen* genannt, weil es dort keinen *Westempfang* gab. Man musste sich spezielle Antennen besorgen, die schwer zu bekommen und außerdem nicht gern geduldet wurden. Wer es wagte, solch einen speziellen Empfänger offen auf seinem Hausdach zu montieren, der musste damit rechnen, dass organisierte Gruppen diese Antennen einfach absägten. Manfred erinnerte sich deutlich an die Parolen *Nur ein Feind kann sich nicht trennen von den Ochsenkopf-Antennen.* Dieses Problem bestand in Berlin nicht, es reichte eine einfache Zimmerantenne für den Empfang westlicher Sender.

Susi und Manfred merkten immer deutlicher, dass sie tatsächlich völlig ahnungslos waren, was sich politisch und wirtschaftlich im Osten und Westen Deutschlands abspielte.

Sie fingen an, deutlicher hinzuhören, was die Leute sagten und merkten, dass die Worte der Menschen höchst selten mit ihren Taten übereinstimmten. Sie fühlten sich wie in einem Netz aus Lügen gefangen. Nichts ist so wichtig wie die Wahrheit und sie ist fast immer zumutbar.

Susi war derart irritiert, dass sie nicht mehr wagte, alles laut auszusprechen, was sie so dachte.

„Mein Mund platzt fast vor nicht gesagten

215

Sätzen. Ich verstehe plötzlich so viel und gleichzeitig verstehe ich gar nichts mehr", beklagte sie sich. „Ständig habe ich Angst, alles falsch zu machen."

„Ich mag nicht darüber streiten, was richtig und was falsch ist, mir ist es lieber, wenn ich das einfach weiß", entgegnete Manfred.

„Alles, was ich bisher wusste, hat sich als völlig falsch und unwahr herausgestellt. Ich sollte einfach aus dem Bauch heraus handeln können und alles andere ignorieren."

„Es gibt zwei Arten von Ignoranz", erklärte Manfred. „Die eine blendet aus, was sie nicht sehen will. Die andere verbeißt sich in was und ignoriert alles andere."

„Eigentlich sind wir immer diszipliniert gewesen. Zum Kotzen pflichtbewusst eigentlich. Das muss aufhören. Wir müssen jetzt an uns denken, denn das tut kein anderer."

Mit jedem neuen Gespräch kamen neue Dinge zum Vorschein, die bewiesen, dass nichts, was man sie gelehrt und woran sie geglaubt hatten, mit dem real existierenden Sozialismus überein stimmte. Und dass das so hochgelobte Gesundheitswesen der DDR ihrem Kind nicht helfen wollte, weil sie den falschen Beruf aus-übten, machte das Leben für Susi und Manfred schier unerträglich.

Sie wussten allerdings nichts, gar nichts vom

Leben im anderen Teil Deutschlands. Sie glaubten, dass im Kapitalismus die Arbeiter ausgebeutet und die Menschen kinderfeindlich waren. Aber vielleicht war auch das eine Lüge der SED-Führung.

Susis Vater hatte immer gesagt: „Glauben ist Dreck. Wissen muss man´s."

Wohlbefinden hat mit Lebensgenuss zu tun. Aber Susi und Manfred fühlten sich überhaupt nicht mehr wohl und konnten gar nichts mehr genießen. Die Kinder merkten davon nichts. Sie verbrachten ihre Tage in Schule und Kinder-garten und die Abende unbeschwert und beschützt daheim.

André und Anett waren so verschieden wie nur Geschwister sein konnten. Susi wunderte sich sehr darüber, denn sie erzog beide Kinder gleich, lehrte sie, wie man sich zu benehmen hatte, wie man isst, wann man wen grüßt und vieles mehr. Manfred machte sich darüber keine Gedanken, für ihn war das logisch.

„Ich bin ganz anders als meine Schwester. Und wie ist es bei dir? Gibt es irgend etwas, was du mit deinen Geschwistern gemein hast?"

Susi musste nicht überlegen, sie schüttelte ent-schieden den Kopf.

„Es sind die Gene, die bestimmen, was aus einem Kind wird, wie es sich durchsetzt oder wie es sich anpasst."

„Wirklich? Bist du dir sicher?"

„Ich habe mal einen Bericht über eineiige Zwillinge gelesen, die nach der Geburt getrennt wurden, in verschiedenen Familien aufwuchsen und ganz verschieden erzogen wurden. Trotzdem kleideten sie sich als Erwachsene gleich, benutzten die gleiche Gestik, mochten das gleiche Essen und die gleichen Lieder."

„Das ist ja seltsam."

„Nein, das nicht seltsam. Das ist der Beweis, dass die Gene sich mehr durchsetzen als die Erziehung. Du solltest dir nicht so viele Gedanken machen."

André ging nicht gern zur Schule, er fühlte sich dort eingeengt und gleichzeitig nicht ausgelastet. Aktive Mitarbeit und selbständiges Denken waren nicht erwünscht und so langweilte er sich während des Unterrichts. Deshalb tanzte er an den Nachmittagen in einer Ballettschule im Opernhaus, lernte ein Instrument in der Musikschule und trainierte Schwimmen. Manchmal fuhr er einfach stundenlang mit U-Bahn, S-Bahn oder Straßenbahn durch die große Stadt. Er wollte Polizist werden, weil sie so tolle Motorräder fuhren und mit Pistolen schießen durften. André war ein sehr ungestümes Kind. Er hatte das Talent, Anett zum Lachen zu bringen. In seiner Gesellschaft lachte sie lauter und häufiger, während sie ansonsten eher leise mit sich selbst und ihren Puppen sprach. Sie suchte keine Gesellschaft und hielt sich aus Wettkämpfen aller Art heraus. Anett mochte den Kindergarten nicht, aber sie wehrte sich nicht. Susi merkte nur, dass sie immer ganz steif wurde, wenn sie sich morgens von ihrer Mutter verabschiedete und dass sie am Nachmittag besonders still und verschlossen blieb. Sie erzählte sehr selten etwas aus dem Kindergarten, daheim plapperte sie dagegen ohne Pause mit ihren Puppen und sang leise die Lieder, die sie im Kindergarten lernte wie *Mein Bruder ist Soldat.*

Andrés Schulklasse machte einen Ausflug zu einem Übungsplatz der NVA (Nationale Volks-armee). Dort durften die Kinder über den Platz robben, über Hindernisse klettern und sogar richtige Waffen halten.

Die Erziehung in Kindergarten und Schule zur Kampfbereitschaft störten Susi und Manfred sehr. Vor allem die politische Manipulation ging beiden zu weit.

„Wir ersticken hier. Wir müssen hier weg. Und zwar schnell. Raus aus diesem verlogenen Land. Gleichgültig, was uns im Westen oder anderswo erwartet. Alles ist besser, als hier zu bleiben."

## Susi und die Flucht aus der DDR

Sommer 1980. André bekam sein erstes Schul-Zeugnis. Gleich am nächsten Tag fuhr die ganze Familie mit dem Zug nach Freiberg, um sich von den Eltern und Verwandten zu verabschieden. Sie waren wie Susis Oma Elfriede mit vier vollgepackten Koffern unterwegs, die sie mit Obst, Gemüse, Schinken und sogar Kartoffeln gefüllt hatten. Alles Lebensmittel, die es in Freiberg nur sehr schwierig oder gar nicht zu kaufen gab. Kartoffeln aus der Großstadt aufs Land zu bringen schien Susi direkt abartig. Aber bei den Eltern kaufte man die Kartoffeln nach der Ernte säckeweise und kellerte sie ein. Wenn die Vorräte aufgebraucht oder die Qualität schlecht war, gab es nirgendwo Kartoffeln nachzukaufen. Das war in Berlin kein Problem. Susi wusste, dass sich ihr Vater über neue Kartoffeln freuen würde.

„Oma, bei euch schmeckt die Milch richtig gut", jubelten die Kinder.

„In Berlin wird ihnen immer übel, wenn sie Milch trinken. Ich weiß nicht, woran das liegt", erklärte Susi.

„Vielleicht liegt es daran, dass es hier nur

Magermilch gibt, was die Kinder von klein auf gewöhnt sind", vermutete der Vater. „In Berlin wird es normale Milch mit vier Prozent Fett geben und deshalb wird ihnen übel."

Der Vater nahm die Mutter zur Seite. „Mir kommt es so vor, als ob irgend etwas mit den Beiden nicht stimmt. Ich habe so ein komisches Gefühl."

„Das bildest du dir nur ein", entgegnete die Mutter. „Freue dich lieber, dass die Kinder ein paar Tage hier sind."

Für Susi und Manfred war diese Besuchsreise ein unbeschreiblich schwerer Gang, denn sie wussten, dass es ein Abschied für immer war und es kaum eine Chance auf ein Wiedersehen gab. Sie konnten ihren Familien nicht erzählen, dass sie die Flucht aus der DDR geplant hatten. Manfred hatte längst Flugtickets nach Sofia gekauft und den erlaubten Betrag Mark in Lewa umgetauscht.

Auch für Uwe hatten sie ein Flugticket gekauft, denn Uwe hatte im vorigen Sommer seinen Urlaub in Bulgarien verbracht und hinterher Susi und Manfred gestanden, dass er nahe daran war, diesen Urlaub zu einer Flucht in den Westen zu nutzen. Im Süden wäre die Grenze zwischen Bulgarien und Jugoslawien nicht so streng bewacht wie die Grenze innerhalb Deutschlands. Susi war klar, wenn sie Uwe zurückließen, hätte man ihn verhaftet und ihm niemals geglaubt, dass er von den Fluchtplänen seiner Schwester nichts wusste. Leider gab es keine Landkarten vom Grenzgebiet zu kaufen. Trotzdem war Manfred fest davon überzeugt, irgendeinen Weg nach Jugoslawien zu finden.

In Sofia klapperten sie mehrere Hotels ab, erhielten aber kein Zimmer für eine Übernachtung, weil sie nicht über Westmark verfügten. Beim nächsten Hotel schob Susi Anett vor sich her. Die Kleine schaute mit ihren großen blauen Augen schüchtern den alten Mann an der Rezeption an. Der Mann lächelte und sagte etwas in seiner Sprache, dabei zupfte er an Anetts blonden Locken. Schließlich willigte er ein, der Familie ein Zimmer zu geben, das sie im voraus mit Lewa bezahlen durften.

Am nächsten Morgen liefen sie sehr früh zum Bahnhof und kauften Fahrkarten nach Kjustendil, einem Ort nahe der bulgarischjugoslawischen Grenze. Weit kamen sie nicht, denn bereits an der übernächsten Station stiegen Soldaten zu, durchsuchten den Zug und schoben die kleine Familie unsanft aus dem Zug, hinein in einen engen Raum im Bahnhofsgebäude. Die vielen uniformierten

Männer diskutierten laut durcheinander in einer fremden Sprache. Anett bekam Angst und fing an zu weinen. Sofort drehte sich einer der Soldaten zu dem kleinen Mädchen um und sprach leise auf Anett ein. Dann wandte er sich an seinen Offizier und wies mit den Armen immer wieder auf die Familie und eine zerschlissene Landkarte, die an der Wand hing. Der Offizier antwortete nichts, er drehte sich um und verließ den Raum, wobei er eine abwehrende Handbewegung machte.

Der junge Soldat breitete seine Arme aus und erklärte Manfred in tadellosem Deutsch, dass er seinem Vorgesetzten plausibel gemacht habe, dass die Familie ein nahes Kloster besuchen wollte. Das habe sein Vorgesetzter schließlich geglaubt, da die Familie nur einen Rucksack dabei hatte. Außerdem besaßen sie Rückfahrkarten, was den Ausschlag gegeben habe, sie ziehen zu lassen. Er wünschte eine gute Heimfahrt und mahnte sie, keinesfalls weiter Richtung Süden zu fahren, sondern umgehend zurück nach Sofia.

An der nächsten Station zurück Richtung Sofia stiegen sie aus und liefen Richtung Süden, passierten die wenigen Häuser und bogen in einen Feldweg ein. Der führte durch eine große Obstplantage. Dort legten sie ihre Jacken ins Gras und sich selbst obendrauf. Susi holte das

Fladenbrot aus der Tasche, das sie am Bahn-hof kaufen konnte und gab jedem ein Stück Brot zu essen und Wasser zu trinken. Nun war auch die zweite Wasserflasche leer. Die Sonne brannte durch die Bäume, die nur wenig Schatten warfen. In der Ferne entdeckten sie einen Wald und hofften, dort Schatten zu finden und sich gut verstecken zu können. Aber es war kein Hochwald wie daheim, dichtes Gestrüpp mit kratzenden Dornen verhinderten jedes Durchkommen. Also liefen sie am Wald-rand entlang einen kleinen Hang hinunter und sahen in der Senke einen Fluss. Da weit und breit  kein Mensch zu sehen war, vergaßen sie alle Vorsicht und liefen hoch erfreut quer über die Wiese, breiteten ihre verschwitzte Kleidung am Ufer aus und kühlten ihre zerkratzte Haut im Wasser.

Die kleine Familie war nun seit zehn Stunden unterwegs. Hier am Fluss war es sehr angenehm, aber hier konnten sie nicht bleiben. Susi füllte die Wasserflaschen, packte sie in den Rucksack, griff nach den vier Jacken und ging weiter. Anett hing bleischwer in den Armen ihres Vaters, der sich vor Erschöpfung kaum noch auf den Beinen halten konnte. Benommen setzte André  einen Fuß vor den anderen. Uwe trug den Rucksack und übernahm ab und zu das kleine Mädchen.

Als es dunkel wurde, entdeckten sie auf einem Feld einen großen Heuhaufen. Erschöpft fielen sie hinein. André schaute fasziniert in den von unzähligen Sternen übersäten Himmel und freute sich über die vielen Glühwürmchen in der Luft. Manfred fieberte und stöhnte. Anett weinte im Schlaf. Am nächsten Morgen sahen sie, dass Anetts Gesicht geschwollen und ihr kleiner Körper von unzähligen Mückenstichen übersät war. Susi schüttete Wasser auf ein T-Shirt und kühlte damit ein wenig Anetts Gesicht.

Sie hörten einen Traktor in der Ferne und beeilten sich, wegzukommen, um nicht entdeckt zu werden.

Endlich trafen sie auf einen gerodeten Waldstreifen, in der Mitte Stacheldraht. Das musste die Grenze zu Jugoslawien sein. Manfred bog vorsichtig den Draht auseinander, um nichts zu beschädigen. Zuerst schob er die Kinder durch die Lücke im Zaun und half danach Susi hindurch. Auch Uwe kletterte durch die Öffnung. Zum Schluss zwängte sich Manfred auf die andere Seite. Sie liefen so schnell sie konnten Richtung Wald.

Plötzlich fiel ein Schuss! Noch einer! Sie warfen sich blitzschnell auf den Boden. Manfred schützte Anett mit seinem Körper, Susi legte den Arm auf Andrés Kopf. Mehrere große

Hunde umkreisten die fünf Menschen am Boden, die sich nicht zu rühren wagten. Susi fühlte einen Gewehrlauf im Nacken. Ein derber Griff zog sie am linken Arm auf die Beine, sie bekam einen groben Stoß in den Rücken und sollte gehen. Die Kinder liefen links und rechts neben ihr. Susi hörte mehrere Schläge und kurze Aufschreie der Männer. Sie drehte sich um und sah, wie zwei Soldaten Manfred und Uwe mit Stricken fesselten und wegbrachten. Wieder fühlte Susi einen groben Stoß im Rücken, vermutlich von einem Gewehrkolben. Ein Soldat schrie: „Kind futsch, Papa tot und Mama..."

Er machte eine obszöne eindeutige Bewegung und lachte höhnisch auf. Susi erschrak bis ins Mark. Sie waren im Bruderland, hatten nur unerlaubt eine Grenze übertreten und dabei kaum etwas beschädigt. Das waren keine Gründe, derart brutal mit ihnen umzugehen!

Ein Armeejeep brachte Susi und die Kinder zu einem Stützpunkt. Dort bedeutete man ihr, in einen Kleintransporter zu steigen, wo sie mit ihren Kindern auf einer Holzbank Platz fand. Der hintere Teil des Fahrzeugs bestand aus einer Art Blechkiste, in die die beiden Männer gesperrt wurden. Das Auto fuhr sofort los. Die Fahrt ging über eine recht holprige Strecke, dann stundenlang Serpentinen steil hinauf und wieder herunter. Sehen konnten sie nichts, es gab kein Fenster und somit auch kaum Luft zum Atmen. Es war unbeschreiblich heiß und stickig.

Nach einer Ewigkeit hielt das Fahrzeug. Manfred und Uwe wurden unsanft aus der Kiste gezerrt. Wegen der langen Fahrt in dem engen Verschlag waren die langen Beine der Männer eingeschlafen und gehorchten ihnen nicht. Susi hörte ihren Bruder aufstöhnen, als man die Männer wegschleppte.

Susi und die Kinder brachte man zu einer Frau in einer ganz normalen Stadtwohnung, wo sie übernachten sollten. Im Flur entdeckte Susi ein Telefon. Sie nahm das gesamte getauschte bulgarische Geld aus ihrer Tasche und hielt es der Frau entgegen.

„Ich bitte Sie, lassen Sie mich nach Berlin telefonieren, damit meine Familie weiß, dass ich verhaftet bin."

Susi war klar, dass sie ihre Eltern nicht direkt anrufen konnte, da sie die Vorwahl von Freiberg nicht kannte. Sie hoffte, dass Berlin leichter zu erreichen und eine Handvermittlung zu Susis Freundin in wenigen Stunden zustande kam.

Die Frau war sofort einverstanden, so dass Susi die Freundin bitten konnte, ihre Eltern von der Verhaftung zu informieren. Susi wusste, dass ihre Eltern keinesfalls die Republikflucht verstehen oder gar tolerieren würden, aber sie würden ganz sicher nach den Kindern suchen und ihnen einen langen Heimaufenthalt ersparen.

Susi saß mit ihren Kindern im Flugzeug zurück nach Berlin.

„Ich will nicht ins Kinderheim! Ich will bei dir bleiben, Mami!"

Susi durchzuckte es. *Kinderheim. Ich will nicht ins Kinderheim. Ich will bei dir bleiben, Mami.* Genauso wie ihr Sohn hatte Susi vor vielen Jahren, als sie etwa so alt war wie die kleine Anett, ihre Mutter angefleht.

„Ich weiß, André. Auch ich möchte bei euch sein. Bei dir und Anett und Vati."

„Wo ist Vati? Warum ist er nicht hier?"

„Er muss noch ein paar Tage in Bulgarien bleiben. Die Soldaten wollen ihn vieles fragen. Auf mich warten in Berlin auch Soldaten."

„Darf ich mit?"

„Nein, mein Schatz, nur Erwachsene dürfen mit."

André schluckte. Immer nur Erwachsene. Dabei war er schon groß und ging schon lange zur Schule. Er schob die Unterlippe vor und schaute aus dem Flugzeugfenster. Dann drehte er sich wieder um und sagte bestimmt: „Und trotzdem! Ins Kinderheim will ich nicht. Ich hau ab. Nun weißt du´s."

„Und Anett? Was wird aus deiner kleinen Schwester? Lässt du sie einfach allein?"

„Aber Mami!" André trat mit dem Schuh gegen seinen Rucksack. Der kippte und eine Blechbüchse voller Steine schepperte quer über den Gang. André schnaufte. „Die ist doch erst vier."

Er konnte unmöglich mit so einem Baby weglaufen. Anett konnte nicht mal richtig rennen, geschweige denn klettern.

Die junge Frau seufzte. Sie hatten ihren Kindern so behutsam und deutlich wie möglich erklärt, dass sie von der Polizei bestraft werden, weil sie ohne Erlaubnis die DDR verlassen wollten. Die Eltern mussten deshalb ins Gefängnis und die Kinder inzwischen in ein Heim, wo sie auch über Nacht bleiben mussten. Für André schien das ein Abenteuer, begreifen konnte er das sicher nicht.

„André." Susi strich ihrem Jungen das verklebte Haar aus der Stirn. „Du bist doch schon groß."

André hielt sich die Ohren zu. Er wusste, was jetzt kam. Er sollte brav sein. Er sollte auf seine kleine Schwester aufpassen. Er sollte den Erwachsenen keinen Kummer machen. Am liebsten hätte er mit beiden Füßen gleichzeitig auf den Boden gestampft. Aber er wagte es

229

nicht. Seine Mutter benahm sich heute seltsam. Sicher war sie noch traurig, weil er der Stewardess den scheußlichen Tee aufs Tablett geschüttet hatte. Sie wollte nicht einmal über seine schmutzigen Hände und die zwei Schnecken in seiner Hosentasche schimpfen. Nein, er durfte sie keinesfalls ärgern. Sicherheitshalber klemmte er beide Fäuste hinter den Rücken und presste die Augen fest zusammen. Dann kuschelte er sich eng an seine Mutter und schlief augenblicklich ein.

Jetzt konnte sich Susi überhaupt nicht mehr bewegen. Auf ihrem Schoß, gestützt vom linken Arm, lag zusammengerollt Anett und wurde immer schwerer. Das kleine Mädchen zuckte oft im Schlaf zusammen und nuckelte nervös am Daumen. Die Stewardess forderte die Passagiere auf, sich anzuschnallen. Der Sturm über den rumänischen Karpaten sei stärker geworden, die Bedienung müsse eingestellt werden.

Susi flog nicht gern. Ihr war es unheimlich ohne festen Boden unter den Füßen. Die IL-18 brummte laut und schaukelte. Susi wurde übel. Sie würgte an einem dicken Kloß im Hals, der sich überall im Körper ausbreitete. Krampfhaft versuchte sie, ihre Angst hinunterzuschlucken. Doch die Schreckensbilder der letzten zwei Tage ließen sich nicht verscheuchen. Und schon gar nicht die Angst vor der Zukunft. Susi war wie gelähmt vor Schreck und wunderte sich, wie ruhig sie blieb, wie gefasst sie mit den Kindern sprechen und ihnen soweit wie möglich alles erklären konnte.

Verzweifelt schaute Susi auf ihre Kinder. André lächelte im Schlaf. Der kleine Wildfang würde sich durchbeißen. Er war knochig und breitschultrig wie sein Vater, hatte die gleichen braun-grünen Augen, die vollen Lippen und die schwarze Zottelmähne und war genauso stur wie Manfred. Um Anett sorgte sich Susi viel mehr. Das verwöhnte kleine Mädchen dirigierte seine kleine Welt mit einem scheuen Blick aus hellblauen Kulleraugen. Sie mochte den Kindergarten nicht. Wie wird sie wohl in einem Kinderheim zurechtkommen? Ohne ihre Mami und vielleicht sogar getrennt von ihrem Bruder.


Das Flugzeug landete, rollte aus. André rief: „Mami, da ist schon die Polizei!"

„Nicht so laut, mein Schatz. Die gehören nur zum Flughafen."

Neben der Tür zur Empfangshalle standen unauffällige Herren in grauen Anzügen. Susi entdeckt sie sofort und ging direkt auf sie zu.

„Frau Herzog?"

Susi nickte.

„Kommen Sie bitte hier entlang!"

Die Kinder wurden zur Seite geführt. Man gab Susi keine Gelegenheit, sich von ihnen zu verabschieden. Sie schaute sich nicht um und hoffte, dass sich auch die Kinder nicht suchend nach ihr umdrehten.

Susi setzte mechanisch einen Fuß vor den anderen und versuchte, gleichmäßig zu atmen. Man schob sie in eine geöffnete Autotür. Erst jetzt merkte sie, dass sie keine Tasche mehr bei sich hatte. Sie wusste nicht, ob man ihr die Tasche abgenommen oder ob sie sie irgendwo liegen gelassen hatte. Es war auch gleichgültig. Geld war keines mehr da und ihren Ausweis würde sie sowieso nicht mehr brauchen. Sie saß eingezwängt zwischen zwei Männern. Plötzlich drückte einer der Männer ihren Kopf nach unten. Susi war nicht sehr gelenkig und ihr Rücken schmerzte bei dieser Bewegung. Sie fühlte sich wie in einem Schraubstock und bekam Panik. Aber das durften die Männer nicht merken. Also konzentrierte sie sich auf die Geräusche. Das Fahrzeug hielt und fuhr dann langsam im Schritttempo weiter, es hielt wieder, es schepperte, als ein offensichtlich großes Tor geschlossen wurde. Dann war es dunkel und die Männer stiegen aus.

„Kommen Sie!"

Susi stieg einige Stufen nach oben, ging einen kurzen Gang entlang und folgte der Aufforderung, in einen schmalen Raum zu treten. Dort wurden Abdrücke von jedem ihrer Finger gemacht, Fotos von vorn und den Profilseiten, sie musste sich ausziehen und wurde von einem Arzt abgehorcht, abgeklopft und untersucht. Alles verlief ohne ein einziges Wort. Dann drückte man Susi einen Stapel Kleider in den Arm, wies auf eine offene Tür, die man hinter ihr verschloss. Susi brauchte einen Moment, sich an das Halbdunkel einer flackernden Lampe zu gewöhnen. Der Raum hatte kein Fenster, in ihm befand sich nur eine Kloschüssel, ein kleines Waschbecken und ein Stuhl. Susi fragte sich, ob das eine Zelle sei. Sie kämpfte gegen die aufkommende Panik an. Sie würde hier drinnen ersticken und sterben. Das Gefühl, eingesperrt und völlig hilflos zu sein, schnürte ihr die Kehle zu und ließ ihr Herz heftig gegen den Brustkorb schlagen. Das würde sie keine Stunde aushalten können. Sie setzte sich auf den Stuhl. Dabei merkte sie, dass sie immer noch nackt war. Sie besah sich das Kleiderbündel. Zwei viel zu große Schlüpfer lagen obenauf, darunter ein weißes Achselhemd, ein Nachthemd und ein brauner Trainingsanzug. Susi zog die Sachen an und setzte sich wieder auf den Stuhl.

Sie wollte nachdenken, sich sammeln, konnte aber keinen einzigen klaren Gedanken fassen.

Und genau in dem Moment, als sie glaubte, irre zu werden, öffnete sich die Tür und man führte sie durch mehrere Gänge in einen hell erleuchteten Raum. Darin saß hinter einem Schreibtisch ein älterer Herr im Anzug und fragte betont freundlich: „Möchten Sie einen Kaffee?"

Susi nickte. Im gleichen Moment löste sich wie ein Krampf in ihr und sie fing an zu weinen. Sie hörte nicht, was der Haftrichter ihr vorlas. In ihrem Kopf dröhnte und rauschte es.

„Haben Sie alles verstanden?"

Wieder nickte Susi.

„Dann unterschreiben Sie! Hier!"

Der Mann wies mit seinem Zeigefinger auf eine Stelle, auf die Susi ihren Namen setzte.

## Susi in Untersuchungshaft

Sommer 1980.

„Halt! Stehenbleiben! Gesicht zur Wand! Hände auf den Rücken! Weiter!"

Diese Befehle dirigierten Susi durch viele Gänge und über Treppen. Immer, wenn ein Gitter den Weg versperrte, musste sie mit dem Gesicht zur Wand stehenbleiben und die Hände auf ihrem Rücken halten, während der uniformierte Posten das Gitter öffnete. Susi ging hindurch, blieb stehen, drehte das Gesicht zur Wand, bis das Gitter wieder verschlossen war. Zum Schluss öffnete der Posten eine dicke Stahltür mit mehreren Schlüsselumdrehungen und blieb daneben stehen. Susi begriff, dass sie in diesen Raum gehen sollte. Hinter ihr wurde die Tür verschlossen und sie fand sich allein in einer Zelle.

Rechts befand sich ein Bett mit einer Armeedecke und einem Laken, auf der linken Seite ein Wandkasten mit einem Brett in der Mitte. Erst später erkannte Susi, dass dies ein Klapptisch war und der Kasten ein zweites, an die Wand geklapptes Bett. So ein ähnliches hatte sie als Kind, nur war ihr Kinderbett damals breiter gewesen und hatte eine richtige Matratze. Es gab noch eine Kloschüssel und ein Waschbecken, aber keinen Schrank oder ein Regal, wo sie den zweiten Schlüpfer hätte lassen können. Sie legte ihn zusammen mit dem Nachthemd aufs Bett und breitete das Laken über einer sehr dünnen Unterlage aus. Diffuses Licht schimmerte durch Glasbausteine, die untere Steinreihe fehlte. Susi trat näher und merkte, dass sich dahinter eine weitere Wand aus Glasbausteinen befand, bei der die obere Reihe fehlte. Das sollte offenbar die Belüftung sein. Aber es roch nicht nach frischer Luft, sondern es stank nach Taubenkot, der sich zwischen den beiden Reihen Glasbausteinen sammelte. Susi schüttelte sich angeekelt. Taubendreck war in Berlin ein richtiges Problem. Man konnte zum Beispiel die Wäsche nicht wie in Freiberg auf dem Dachboden trocknen, denn auf den meisten Dachböden wäre man knietief im Taubendreck versunken. Es schien niemanden zu stören, dass dieser Schmutz die Bausubstanz angriff und voller Krankheitserreger steckte.

Susi war hundemüde und völlig erschöpft. Aber sie wusste nicht, ob sie sich hinlegen durfte. Trotzdem setzte sich auf das extrem harte Bett. Sofort fielen ihr die Augen zu und sie schlief ein. In der Nacht schreckte sie mehrfach hoch, weil sich immer wieder die grelle Decken-beleuchtung einschaltete und sie glaubte, ein Kratzen an der Tür zu hören. Erst am Morgen merkte sie, dass sie sich gar nicht ausgezogen, sondern gleich im Trainingsanzug geschlafen hatte.

Irgendwann hörte Susi einen Schlüssel im Schloss drehen. Sie sprang auf. Aber die Tür öffnete sich nicht, sondern nur eine kleine Klappe in der Tür, die ihr bis dahin noch gar nicht aufgefallen war. Ein Teller schepperte in der Öffnung, daneben stand eine Tasse. Susi griff zu, die Klappe schloss sich sofort wieder.

Sie setzte sich aufs Bett und merkte auf einmal, wie hungrig sie war. Schließlich hatte sie im Flugzeug zum letzten Mal gegessen, also vor ungefähr zwanzig Stunden. Susi hatte immer ein sehr gutes Zeitgefühl gehabt, aber durch die vielen Wechsel von hellen und dunklen Räumen, den Minuten oder Stunden, in denen sie warten musste und dem fehlenden Tageslicht hatte sie kein wirkliches Gespür mehr für die Zeit. Der Marmelade auf dem Brot nach war dies ein Frühstück, dazu Malzkaffee. Sie nahm sich Zeit zum Essen, kaute den ersten Bissen zweiunddreißig Mal, bis er sauer schmeckte. Susi versuchte, die restliche Schnitte mit Appetit zu essen. Sie wusste, man konnte nur das genießen, worauf man sich vollkommen konzentrierte. Aber hier in der Zelle gelang ihr das nicht.

Essen war für Susi immer ein elementarer Genuss gewesen. Ob Festmenü oder Bratwurst, das entscheidende ist, dass die Mahlzeit gut schmeckt, dass man mit Vergnügen isst und bewusst genießt. Sie nahm sich vor, das ruhige und genussvolle Essen zu trainieren. Zeit dazu würde sie genug haben. Zeit ist Leben. Und Susi wollte leben.

Fünf Tage lang verlief jeder Tag gleich. Frühstück, Mittag- und Abendessen wurden durch die Klappe geschoben. Zum Mittag gab es einen Plastiklöffel statt eines Bestecks. Seit fünf Tagen hatte Susi mit keinem Menschen gesprochen, nichts lesen und nichts schreiben können. Sie war mit sich und ihren Gedanken allein und versuchte, ihren Geist mit Rechenaufgaben oder Liedtexten zu beschäftigen, um nicht verrückt zu werden.

Einmal am Tag führte man Susi nach draußen. Dort schloss man sie in eine etwas größere Zelle mit gut fünf Meter hohen Wänden, über der eine Metallbrücke verlief, die ein Uniformierter abschritt. Susi vermutete, dass sich links und rechts nebenan weitere solcher Freiluftzellen befanden, denn sie hörte hin und wieder leises Hüsteln und das Schließen von mehreren Türen.

Als sie am zehnten Tag nach solch einer Freiluftzeit zurück in die Zelle geschlossen wurde, erschrak sie sehr, denn in ihrer Zelle saß eine Frau, die ängstlich aufschaute.


„Guten Tag. Mein Name ist Susanne Herzog." Susi erkannte ihre eigene Stimme nicht mehr. Sie setzte sich auf ihr Bett und musterte die Fremde.

„Ich bin die Birgit. Weißt du, wo wir hier sind?"

„Irgendwo in Berlin, mehr weiß ich auch nicht."

„Bist du schon lange hier?"

„Zehn Tage. Und du?"

„Eben angekommen."

„Und warum? Ich meine, weshalb wurdest du verhaftet?"

„Ich wollte mit meinen beiden Jungs in den Westen. Aber sie haben uns erwischt. Im Kofferraum."

„Im Kofferraum?"

„Wir saßen in einer Kiste im Kofferraum, meine Jungs und ich."

„Du liebe Güte. Habt ihr keine Angst gehabt?"

„Doch, große Angst sogar. Aber ich dachte, es wäre nur für eine halbe Stunde oder so. Nur für die Fahrt über die Grenze. Aber sie haben das Auto sofort zur Seite gewunken und dann ewig stehen lassen. Ich dachte, wir ersticken in der Kiste."

„Hast du nicht gerufen und gesagt, dass Kinder dabei sind?"

„Natürlich habe ich gerufen und geklopft. Ich hörte doch jedes Wort und wusste deshalb, dass sie uns längst entdeckt hatten."

„Wo sind deine Jungs jetzt?"

„Das weiß ich nicht."

„Weiß jemand aus deiner Familie von deiner Verhaftung?"

„Ich habe keine Familie", antwortete Birgit.

Ein Mensch ganz ohne Familie schien Susi völlig unvorstellbar. Sie war froh, eine Familie zu haben und hoffte, dass sich ihre Eltern um die Kinder kümmern konnten. Und sie war froh, nicht mehr allein in der Zelle zu sein. Nun konnte sie wieder reden, ihre Angst wegreden. Sie hatte jemanden, der sie anlächelte. Leider wusste Birgit ebenso wenig wie Susi, wie es nun weitergehen sollte. Sie wussten beide nicht, ob es Zufall war, dass sie beide wegen Republikflucht verhaftet waren oder ob es im Haus auch Räuber oder sogar Mörder gab. In ihrer Zelle hörten sie außer ihren eigenen Stimmen nur die Schlüssel. Und auf dem täglichen Weg zur Freiluftzelle begegnete ihnen nie ein anderer Häftling. Seit mehr als drei Wochen nicht.

„Suusii!"
„Hör doch! Da ruft jemand nach dir."
„Suuusiii!"
Susi zuckte zusammen. Die Stimme klang so ähnlich wie Manfreds Stimme. War es möglich, dass auch Manfred hier im Haus eingesperrt war?
„Ich muss antworten." Susi sprang auf, legte die Hände wie einen Trichter an den Mund, presste ihn in den Spalt unter der Glasbausteinmauer und schrie so laut sie konnte: „Jahaa, ich bin hier!"
Hart knallte Metall gegen die Stahltür. Und noch einmal. Dann hörten die beiden Frauen, wie

sich der Schlüssel mehrmals im Schloss drehte und die Tür wurde  geöffnet.

„Rechts!", brüllte eine tiefe Männerstimme.

Susi und Birgit schauten sich an.

„Aufstehen!"

Susi und Birgit erhoben sich von ihren Betten.

„Rechts!", wiederholte der Mann und zeigte dabei auf Susi.

Susi begriff. Sie war nicht Susanne Herzog, sie war Rechts. Erwartungsvoll schaute sie den Mann an. Der trat einen Schritt zurück. Susi zuckte mit der Schulter und setzte sich wieder aufs Bett. Der Mann stellte sich direkt in den Türrahmen und forderte streng: „Rechts!"

„Was soll ich denn machen?", fragte Susi irritiert.

Der Posten deutete mit seiner Hand in Richtung Gang, was wohl *Mitkommen!* bedeutete. Susi trat hinaus auf den Gang. Sie wunderte sich, denn es war nicht die übliche Zeit für die Freiluftzelle.

„Stehenbleiben!"

Susi wusste inzwischen, dass sie dann das Gesicht zur Wand drehen und die Hände auf den Rücken legen musste.

„Weiter!"

Der Posten dirigierte sie an vielen Zellen vorbei bis zum Ende des Ganges, wo sie wieder an einem Gitter warten musste. Stehenbleiben.

Hände auf den Rücken. Gesicht zur Wand. Horchen auf das Schließen, Öffnen des Gitters, Durchgehen, Stehenbleiben, Hände auf den Rücken, Gesicht zur Wand, Weitergehen. Es ging zwei Treppen nach oben. Schließlich stand Susi in einem Büro. Hinter einem großen Schreibtisch saß ein Mann. Er trug keine Uniform, sondern ein normales hellgrünes Hemd. Er lächelte Susi an, aber er forderte sie nicht auf, sich auf den einzigen Stuhl zu setzen, der vorn an der Tür neben einem winzigen Tisch stand. Also blieb Susi stehen. Plötzlich änderte sich die Miene des Mannes. Er kniff die Augen zusammen, beugte sich leicht nach vorn und zischte: „Sie haben Kontakt mit Ihrem Mann aufgenommen?"

„Nein. Wie sollte ich?"

„Sie lügen!" Der Mann stützte sich mit den Armen auf und es sah so aus, als ob er gleich aufstehen wollte. „Gestehen Sie, dass Sie ihn vor einer halben Stunde gerufen haben!"

Seine Stimme klang scharf.

„Aber ich weiß doch gar nicht, wo mein Mann ist."

„Sie lügen!", wiederholte der Mann. Dann befahl er: „Setzen!"

Susi setzte sich.

„Wir können auch anders."

Der Mann lächelte wieder, aber seine Stimme

klang drohend und passte nicht zur Miene. Susi dachte an ihre Oma und ihren Rat, sich vor Leuten in acht zu nehmen, deren Worte nicht zur Mimik passten.

„Wenn Sie nicht sofort gestehen, sitzen Sie ab sofort wieder in einer Einzelzelle, in einer etwas kleineren allerdings."

Susi schluckte und versuchte, sich ihre Angst nicht anmerken zu lassen. Sie atmete langsam aus und sprach so ruhig wie möglich.

„Ich hörte, wie jemand meinen Namen rief und habe deshalb *Ja, ich bin hier* geantwortet. Ich weiß nicht, wer nach mir gerufen hat. Sie sagen, es wäre mein Mann gewesen?"

„Die Fragen stelle ich." Dabei tippte der Mann mit der Faust auf seine Brust. „Vor Ihnen liegen Papier und Stift, Sie dürfen Ihrem Mann schreiben. Aber nichts über Ihre Straftat und nichts über die Haftanstalt und nichts über Mithäftlinge."

Susi nahm den Stift und schrieb *Mein liebster Manfred, ich hoffe, Dir geht es gut. Mir … .*

„Ich bin ihr Vernehmer."

Susi nickte und schrieb weiter *… geht es gut. Nur meine ...*

„Sie müssen einen Anwalt wählen."

„Wie bitte?"

„Einen Anwalt. Haben Sie keinen Anwalt?"

„Nein, ich kenne keinen."

*fehlen meine Bücher. Und Du natürlich. Hast ...*

„Sie brauchen einen Anwalt. Hier ist eine Liste." Der Mann legte Susi eine Liste mit Namen vor. Hinter jedem Namen stand das Geburtsjahr und der Geburtsort des Anwalts, aber nicht, für welches Sachgebiet der jeweilige Anwalt zuständig war.

„Können Sie einen Anwalt empfehlen? Gibt es für mein Problem einen ganz bestimmten Anwalt?"

Der Mann zuckte mit der Schulter.

„Name!", bellte der Mann.

„Ich habe mich noch nicht entschieden", stotterte Susi.

„Ihr Name."

„Ach so. Susanne Herzog."

„Geborene?"

Immer, wenn Susi die Anwaltsliste lesen wollte, kam eine neue Frage. Sie war völlig irritiert und wurde immer nervöser. Der Vernehmer stand auf und nahm ihr den angefangenen Brief an Manfred weg. „Fertig?"

„Nein, ich muss doch erst …"

Im gleichen Moment durchschaute Susi die Strategie des Vernehmers. Er wollte sie mit seinen Fragen und Forderungen durcheinander bringen und verunsichern. Susi erinnerte sich an einen Spruch ihres Vaters: *Es gehören immer zwei dazu.* Der Vernehmer wollte sie irritieren und ärgern, aber sie musste sich nicht irritieren und ärgern lassen.

Susi beachtete den Brief an Manfred nicht mehr, den der Vernehmer noch immer in seiner ausgestreckten Hand hielt. Sie wandte sich der Anwaltsliste zu, legte einen Finger auf den ersten Namen und fuhr so Name für Name nach unten, während der Vernehmer weiter seine Fragen stellte und Susis Antworten notierte.

Einer der Anwälte war im Jahr 1927 in Polen geboren, genau wie Susis Vater. Das war ein Zeichen.

„Ich nehme den hier, Anwalt Vogel.“

Erst viele Monate später sollte Susi erfahren, dass genau dieser Anwalt der einzig mögliche Anwalt war, der sich um den Freikauf ostdeutscher politischer Häftlinge kümmerte.

„Heute dürfen Sie an Ihre Kinder schreiben“, verkündete der Vernehmer am nächsten Tag.

„Wo sind denn meine Kinder?“

„Das weiß ich nicht und würde es Ihnen auch nicht sagen. Schreiben Sie!“

*Mein lieber großer André, meine süße kleine Anett. Eure Mami denkt an jedem Tag und in jeder Stunde an Euch. Gefällt es Euch in der neuen Schule und im neuen Kindergarten?“*

Dieser Brief gelang Susi besser als der an

245

Manfred. Sie hielt ihren Finger auf das zuletzt geschriebene Wort und beantwortete zwischendurch so ruhig wie möglich die vielen Fragen des Vernehmers.

„Ich habe mit Ihrem Mann gesprochen."

„Also ist er doch hier im Haus", schlussfolgerte sie.

„Werden Sie nicht frech! Er ist bereits entlassen."

Susi horchte auf.

„Er hat sich entschieden, mit seiner Geliebten ein neues Leben anzufangen. Und zwar hier in Berlin, der Hauptstadt der DDR. Seinen Sohn nimmt er mit."

*Und Anett?* Hätte Susi fast laut gefragt. Aber sie biss sich rechtzeitig auf die Zunge und presste die Lippen fest aufeinander, damit kein dummes Wort aus ihrem Mund schlüpfte. Langsam atmete sie aus und zählte bis vier. Sie dachte an das letzte Jahr, in dem Manfred eine Affäre mit einer seiner Kolleginnen hatte. Trotzdem sagte sie laut und bestimmt: „Das glaube ich nicht."

„Ich kann Ihnen das Vernehmungsprotokoll vorspielen. Wir haben alles auf Band."

Susi schüttelte ihren Kopf.

„Nein. Ich weiß, wie so etwas läuft. Mein Mann hat selbst ein Tonbandgerät. Ich würde nur das glauben, was  er mir direkt ins Gesicht sagt."

Bei der nächsten Vernehmung lag ein beschriebenes Blatt Papier vor Susi. Am liebsten hätte sie laut gejubelt, denn sie erkannte sofort Manfreds Schrift.

*„Berlin, den 07.08.80 Meine liebe Susi – Vielen Dank für Deine Zeilen und Grüße. Ich hoffe, dass es Dir gut geht. Heute erfuhr ich nun endlich, dass André und Anett in Halsbrücke untergebracht sind und ich habe auch Post von Deiner Mutter, die jetzt halbtags arbeiten will."*

Susi seufzte erleichtert auf, denn nun konnte sie alles viel ruhiger auf sich zukommen lassen, weil ihre Kinder bei ihren Eltern ganz sicher gut versorgt waren.

Erst Jahre später erfuhr sie, dass ihre Eltern sofort nach dem Anruf der Berliner Freundin nach Berlin fuhren und nach einigem Hin und Her im Ministerium für Staatssicherheit die Adresse des Kinderheims erfuhren, in dem sich André und Anett zusammen mit anderen Kindern von DDR-Flüchtlingen befanden. Zwei Tage später durften Susis Eltern beide Kinder abholen und erhielten die Schlüssel zur Wohnung, so dass sie Kleidung für die Kinder und Andrés Schulsachen mitnehmen konnten.

Susi las weiter: *„Bleib jetzt tapfer und grüble nicht allzu sehr. Ich weiß, dass das nicht leicht ist, mir fällt es auch manchmal schwer. Aber wir* *müssen die ganze Sache mit aller Konsequenz durchstehen, sonst wäre alles umsonst gewesen. Dieser Gedanke hält mich aufrecht."* Das tat es auch für Susi.

In Abständen von wenigen Tagen bis drei Wochen durften sich Susi und Manfred Briefe schreiben. Sie nummerierten ihre Briefe und erkannten daran, dass sie nicht alle erhielten.

Susis ganze Welt war auf die vier Wände ihrer Zelle zusammengeschrumpft. Sie hörte Stimmen, wo gar keine waren, oder Geräusche wie Kratzen oder Klopfen an der Wand. Zu allem Unglück war sie seit ihrem fünften Lebensjahr schwerhörig und wusste nie, ob sie sich die Geräusche nur einbildete oder wegen ihrer Schwerhörigkeit nicht deuten konnte.

Susi hatte nie Sport getrieben. Sie fand es nicht normal, sich ohne Not körperlich anzustrengen und vor allem absolut widerlich, deswegen zu schwitzen. Sie wanderte lieber völlig entspannt draußen durch den Wald und verbrachte jeden freien Tag mit den Kindern in der Natur. Jetzt fehlte ihr die Bewegung. Ihre Muskeln begannen, sich zu verspannen. Susi hatte das Gefühl, dass sogar ihr Gehirn durch die fehlende Bewegung immer langsamer reagierte. Dagegen musste sie unbedingt etwas unternehmen. Sie dachte sich Übungen aus, die jeden Muskel ansprachen, reckte, streckte und dehnte ihre Glieder.

Und ihr fehlte die Musik. Singen ist Lebenslust, Singen macht glücklich und den Kopf klar. Obwohl ihr nicht nach Singen zumute war, sang Susi in Gedanken Kinderlieder, Schlager und Volkslieder. Und sie merkte, dass sie Traurigkeit und sogar Angst wegsingen konnte.

„Eigentlich ist die Vernehmung abgeschlossen. Ich habe Sie aus einem ganz bestimmten Grund rufen lassen. Ihre Mutter war hier. Sie muss die kleine kranke Anett in die Universitäts-Klinik Buch bringen."

Susi faltete ihre Finger ineinander, damit diese nicht so auffällig zitterten.

„Warum?", hauchte sie.

„Nun, es gibt wohl Komplikationen. Ihre Mutter sprach von einer möglichen Operation. So genau weiß ich das nicht. Aber wegen der besonderen Situation haben wir beschlossen, dass Ihre Mutter nach der Untersuchung noch einmal hierher kommen und berichten darf."

Erst, als Susi wieder in ihrer Zelle war, erlaubte sie sich zu weinen. Sie wollte Birgit alles erzählen, aber Birgit war nicht da. Susi wusch ihr Gesicht mit kaltem Wasser und versuchte, sich zu beruhigen. Aber es gelang ihr nicht.

Es schloss an der Tür. Susi stellte sich sofort an

249

die hintere Wand vor die Glasbausteine und ließ die Hände sichtbar an den Schenkelseiten herunterhängen. Eine kleine dicke Frau mit strohgelben zotteligen Haaren und ihrem Bündel Häftlingskleidung unter dem Arm schlürfte in die Zelle, strahlte Susi an und lallte: „Biddn du?"

„Wie bitte?"

Die Fremde stellte sich breitbeinig vor Susi hin, machte einen Knicks und schlug sich mit beiden Händen auf die Brust.

„Inge. Bin die Inge."

„Mein Name ist Susi."

„Susi, Susi, Susi … Susi." Immer wieder sang Inge in einer seltsamen Quakstimme *Susi*. Dann setzte sie sich auf die Kloschüssel und summte und brummte laut vor sich hin. Susi nahm an, dass Inge die peinlichen Geräusche ihres Stuhlgangs übertönen wollte. Dann stellte sich Inge vor das Klosett, ohne sich vorher die Hosen hochzuziehen, klatschte mehrmals in die Hände und jubelte: „Fein AA mat, fein, fein."

„Bitte spüle schnell, es stinkt!", bat Susi.

„He?" Inge drehte sich zu Susi um und schaute sie erstaunt an. Susi sprang auf und drückte auf den Spülknopf in der Wand.

„Ooooch, weg, alles weg. Böse Susi!"

Plötzlich fasste Inge mit beiden Händen an den Rand ihres Oberteils und zog es in einem Ruck nach oben. Sie trug weder ein Unterhemd noch einen BH und Susi schaute irritiert auf eine riesige dunkelrote Narbe, die quer über den gesamten Bauch lief.

„Keine Baby", erklärte Inge und patschte mit der Hand auf ihren dicken Bauch.

Susi war fassungslos. Ganz offensichtlich war diese Inge geisteskrank. Oder sie erlaubte sich einen bösen Scherz. Doch sie merkte schnell, dass Inge nicht spielte. Sie brabbelte in unangenehm hoher Stimme in Babysprache oder sang Kinderlieder. Als das Mittag durch die Klappe geschoben wurde, führte Inge einen Freudentanz auf und schrie: „Mammam! Feine Mammam."

Aber nach ihrem Teller griff sie nicht. Bevor Susi beide Teller abnahm rief sie nach draußen: „Sie können mich doch nicht mit einer Verrückten zusammen sperren."

Der Posten reagierte nicht, schloss wortlos die Klappe und entfernte sich. Als er später das Geschirr abholte, fragte Susi, wo sie sich beschweren könne. Auch darauf erhielt sie keine Antwort. Susi versuchte, so langsam wie möglich zu atmen und sich zu beruhigen. Sie sagte sich, dass sich Inge zwar wie ein einfältiges zweijähriges Kind verhielt, aber immerhin harmlos war. Sie nahm sich vor, am Nachmittag mit dem Vernehmer zu sprechen, wenn er sagen wollte, wie es Anett ging.

Aber der Posten holte sie nicht zur Vernehmung. Susi wartete den ganzen Nachmittag. Sie versuchte, sich den Ablauf vorzustellen, um ein Zeitgefühl zu entwickeln. Sie sah in Gedanken ihre Mutter mit Anett in der Straßenbahn sitzen. Dann wieder vermutete sie, dass sie wahrscheinlich ihr Vater im Auto zur Klinik fuhr. In der Klinik gab es Wartezeiten bis zur Blutabnahme, Wartezeiten, bis das Ergebnis aus dem Labor zurück war und noch einmal Wartezeiten bis zum Arztgespräch.

Als schließlich das Abendessen durch die Klappe geschoben wurde, war Susi sehr beunruhigt. Das war kein gutes Zeichen. Vielleicht musste Anett sofort notoperiert werden. Aber dann hätte Susis Mutter den Vernehmer informieren können. Vielleicht hatte sie das auch getan, aber der Vernehmer war bereits im Feierabend. Wie Susi die Sache auch betrachtete, sie kam zu keinem Schluss. Sie sagte sich, dass sie das wohl erst am nächsten Tag erfahren würde, wenn alles geklärt wäre.

Aber auch am nächsten Tag wurde Susi nicht zur Vernehmung aus der Zelle geholt. Sie sah in Gedanken ihr kleines Mädchen vor sich, wie man ihm Blut abnahm. Bei Anett war dies ebenso schwierig wie damals bei Susi selbst. Meist zerstach man ihr erst die Armbeugen, dann die Handgelenke und Handrücken. Es war eine furchtbare Qual für das Kind, das die ganze Zeit über bitterlich weinte.

Vier Tage später wurde Susi in einen Raum gebracht, der stark nach Medikamenten und Desinfektionsmitteln stank. Sie sah auf einem Tisch all die Dinge liegen, die zum Blutabnehmen nötig waren und fing plötzlich an zu zittern. Ein Mann in einem weißen Kittel über einer Uniform wies auf eine schmale Tür. Susi ging hinein und die Tür schloss sich hinter ihr. Es war stockdunkel und sie stieß mit ihrem Fuß gegen ein Stück Holz. Vorsichtig fühlte sie mit dem rechten Bein nach vorn und spürte kurz unterhalb des Knies einen Widerstand. Sie beugte sich nach vorn und streckte ihre Arme aus und ertastete einen Stuhl, dahinter eine Wand. Auch seitlich befanden sich Wände und im Rücken die Tür. Susi stand in einer winzigen Kammer von weniger als einem Quadratmeter, die nur Platz für diesen Stuhl und Susis Füße bot. Entsetzt ließ sie sich auf den Stuhl fallen. Offensichtlich war dies ein Warteraum für das Arztzimmer. Susi hörte den Mann hinter der Tür noch kurz hin und her gehen, dann war es still. Absolut still. Nicht einmal die Kreißsäge, die sonst den ganzen Tag über schrill kreischte, war zu hören. *Wie im Grab,* dachte Susi. Sie versuchte, langsam zu atmen und dabei bis

253

zehn zu zählen. Ein. Aus. Immer wieder. Sie widerstand dem Versuch, nach einer Türklinke zu tasten, denn sie hatte Angst, bei jeder Bewegung und jedem Versuch, etwas zu tun, in Panik zu geraten. Sie merkte, dass ihr Hirn in eine Ohnmacht flüchten wollte. Das durfte sie nicht zulassen, ihr Geist sollte wach und aufmerksam bleiben. Also sagte sie in Gedanken das Einmaleins auf. Dazu muss sie sich konzentrieren wie auch auf die Texte von Kinderliedern. *Häschen in der Grube ... Himmel! Wenn jetzt unter ihr der Boden aufginge und sie in die Tiefe stürzte.* So etwas hatte Susi einmal in einem Film gesehen und hinterher nächtelang davon geträumt. Sie verdrängte diesen Gedanken und sagte sich, dass man sie nicht einfach verscharren konnte. Aber vielleicht vergessen.

Susi wusste nicht, wie lange sie in der Kammer gesessen hatte, ob es weniger als dreißig Minuten waren oder mehr als drei Stunden. Sie hatte in ihrer Angst jedes Zeitgefühl verloren. Dann öffnete sich die Tür. Sie stand langsam auf. Ihr taten die Beine weh und sie konnte nichts sehen. Das grelle Licht blendete und sie hielt sich erschrocken die Hände vor die Augen. „Hände auf den Rücken!“, ertönte das gewohnte Kommando und Susi folgte der Stimme wie eine Schlafwandlerin. Zurück in ihrer Zelle sank sie erschöpft auf ihr Bett.

„Fein!" Inge klatschte in ihre Hände.

Susi hielt sich die Ohren zu. Inge setzte sich auf den Fußboden vor Susis Bett und streichelte über Susis Haar. „Heile heile, nich weinen."

Aber Susi konnte nicht mehr aufhören zu weinen. Ihr ganzer Körper bebte, dann weinte sie nur leise vor sich hin. Ihr war nichts passiert, keiner hatte ihr etwas getan oder ihr eine schlimme Nachricht überbracht. Aber sie fühlte sich so schwach, dass sie sich nicht einmal vom Bett erhob, als es an der Zellentür schloss.

„Tomm! Mammam! Muttu auftehn", bat Inge.

Inge hielt Susi die fertig geschmierten Schnitten hin, die es zum Abend gab. Aber Susi wurde schon vom Geruch der Wurst übel und sie drehte sich mit dem Gesicht zur Wand. Sie hörte es wieder schließen.

„Nich fertig", brabbelte Inge.

Inge bohrte ihren Finger in Susis Schulter. „Deine!"

Susi schaute sich um und sah, dass Inge drei kleine Tabletten in der Hand hielt. Schlagartig war Susi klar, dass Inge die Tabletten vom Posten erhalten hatte. Susi befürchtete sofort, dass man sie vergiften wolle. Schnell sprang sie auf, warf die Tabletten ins Klo und spülte sie runter. Sie merkte, dass sie hysterisch wurde und versuchte, sich zu konzentrieren. Sie musste bei Verstand bleiben und durfte sich nicht gehen lassen. Aber sie konnte nicht denken, sie wollte nicht denken. Sie fühlte sich wie unter einer Glasglocke, hörte Geräusche und Stimmen und konnte sie nicht zuordnen. Sie versuchte es gar nicht. In ihrem Kopf dröhnten ohne Pause die Worte: *Lass es ihr gut gehen. Lass es ihr gut gehen.*

Susi hatte zehn Tage lang nur existiert und mechanisch reagiert. Sie merkte beim Gang zur Freiluftzelle, dass ihr die Beine einknickten und dabei fiel ihr ein, dass sie seit zehn Tagen kaum etwas gegessen hatte. Sie brachte einfach keinen Bissen herunter, er blieb im Hals stecken und ließ sie würgen. Erstaunt nahm sie Inge wahr und lächelte sie an. Darüber freute sich Inge derart, dass sie auf einem Bein hin und her hüpfte,ihre Arme in die Luft warf und jubelte: „Fein! Susi! Fein!"

Nun musste Susi lachen und umarmte diese verrückte Frau. Im gleichen Moment wurde ihr klar, dass alles so ist wie es eben ist und dass sie an ihrer Situation nichts ändern konnte. Sie konnte nur dafür sorgen, so heil wie nur möglich die Haft zu überstehen. Nur dann wäre sie in der Lage, wieder für ihre Kinder da zu sein. Sie wusste nach wie vor nicht, wie es Anett ging, ob sie überhaupt noch am Leben war. Aber auch darauf hatte Susi keinen Einfluss. Sie musste versuchen, innere Ruhe zu finden und so gelassen, wach und aufmerksam wie irgend möglich zu sein.

Am gleichen Nachmittag wurde sie zur Vernehmung geholt. Susi traute ihren Augen nicht, als sie auf dem Stuhl neben dem kleinen Tisch Manfred sitzen sah. Er sah schmal und sehr blass aus und wirkte unruhig, fast verstört.

„Hallo, mein Liebster! Wie geht es dir?"

Susi schlang die Arme um Manfred und küsste ihn.

„Auseinander! Kein Körperkontakt!", brüllte der Vernehmer. Susi setzte sich auf den zweiten Stuhl, den sie hinter dem Tisch entdeckte, und lächelte Manfred an. Sie sah, wie er seufzte und dann, wie sich seine Schultern strafften. Er wirkte sichtlich erleichtert.

„Mir geht es gut. Ich hatte mir Sorgen um dich gemacht."

„Aber warum? Ich habe satt zu essen und vorgestern sogar ein Buch bekommen. Es ist eine recht interessante Geschichte von Nexö, den ich vorher noch nie gelesen habe. Kennst du ihn?"

„Oh! Das Buch hatte ich ebenfalls. Jetzt lese ich einen wunderbaren Bericht über die Südsee. Stell dir das mal vor!"

„Wunderbar!", rief Susi. „Dorthin könnte unsere nächste Urlaubsreise gehen, nicht wahr?"

Manfred lachte.

„Du trägst einen Schlosseranzug?" Susi wies auf Manfreds Blaumann. „Arbeitest du?"

Manfred schüttelte den Kopf und lächelte über den Witz.

„Weißt du, wenn ich gewusst hätte, dass ich dich heute treffe, hätte ich dir Schokolade oder Zigaretten mitgebracht."

„Jetzt reicht´s!", brüllte der Vernehmer und sprang von seinem Stuhl auf. Er sorgte dafür, dass Manfred sofort weggebracht wurde.

„Ich habe Sie durchschaut! Sie sind eine ganz durchtriebene Person!"

Völlig aus der Fassung gebracht lief der Vernehmer mehrmals zwischen seinem Schreibtisch und der Tür hin und her. Susi wunderte sich, dass sie dabei kein einziges Mal zusammenzuckte.

Susi musste zurück in ihre Zelle. Zufrieden saß sie auf ihrem Bett und dachte an Manfred. Er hatte so verstört ausgesehen und sie freute sich, dass sie ihn aufmuntern konnte. Plötzlich wurde ihr der Grund für seinen unsicher fragenden Blick klar. Man hatte Manfred erzählt, wie schlecht es ihr ging und er war besorgt. Das bedeutete, dass die ganze

Geschichte um Anett im Krankenhaus und die Blutabnahme beim Haftarzt nur inszeniert war. Vielleicht gab es gar keine aktuellen Probleme mit Anetts Gesundheit. Susi war heilfroh, dass sie zufällig an diesem Morgen beschlossen hatte, so gesund wie möglich die Haft zu überleben und sich keine Sorgen um Dinge zu machen, die sie von der Zelle aus sowieso nicht ändern konnte.

Zwei Tage später führte man Susi in ein Büro im Erdgeschoss. Dort saß ein Mann im grauen Anzug, der sie zerstreut grüßte und unverzüglich erklärte: „Ich vertrete Ihre Interessen im Auftrag der Kanzlei Vogel. Ihnen wird Republikflucht vorgeworfen, deren Versuch bereits strafbar ist. Sie werden nach § 213 verurteilt, das Strafhöchstmaß beträgt fünf Jahre. Die Verhandlung findet am 20. Oktober statt. Richter und Staatsanwalt kennen Ihre Akte. Sie antworten bitte nur, wenn Sie gefragt werden und zwar so knapp und präzise wie möglich, meist reicht ein Ja oder eine Jahreszahl. Brechen Sie nicht in Tränen aus! Fallen Sie nicht in Ohnmacht! Schreien Sie nicht hysterisch herum! Sie stehen nicht auf einer Theaterbühne, sondern vor dem Hohen Gericht. Das Strafmaß steht im Grunde bereits fest, Sie ändern nichts daran. Das war alles."

So hatte sich Susi das Gespräch mit ihrem Anwalt nicht vorgestellt.

„Mit welcher Strafe muss ich denn rechnen?"

„Unter zwei Jahren, zwei Drittel der Zeit müssen Sie absitzen und wenn alles gut geht schiebt man Sie dann in den Westen ab."

Der Anwalt stand auf.

„Bitte, einen Moment noch", bat Susi. „Vor zwei Wochen sagte mir der Vernehmer, dass es meiner Tochter schlecht geht und sie vermutlich operiert werden müsste. Seitdem habe ich nichts mehr darüber gehört. Könnten Sie nachforschen, wie es meinem Kind geht? Ich bin wirklich in großer Sorge." Leise ergänzte sie: „Das dürfen sie doch tun als mein Anwalt, oder?"

„Ich versuche es. Guten Tag."

„Vielen Dank", konnte Susi noch sagen, bevor man sie wieder hinaus führte und in ihre Zelle sperrte.

In ihrer Zelle lag eine fremde Frau auf Inges Bett. Susi blieb überrascht stehen. Die Frau richtete sich auf, was ihr sichtlich Mühe bereitete und reichte Susi eine schmale knochige Hand.

„Wuttke, Ursl Wuttke."

Die Frau war sehr klein, ihre Füße reichten gerade so bis auf den Boden, obwohl der Bettkasten keine vierzig Zentimeter hoch war.

260

Ihre Beine waren dünner als Susis Arme. Am meisten schockte Susi das alte Gesicht, das ganz grau und voller Falten war. Susi schätzte die Frau auf 75 bis vielleicht 80 Jahre. Die drehte sich zur Wand und schien zu schlafen.

Ursl schlief sehr viel, eigentlich immer. Sie stand nur vom Bett auf, wenn sie zur Toilette oder in die Freiluftzelle musste. Sie sprach den ganzen Tag kein einziges Wort, schien aber in der Nacht ihr ganzes Leben zu erzählen. Susi verstand davon so gut wie nichts, denn Ursl sprach sehr leise und Susi war schwerhörig und hätte den Mund sehen müssen. Sie hörte nur einige Worte, aus denen sie keine Zusammenhänge basteln konnte. Ursl war noch gar nicht so alt, erst 52 Jahre. Sie stammte aus Berlin und hatte offenbar ihre halbwüchsige Tochter dazu benutzt, um eine Verwandte aus dem Westteil der Stadt in den Osten zu locken, wo diese verhaftet wurde. Nun wartete Ursl darauf, dass man ihr zur Belohnung die versprochene Wohnung gab und sie nach Hause durfte.

Da sich Susi nicht mit Ursl unterhalten konnte, war sie doppelt froh, inzwischen Bücher in der Zelle zu haben. Man hatte ihr zuerst nur den Nexö durch die Klappe herein gereicht. Eine Woche später durfte sie zwei Titel aus einem ganzen Stapel Bücher wählen. Blitzschnell griff

Susi vier Bände, weil die verrückte Inge nicht lesen wollte oder konnte. Susi hoffte, dass ihr dieser Trick auch bei Ursl gelang, denn Ursl machte keine Anstalten zu lesen.

*„Berlin, den 31.10.80 Meine liebe Susi – vielen Dank für Deinen lieben Brief Nr. 7 vom 27.10 und erste Grüße nach der Verhandlung. Du darfst mir nicht böse sein wegen meines Verhaltens am 20.10. Ich war innerlich so sehr aufgeregt und habe versucht, äußerlich ruhig zu bleiben. Die Hemmungen vor der Menge Wachmannschaft konnte ich nicht ganz ablegen, schließlich steht man nicht alle Tage vor Gericht."*

An die Verhandlung selbst konnte sich Susi kaum erinnern, so, als wäre sie die ganze Zeit in einer Art Nebel gewesen. Sie wusste nur noch, dass Manfred seine politischen Gründe für den Fluchtversuch darlegen wollte und dass die Staatsanwältin ihn wütend unterbrach und eine wahre Hasstirade gegen den Westen durch den Saal brüllte. Susi erinnerte sich an Handfesseln, aber nicht an Wachpersonal. Sie empfand die Stunden bis zur Urteilsverkündung als besonders schlimm, weil sie in einer Zelle warten musste, die extrem stark nach Taubendreck stank. Der Kot füllte fast den gesamten Zwischenraum zwischen den Glasbausteinen aus und sie musste sich wegen des penetranten Gestanks mehrmals übergeben.

Susis Haftstrafe wurde auf ein Jahr und acht Monate festgesetzt, Manfred erhielt zwei Jahre und sechs Monate, Uwe zwei Jahre und acht Monate.

*„Berlin, 17.11.80 Meine liebe Susi – Dem Datum kannst Du schon entnehmen, dass ich hoffte, Dich heute zu sehen."*

Heute war ihr achter Hochzeitstag und der Vernehmer hatte ein Treffen mit Manfred angekündigt mit Kaffee und Kuchen. Susi hatte diesen Unsinn sogar geglaubt. Am liebsten hätte sie dem Vernehmer sofort ihre Meinung ins Gesicht geschleudert, aber sie wusste, dass dies keinen Sinn hatte und sie sich damit nur lächerlich machen würde. Sie versuchte, die aufkommenden Tränen hinunterzuschlucken und so gelassen wie möglich weiterzulesen.

## Susi im Gefängnis

Spätherbst 1980.

Susi stieg in einen Transporter, den sie schon von der Fahrt zum Gericht kannte. Darin befanden sich mehrere winzig kleine Sitzzellen mit Platz für jeweils eine einzige Person. Besonders korpulent durfte die Person nicht sein, denn die schmale Sitzbank war kaum breiter als einen halben Meter. Ein Mensch mit langen Beinen wie Manfred stieß mit seinen Knien vorn an die Tür.

Susi hörte, wie noch drei weitere Insassen aus der Untersuchungshaft in das Auto stiegen. Es war eine recht kurze Fahrt, die im Gefängnis Rummelsburg endete.

Hier lebten und arbeiteten unter schier unmenschlichen Bedingungen mehrere tausend Strafgefangene der Volkspolizei. Die meisten Häftlinge arbeiteten für das Kombinat EAW. Ausgerechnet für das EAW, wo Manfred vor der Verhaftung angestellt war und wovon er nichts wusste. Die Schleuser (Fluchthelfer) verbüßten hier ebenfalls ihre Haftstrafen. Außerdem war Rummelsburg eine Art Drehscheibe, wo man Häftlinge für Transporte in andere Gefängnisse zusammenstellte. Einige warteten auf eine Gerichtsverhandlung oder einen Scheidungstermin, um anschließend zurück in ihr Gefängnis gebracht zu werden.

Im Haus herrschte ein unbeschreiblicher Lärm, den Susi seit Monaten nicht mehr gewöhnt war und ihr richtig Angst machte. Sie wurde mit drei weiteren Frauen in einen für sie ganz ungewohnt großen Raum geschlossen. Direkt neben der Tür stand das Klosett auf einer Art Podest und wirkte wie ein Thron, daneben befand sich ein Waschbecken. Susi sah zehn Betten und sechs Frauen, die sie neugierig und abschätzig beäugten.

„Äh … Politische", schnaufte verächtlich eine der Frauen und drehte sich zur Seite, obwohl weder Susi noch eine der anderen Neuen irgendetwas gesagt hatten. Susi stierte auf die Arme dieser Frau, die bis zu den Ellenbogen tätowiert waren und biss sich vor Schreck auf die Lippen. So etwas Grauenhaftes hatte sie noch nie zuvor gesehen, nur einmal in einem alten Film über Seeräuber. Überhaupt sahen die Frauen zum Fürchten aus, sie hatten so einen wilden, fast tierischen Blick und vermittelten den Eindruck, nicht lange zu diskutieren, wenn ihnen irgendetwas nicht passte. Susi wählte schnell die freie Seite eines Doppelbettes, auch das Bett auf der anderen Seite war frei. Somit kam sie zwischen zwei *RF-ler* (Republikflüchtlinge) zu liegen.

Die Frauen lärmten bis weit nach Mitternacht, ohne dass sich das Wachpersonal darum kümmerte. Von draußen hörte man hin und wieder fürchterliche Schreie, als wenn jemand gefoltert würde. Susi spürte eine Hand, die nach ihrem Arm tastete. Die Hand gehörte Conny, die ebenfalls aus der Stasi-Haft kam. Susi ergriff die Hand und Conny rutschte näher heran. Die zwei Frauen umklammerten sich in ihrer Angst und schliefen irgendwann erschöpft ein.

Einige Tage später ging es für die vier „Politischen" und zwei weitere Häftlinge auf Transport. Susi wusste inzwischen, dass dies bedeutete, in ein anderes Gefängnis verlegt zu werden, aber sie wusste nicht, in welches Gefängnis. Die *Knastis* kannten sich aus und erklärten, dass man sie nach Hoheneck bei Chemnitz bringen würde. Susi erschrak, denn von diesem Straflager hatte sie während der letzten Tage allerhand Horrorgeschichten über Dunkel- und Wasserzellen, harter Arbeit und noch härteren Bestrafungen gehört. Von Hoheneck selbst hatte Susi noch nie in ihrem Leben gehört, obwohl sie jahrelang nur wenige Kilometer davon entfernt gelebt hatte. Sie wusste überhaupt nichts über Gefängnisse in der DDR.

Als Susi aus dem engen Gefangenen-Transporter ausstieg, befand sie sich auf einem Güterbahnhof. Man hieß sie mit anderen Frauen in einen Wagon klettern, der in winzige Zellen von weniger als eineinhalb Quadratmeter aufgeteilt war. Dort saßen sie zu fünft aneinander gequetscht auf einer harten Holzbank. Die vergitterten Fenster bestanden aus Milchglas, aus denen man nicht hinaus schauen konnte.

Langsam setzte sich der Zug in Bewegung, dann blieb er stehen. Der Wagon wurde mehrmals hin und her geschoben und blieb wieder stehen. Erst nach mehreren Stunden ruckte es wieder. Dieses Mal nahmen sie Fahrt auf. Conny hielt die Hände gefaltet, sie hatte ebenso große Angst wie Susi. Sie fuhren zwei Stunden, danach wurde der Wagon wieder mehrfach hin und her rangiert. Susi hatte den Eindruck, dass einige Gefangene aus- oder einstiegen und sie ansonsten irgendwo auf Güterbahnhöfen herumstanden.

Schließlich brachte ein Posten einen Eimer, zeigte mit dem Finger auf den Inhalt und sagte: „Tee." Susi begriff, dass sie sich mit einem Becher, der im Eimer schwamm, Tee herausschöpfen und trinken sollte. Aber sie hatte keinen Durst und reichte Conny den Becher.

Weitere Stunden später legte man Susi und Conny Handschellen an, kettete sie aneinander und hieß sie aussteigen. Auf dem Bahnsteig wurden sechs weitere Frauen an diese Kette gelegt, immer zwei nebeneinander. Die so gefesselte Gruppe lief von mehreren Polizisten bewacht mitten zwischen den Menschen, die von der Arbeit oder einer Reise kamen, durch eine Unterführung in einem großen Bahnhof. Susi erkannte den Chemnitzer Hauptbahnhof.

Sie spürte die Blicke der Leute auf sich und den Handschellen und fühlte sich wie ein Schwerverbrecher. Sie wagte nicht, in die Gesichter zu sehen und schaute lieber auf ihre Schuhe. Sie verließen das Bahnhofsgebäude durch einen Nebenausgang und durften in einen Bus steigen. Es war ein ganz normaler kleiner Bus mit weichen Sitzen und vor allem mit herrlich großen Fenstern. Es war bereits dunkel und Susi bemerkte in vielen Fenstern leuchtende Schwibbögen und Weihnachtssterne und ihr fiel ein, dass inzwischen Advent war. Sie stellte sich vor, dass auch ihre Mutter den Schwibbogen in ihrer Stube angezündet hatte und die Kinder darauf schauten. Während der ganzen Fahrt hinauf ins Erzgebirge schaute Susi aus dem Fenster. Sie saugte die Bilder von den weihnachtlich geschmückten Häusern in sich auf. Dann entdeckte sie das Ortsschild *Stollberg.* Die kleine Stadt wurde von der Burg Hoheneck dominiert, die von jeder Seite direkt hoch über der Stadt zu sehen war.

Um das riesige alte Gemäuer herum lief eine vier bis sieben Meter hohe Mauer. Der Bus fuhr durch ein großes Schleusentor, dem einzigen Zu- und Ausgang. Ein Amtsarzt untersuchte die Gefangenen auf Filzläuse und Hautkrankheiten, dann steckte man die Gruppe in die Zugangszelle. Das war ein dunkler schmaler Raum mit drei Stockbetten, einem Waschbecken und einer Kloschüssel. Eine Heizung gab es nicht. Der vergitterte Fensterschlitz befand sich oberhalb der Kopfhöhe und ließ sich nicht öffnen. Vier der Frauen rauchten.

Nach einigen Tagen erhielt Susi beim Effekten die Gefängniskleidung: einen dunkelblauen Hosenanzug, zwei hellblaue Blusen, zwei Nachthemden und Unterwäsche. Zusammen mit Conny schloss man sie in eine Zelle von etwa zwanzig Quadratmetern, in der sechs Dreistockbetten standen und ein Regal für die Wäsche. Auch hier gab es keine Heizung. Aber es gab vier riesengroße Fenster mit einem wunderbaren Blick weit über hügeliges Land. Susi war darüber derart erleichtert, dass sie die Gitter hinter den Scheiben zuerst gar nicht bemerkte.

Sie befand sich im erleichterten Vollzug, weil ihre Strafe unter zwei Jahren betrug. Das bedeutete, dass sie jede Woche einen Brief schreiben durfte und jeden zweiten Monat ein Paket erhalten konnte, vorausgesetzt, sie fiel nicht unangenehm auf und erfüllte die Arbeitsnorm. Sie sollte in drei Schichten Strumpfhosen nähen. Langstrafer (Häftlinge mit höheren Strafen) mussten Bettwäsche nähen. Die Stoffe für die Bettwäsche seien höllisch schwer und es gäbe bei der Verarbeitung unglaublich viel

Staub, aber keinen Atemschutz. Die Sonntage waren arbeitsfrei.

Im Waschraum nebenan gab es zwei Kloschüsseln und sechs Waschbecken. Aus dem Wasserhahn kam nur kaltes Wasser.

„Mach dich von der Schüssel, du Sau! Sonst drücke ich deinen Nischel in die Pisse."

Susi erschrak sehr über den derben Umgangston und nahm sich vor, sich so zurückhaltend wie möglich zu verhalten, um keinen Ärger zu provozieren. Das absolute Sagen hatte eine Frau mit einer lebenslangen Haftstrafe, die sich Verwahrraumälteste nannte. Sie hatte bereits zwanzig Jahre *abgesessen* und sollte nach zwei Jahren im erleichterten Vollzug so langsam auf ihre Entlassung vorbereitet werden. Das hieß, sie durfte sich außerhalb der Mauern mit ihren Besuchern treffen. Sie hatte fast Glatze und einen gehetzten Blick. Man tat gut daran, weder sie noch ihre Freundin zu reizen und sie auf keinen Fall auf ihre Straftat ansprechen. Es hieß, sie habe ihre beiden Kinder in Stücke gehackt und anschließend durch den Fleischwolf gedreht. Von solch einer Gräueltat hatte Susi noch niemals vorher gehört. Sie hätte ohnehin nie gewagt, diese Frau nach ihrer Straftat zu fragen. Diese Frau hatte auch das Privileg, sich außerhalb der Ruhezeiten auf ihr Bett zu legen. Sie erlaubte dies ansonsten nur ihrer Freundin und achtete streng darauf, dass sich alle Frauen in der Zelle an ihre Anweisungen hielten. Leider gab es nur vier Stühle im Raum. Susi saß deshalb mit Conny oft auf dem breiten Fensterbrett. Dort war es zwar kalt und zugig, aber eine andere Möglichkeit gab es nicht.

Außer Susi gab es vier weitere „Politische", zwei davon hatten wie Susi Kinder. Die meisten Frauen saßen wegen asozialen Verhaltens im Gefängnis. Das hieß, sie waren zwei oder drei Tage nicht zur Arbeit erschienen und erhielten dafür meist eine knapp zweijährige Haftstrafe. Kaum wieder in Freiheit, besuchten sie Freunde oder ihre Eltern, was ihnen nicht erlaubt war, und landeten wieder im Gefängnis. Für derartige Wiederholungstäter gab es eine höhere Strafe und obendrein die eventuell nicht abgesessene Reststrafe. So kamen manche *Assis* auf acht und mehr Jahre Gefängnis. Susi hatte den Eindruck, dass ausgerechnet diese Frauen gern arbeiteten. „Draußen" fühlten sie sich weniger frei, weil sie sich einem staatlich festgelegten Betreuer komplett unterordnen mussten, kein Bargeld in die Hand bekamen, ihr Wohngebiet nicht verlassen durften und ab 20 Uhr in ihre Wohnung geschlossen wurden. Susi hatte von all diesen Dingen niemals vorher gehört.

271

Bereits am nächsten Morgen ertönte weit vor vier Uhr ein strenger Befehl aus einem Lautsprecher: „Esda Drei fertigmachen zur Frühschicht!"

Im gleichen Moment schaltete sich das Licht an und die ersten Frauen sprangen aus dem Bett. Susi beeilte sich, eines der sechs Waschbecken zu erwischen, die beiden Toiletten waren ständig besetzt. Keine Viertelstunde später ertönte das Kommando: „Edsa Drei heraustreten!" Die Tür wurde aufgeschlossen und die Frauen stellten sich im Gang auf. Zusammen mit den Frauen der beiden Nachbarzellen durchlief Susi ein Labyrinth aus Gängen und Treppen, das im Speiseraum endete. Das Frühstück bestand aus Brot, Margarine, Marmelade und einer Brühe, die sowohl Tee als auch Malzkaffee sein konnte. Susi beobachtete, wie die Frauen mit ihren Fingern schwarze Käfer vom Brot schnippten und tat es ihnen nach. Sie erfuhr, dass diese Käfer Kakerlaken hießen.

Anschließend führte man die Frauen in einen Raum unter dem Dach, in dem mehr als vierzig Nähmaschinen standen. Die Frauen setzten sich an ihre Plätze. Eine Gefangene winkte Susi an eine freie Nähmaschine. Sie nahm zwei Nylonschläuche aus einem Sack, der neben der Maschine stand und hielt sie zwischen ihren Daumen und Zeigefingern zusammen.

„Du schiebst sie so in die Maschine", zeigte sie Susi. Die sah, wie diese Schläuche einige Zentimeter getrennt und gleichzeitig auf eine andere Weise wieder zusammengenäht wurden. Dann nahm die Frau ein kleines Viereck, passte es an, führte es irgendwie im Kreis und hielt wenige Sekunden später eine fertige Strumpfhosen mit Zwickel in der Hand.

„Ich zeige es dir noch einmal, dann musst du selber damit klar kommen. Heute darfst du üben, aber bald solltest du die Norm von 600 Stück pro Schicht schaffen. Sonst bekommst du weder Geld noch einen Paketschein."

Susi war überrascht, dass ihre Arbeit im Knast bezahlt wurde und freute sich. Sie war zwar nicht ungeschickt, aber sie brauchte trotzdem mehrere Stunden, um die beiden Strümpfe so zu halten, dass die Maschine sie richtig trennte und genau die Stelle zu treffen, wo sie das kleine Zwickel-Viereck einnähen musste. So vergingen die acht Stunden des ersten Arbeitstages schnell. Danach durften die Frauen eine Stunde lang im Freihof herumlaufen, quatschen und rauchen. Anschließend gab es Mittag. Erst da merkte Susi, wie hungrig sie war. Das Frühstück war vor elf Stunden gewesen.

„Strafgefangene Herzog, mitkommen!"

Susi folgte der *Wachtel*, wie das Wachpersonal genannt wurde, und setzte sich im *Erzieherzimmer* auf einen Stuhl.

„Sie haben Post. *Meine liebe Susi, leider habe ich immer noch keine Post von Dir, so dass ich auch nicht weiß, ob Du meine zwei Briefe erhalten hast. Ich bin hier in Brandenburg gelandet und arbeite in einer Näherei.* Blablabla, das ist nicht weiter wichtig. *Im Moment lese ich gerade eine Reisebeschreibung über Marokko.* Blablabla. Nachtschicht, Zeitung lesen. Paketschein. Irgendeine Kündigung. Warte auf Post. Ach ja, hier die Adresse: 18 Brandenburg, PSF 66/29. *Ganz liebe Grüße sendet Dir Dein Dich liebender ...“* Die Wachtel verdrehte ihre Augen. „*Manfred.*“

„Darf ich den Brief haben?“

„Er kommt zu den Effekten. Sie können gehen.“ Susi erhob sich und wurde zurück in ihre Zelle geschlossen. Sie wollte sich nicht anmerken lassen, wie sehr sie sich darüber ärgerte, dass man ihr den Brief von Manfred nicht aushändigte.

Im Januar hatte Susi die Norm von 600 Strumpfhosen mit Zwickel geschafft und erhielt im Februar zum ersten Mal Geld. Richtiges Geld war es nicht, eher eine Art Wertscheine. Und es waren auch nicht die maximal möglichen zwanzig Mark, aber immerhin so viel, dass sie einer Frau das geliehene Geld für Zahnputzzeug, Seife und Shampoo zurückzahlen und sich einen Stift, Schreibpapier und den ersten Becher Bohnenkaffee kaufen konnte. Der kostete 50 Pfennige, ein Pott schwarzer Tee nur zehn Pfennige. Susi wusste, dass ein monatlich fester Betrag ihres Verdienstes an ihre Eltern überwiesen wurde, die sich um die Kinder kümmerten.

„Alles raus hier!". brüllte eine Wachtel.
Keine Sekunde später stürmten mehr als zehn Frauen in schwarzen Uniformen und kniehohen Stiefeln in die Zelle. Sie schlugen mit Knüppeln auf die Betten, gegen die Türrahmen und auf alles und jeden, was sich im Schlagradius befand und nicht ausweichen konnte. Die Strafgefangenen stellten sich draußen im Gang auf, während dieses Freiberger Rollkommando die ganze Zelle auseinander nahm. Die Matratzen wurden von den Betten gezerrt, die Wäsche aus den Regalen gekippt und jede Ritze durchsucht. Wer irgendwo Fotos seiner Kinder oder einen Brief versteckt hatte, der sah nichts davon wieder. Gesucht wurde nach Alkohol. Die Frauen tranken manchmal Haarlack oder bereiteten eine Art Bowle aus Brot, Zucker und Marmelade zu. Besteck war ebenfalls streng verboten, denn das schluckten

einige Häftlinge, um sich einige Tage Ruhe auf der Krankenstation zu verschaffen. Oder sie schoben sich aus dem gleichen Grund Nadeln, die sie irgendwie aus den Nähmaschinen entfernten, unter die Haut. Nadeln waren auch nötig, um sich zu tätowieren. Das war zwar streng verboten, trotzdem ließen sich immer wieder Frauen abartige Muster und Namen in ihre Arme und den ganzen Körper stechen.

„Du räumst jetzt meine Wäsche ins Regal! Und zwar bissl dalli!", bestimmte die Verwahrraumälteste.

„Ich denke nicht daran", antwortete Conny. „Lerne erst einmal lesen, bevor du mich hier herumkommandierst!"

Im gleichen Moment packte eine der Langstrafer Connys Bluse oberhalb der Brust und schleuderte sie mit festem Griff gegen den Bettpfosten. Es krachte derart laut, dass Susi glaubte, man habe Conny die Rippen gebrochen. Ein zweiter Häftling hielt Connys lange Haare zusammen und zog sie nach unten, eine andere Frau drückte ihr das Knie in die Taille.

„Du aufgeblasene Schlampe! Noch ein Wort in dieser Richtung und du bist Mus und wir spülen dich ins Klo."

Susi half ihrer Freundin auf die Beine und untersuchte sie auf Verletzungen. Es war nichts zu sehen. Vielleicht entstand am Rücken bald ein blauer Fleck, wo Conny gegen den Pfosten geschlagen war. Vielleicht hatten aber die erfahrenen Häftlinge Übung, ihre Schläge so zu platzieren, dass keine Beweise dafür zu sehen blieben. Vermutlich hätte sowieso keiner irgend etwas verraten.

So überaus roh und grob sich die Langstrafer gebärdeten, so überaus empfindlich reagierten sie auf herablassende Bemerkungen. Viele Politische machten sich über den niedrigen Bildungsstand der anderen Insassen lustig. Es gab sehr viele Analphabeten, obwohl schließlich alle die Schule besucht hatten. Der durchschnittliche Bildungsgrad in Hoheneck überstieg kaum die vierte Klasse. Die gekränkte Verwahrraum-Älteste sorgte dafür, dass Conny ab sofort keine Post mehr von ihrem ebenfalls eingekerkerten Freund erhielt und ihr die Briefe ihrer Eltern von der *Erzieherin* vorgelesen wurden.

„Mitkommen!", befahl ein Aufseher.

Susi wurde mit anderen Frauen zur Hauptwache geführt. Dort befanden sich die Besucherzimmer, wo Susi zum ersten Mal Besuch von ihrer Mutter hatte.

„Mir wäre es lieber gewesen, du hättest irgend jemanden erschlagen, als unsere schöne

Republik zu verraten."

Susi hielt es zwar für möglich, dass ihre Mutter so dachte, aber vielleicht war sie nur von der Wachtel eingeschüchtert, die mit am Tisch saß und jedes Wort mithörte. Vielleicht zeigte sie deshalb die mitgebrachten Fotos der Kinder zuerst der Wachtel und dann erst ihrer Tochter. Die Kinder trugen Faschingskostüme, André trug eine Cowboymaske, die das komplette Gesicht verdeckte, Anett war als Käfer verkleidet. Susi lächelte, denn sie hatten ihre Tochter oft Käferchen genannt, weil sie so klein und zierlich ist. Die Mutter erzählte die ganze Zeit fröhlich von den Kindern und wusste Susi und die Wachtel gut zu unterhalten.

Als drei Monate später der Vater kam, lief der *Sprecher* ganz anders ab. Von ihm erfuhr Susi, dass ihr Bruder wie Manfred in Brandenburg saß. Der Vater schaute sich besorgt um. Auch ihm schienen die Frauen nicht ganz geheuer. Da kein Aufseher mit am Tisch saß, konnte ihm Susi erzählen, dass es hier im Haus mehr als tausend Strafgefangene gab, obwohl es nur für maximal 500 Häftlinge ausgerichtet war.

„Gibt es etwa auch Mörderinnen hier?"

„Ja, sogar mehrere in meiner Zelle. Aber Kriegsverbrecher haben wir in unserem Kommando keine."

278

„Kommando? Das klingt wie bei der Armee."

Susi lachte. „Wir werden auch gescheucht wie Soldaten. Unser Kommando heißt Esda Drei. Und ich bin die Nummer 8986."

„Esda kommt mir irgendwie bekannt vor."

„Das ist eine Strumpffabrik hier im Erzgebirge. Wir nähen Strumpfhosen in drei Schichten. Ich muss 600 Stück mit Zwickel pro Schicht schaffen, sonst bekomme ich kein Geld, keinen Paketschein, darf weniger Briefe schreiben und nicht mit ins Kino."

„Kino habt ihr hier auch?"

„Ja, einmal im Monat zeigen sie der Spät- und der Nachtschicht einen Film. Der Film selbst ist für mich gar nicht so interessant, aber ich treffe dann auch Frauen aus anderen Kommandos und kann mich in dem dunklen Saal ungestört mit ihnen unterhalten."

Susi sagte dem Vater nicht, wie schwer ihr jede einzelne Nachtschicht fiel. Da gab es zwar eine zusätzliche Pause mit einer warmen Mahlzeit nach der halben Schicht, aber Susi war immer derart müde, dass sie bei der Arbeit fast vom Stuhl kippte.

„Wie viel Geld bekommst du denn?"

„Ich bin froh, wenn ich Gutscheine für etwa fünf Mark bekomme. Davon muss ich Seife, Shampoo, Kaffee, Tee und Schreibpapier kaufen. Deshalb war ich so froh, als euer Paket ankam mit Shampoo und Schokolade und Zigaretten."

„Ich habe mich gewundert, dass du neuerdings rauchst."

„Nein, ich rauche nicht. Aber kurz vor der  Spätschicht dürfen die Raucher raus auf den Innenhof, wo ein anderes Kommando gerade Pause macht. Ich muss die Zigaretten vorzeigen, sonst darf ich nicht raus. Manchmal kann ich die Zigaretten auch gegen Gutscheine für Kaffee tauschen. Normalerweise sehe ich nur die Leute, mit denen ich auf der Zelle bin und mit denen ich arbeite. Die meisten Frauen nähen keine Strumpfhosen wie ich, sondern Bettwäsche. Das soll sehr schädlich für die Lunge sein."

„Das fehlte noch!", ereiferte sich besorgt der Vater. „Du hast so schon Lungenprobleme."

Susi nickte. Sie erzählte dem Vater nicht, dass ihr der Rücken vom krummen Sitzen auf dem unbequemen Schemel ständig schmerzte.

„Hier im Haus gibt es sogar noch Kriegsverbrecher. Die müssen jeden Tag bis zu ihrem Tod arbeiten, wenn kein Sonntag ist oder sie nicht auf der Krankenstation liegen."

„Und wie kommst du zurecht?"

„Es geht, mach dir keine Sorgen. Du weißt ja selbst, dass der Mensch so einiges aushält."

„Heißt das, dass es auch Schläge gibt?"

„Vom Wachpersonal nur, wenn man die Arbeit

verweigert. Und in der Zelle …" Susi zögerte. „Ärger und Reibereien gibt es schließlich überall, wo Menschen miteinander im Kontakt sind, vor allem, wenn sie so eng zusammengepfercht werden. Hier ist es wie in der Natur: Die Starken setzen sich durch, sie kriegen mehr als die Schwachen, die Schnellen mehr als die Langsamen. Damit muss man umgehen lernen."

„Ich verstehe nicht, weshalb du mit Schwerverbrechern zusammen bist."

„Die haben einen großen Teil ihrer Strafe bereits abgesessen. Ich bin Kurzstrafer, was für mich gut ist, aber bei den Langstrafern Neid hervorruft. Die Langstrafer haben die Posten und damit das Sagen, das ist normal. Hast du nicht immer gesagt, ich muss lernen, mich zu fügen?" Susi zuckte mit der Schulter. „Hier lerne ich es."

Der Vater schüttelte den Kopf. Susi nahm das Gespräch wieder auf.

„Du schickst André zum Fußball?"

„Er muss Regeln lernen. Regeln zu beachten ist notwendig. Das lernt er am besten in einer Mannschaft. Und er muss auch mal Frust wegstecken. Du weißt selbst, dass André ein Hitzkopf ist. Außerdem soll der Sport seinen Knochenbau stärken und die Muskulatur."

Das klang logisch. Trotzdem mochte Susi keinen Mannschaftssport und sie wusste, dass auch André kein Freund davon war. Aber sie sagte nichts dagegen. Sie war einfach nur froh, dass sich ihre Eltern so gut um die Kinder kümmerten und war ihnen dafür unendlich dankbar.

Plötzlich kicherte der Vater, seine Schultern zuckten und sein Mund wurde immer breiter. „Stell dir vor, bei André in der Schule wurde zur Solidarität für Nelson Mandela aufgerufen. Die Kinder schrieben Briefe und malten Plakate, damit Nelson Mandela aus seiner fast zwanzigjährigen Haft freigelassen werden sollte." Der Vater lachte wieder. „Und weißt du, was André machte?"

Susi schüttelte den Kopf.

„Er ging mit seinem Plakat vor zur Lehrerin und hielt es hoch, damit es jeder in der Klasse lesen sollte."

„Was stand denn drauf?"

*„Ich will, dass mein Vati sofort aus dem Gefängnis befreit wird und fordere alle Leute auf der ganzen Welt zur Solidarität auf."*

Nun lachte auch Susi. Sie stellte sich das verdutzte Gesicht der Lehrerin vor.

„Was hat denn die Lehrerin gemacht? Wurde André bestraft?"

„Aber nein. Sie hat den Jungen erzählen lassen, warum sein Vater im Gefängnis sitzt und danach irgendwie die Kurve gekriegt."

Susi war sehr stolz auf ihren mutigen Jungen

und freute sich, dass der Vater ihr diese wunderbare Geschichte erzählt hatte.

„Ich finde es nicht gut, dass du hier mit so schlimm gewalttätigen Frauen zusammen bist", wiederholte der Vater.

Susi seufzte. „Gut finde ich es auch nicht. Aber was ist schon gut? Und was ist böse? Das Gute geht nicht ohne das Böse. Was gut und was böse ist entscheidet wohl jeder anders. Ich bin mir sicher, dass diese böse Erfahrung hier im Knast für mich am Ende gut sein wird."

„Das klingt sehr philosophisch", schmunzelte der Vater. „Aber etwas Schlechtes wird nicht dadurch gut, dass man eine Lehre daraus zieht."

„Stimmt. Aber immerhin habe ich viel gelernt über Menschen und auch über die Arbeit und wie es ist, wenn man etwas machen muss, was man nicht machen will. Ich wollte etwas Gutes für meine Familie und habe ihr damit etwas Böses getan. Und es hatte Auswirkungen auf mein weiteres Umfeld, vor allem auf euch."

Der Vater schaute nachdenklich. „Es ist nicht richtig, was du gemacht hast. Aber es ist noch weniger richtig, dass deine Mutter und deine Schwester deshalb beruflich zurückstecken mussten. Sie wurden in kleine Kindergärten verbannt und haben keine Leitungsfunktion mehr."

„Das wusste ich nicht", stammelte Susi. „Das tut mir sehr leid."

Der Vater nahm Susis Hand. „Alles wird gut."

„Das denke ich auch." Nun lachte Susi. „Ich weiß, was du jetzt sagen willst."

Der Vater lachte mit und beide sprachen den Satz gemeinsam: „Denken ist Dreck. Wissen muss man´s."

Susi war zwar immer sehr eigenwillig gewesen, trotzdem fühlte sie sich immer als ein Teil von einem Ganzen, ein Teil einer Familie, eines Paares oder einer Gruppe. Sie bemühte sich, sich als einen ganz normalen Teil von Esda Drei zu sehen, um nicht verrückt zu werden. Sie musste versuchen, einen Tag nach dem anderen so angepasst wie irgend möglich hinter sich zu bringen.


## Susi auf Transport

Sommer 1981.

Es war heiß. So sehr Susi im Winter die Heizung vermisste, so sehr litt sie jetzt unter der Hitze. Die Fenster ließen sich nicht öffnen, es gab nirgendwo Durchzug oder ein Lüftchen. Unter dem Dach im Nähkommando war die Hitze besonders unerträglich.

Außerdem stank es im ganzen Haus bestialisch

nach alten faulenden Kartoffeln. Bevor sie in der Küche verarbeitet wurden, lagerten sie kurz im Treppenhaus. Die schwarze schmierige Brühe, die aus ihnen herausquoll, schien sich mit dem brüchigen Stein zu verbinden und auch nach dem Schrubben dort zu bleiben und den Gestank weiter abzugeben. Die Kakerlaken vermehrten sich explosionsartig.

Susi saß mit vielen anderen Strafgefangenen im Kinosaal. Mitten während der Vorstellung öffnete sich die Tür, einige Offiziere schauten kurz herein und gingen sie wieder. Die Frauen tuschelten aufgeregt miteinander und über-legten, was dieser ungewöhnliche Besuch bedeuten könnte. Es gab ständig Gerüchte um eine Amnestie, die zu wilden Spekulationen führte. Jede Zahl in einem Brief schien eine versteckte Nachricht der Angehörigen zu bedeuten und man versuchte, sie gemeinsam zu entschlüsseln.

Nach dem Film durfte Susi ins Bett gehen, denn am Abend begann die Nachtschicht. Sie war kaum eingeschlafen, da schloss es an der Zellentür.

„Strafgefangene Herzog auf Transport!"

Sofort war Susi hellwach und sprang aus dem Bett. Sie griff nach ihrer Häftlingskleidung und schenkte Conny all die wertvollen Dinge wie

Shampoo, einen Stift und Haarklemmen. Sie umarmte ihre Knastfreundin und wünschte ihr alles Gute. Dann folgte sie aufgeregt zitternd der Wachtel zum Effekten, wo man ihr die private Kleidung übergab. Susi war überrascht, dass sie kaum in ihre Hose passte, sie war ihr viel zu eng. Sie stieg mit fünf weiteren, ihr völlig unbekannten Frauen in eine fensterlose *grüne Minna*, wie die Fahrzeuge der Polizei genannt wurden.

In einer Haftanstalt in Chemnitz ermahnte sie ein Offizier, sich ruhig zu verhalten. Das war nicht so einfach, denn die Frauen waren sich sicher, dass dies ihr letzter Transport sein wird, der Transport in die Freiheit.

Zuerst sperrte man Susi mit elf weiteren Frauen in einen extrem engen Raum, der aus vier Dreistockbetten, einem Waschbecken und einer Kloschüssel bestand. Über einem der Betten befand sich ein schmales vergittertes Fenster, das sich nicht öffnen ließ. Sieben der Frauen rauchten ohne Pause, man hätte die Luft direkt schneiden können. Es war so eng, dass kaum drei Frauen gleichzeitig stehen konnten, die anderen mussten auf ihren Betten liegen. Susi konzentrierte sich auf das aufgeregte Geplapper der Frauen, um nicht in Panik zu verfallen.

Eine Frau erzählte, dass man sie zum

Bespitzeln gewinnen wollte. Eine andere bekam vor Aufregung ihre Periode. Dabei fiel Susi ein, dass sie das gesamte Haftjahr über keine einzige Regelblutung hatte. Sie vermutete, dass man ihren Getränken Beruhigungs- und andere Mittel beigemischt hatte. Dann holte man eine der Frauen aus der Zelle. Kurz darauf hörte man sie rufen: „Susi! Susi!" Susi antwortete nicht, denn sie erinnerte sich an die Ermahnung des Offiziers und wollte ihren Transport auf gar keinen Fall gefährden. Einen Augenblick später ertönte erneut „Susi!" Dieses Mal war es Manfreds Stimme. Nun musste Susi antworten. Ihr war klar, dass sich Manfred ebenfalls hier im Haus befand und sich wegen der Rufe der Frau Sorgen machte. Also hielt sie ihren Mund dicht an die Zellentür und rief so laut sie konnte: „Alles gut. Ich bin hier."

Im gleichen Moment wurde die Tür aufgeschlossen und ein Offizier brüllte: „Strafgefangene Herzog, mitkommen!"

Susi erschrak bis ins Mark und sprang so schnell sie konnte hinauf in ihr Bett. Dort klammerte sie sich an den Seitenbrettern fest und sagte leise: „Ich komme nicht. Sie müssen mich schon holen."

„Noch ein Wort und ich lasse Sie wegschaffen!"

Susi wunderte sich, woher der Polizist den Zusammenhang und ihren Namen kannte.

„Was werden Sie nach Ihrer Entlassung machen? Gehen Sie zu Ihren Eltern oder zurück nach Berlin, der Hauptstadt der DDR?"

„Weder - noch. Dann bin ich schließlich im Westen", antwortete Susi.

„Dazu müssten Sie erst einen Antrag auf Entlassung aus der Staatsbürgerschaft der Deutschen Demokratischen Republik stellen."

„Dann mache ich das. Kann ich das hier tun?"

„Sind Sie sich darüber im Klaren, was das bedeutet?"

„Natürlich. Dafür habe ich bewusst ein volles Jahr Haft auf mich genommen."

„Ein Zurück gibt es dann nicht mehr."

„Das ist mir völlig klar."

„Als Kontaktperson steht in Ihren Akten eine Frau Petersen."

Susi nickte. Dabei überlegte sie, wer diese Frau sein könnte. Sie kannte keine Frau Petersen. Plötzlich fiel ihr ein, dass dies eine Schwester ihres Vaters sein musste, die mit ihrer Familie an der Nordsee wohnte. Es hatte nie einen Kontakt zu dieser Tante gegeben, aber offenbar hatten sich die Geschwister des Vaters, die im anderen Teil Deutschlands lebten, vom Westen aus um Susi und ihre Familie gekümmert.

Susi füllte diesen Antrag aus. Sofort übergab man ihr die bereits vorbereitete Ausbürgerungs-

Urkunde, die sie bei den Effekten hinterlegen musste.

„Sollen wir Ihnen Ihr Guthaben auszahlen?"

„Welches Guthaben?" wunderte sich Susi.

„Ihr Gefängniskonto weist ein Guthaben von 129 Mark auf. Ihren Arbeitslohn erhielten zum größten Teil Ihre Eltern."

„Ich brauche das Geld nicht. Bitte überweisen Sie auch diesen Betrag an meine Eltern."

Einige Tage später schloss man die Zelle auf und rief eine der Frauen heraus. Kurze Zeit später eine zweite, dann eine dritte. Danach kam Susi an die Reihe. Sie musste einen Gang entlang laufen und an der Treppe einem Offizier ihren Namen nennen. Der Name wurde in einer Liste abgehakt. Dann stieg Susi die Treppe herunter und musste erneut ihren Namen nennen, noch einmal an der Ausgangstür und ein weiteres Mal an einem Buseinstieg. Im Bus wies ihr ein Mann einen Platz zu.

„Sie setzen sich hier hin!", hörte Susi kurz darauf und traute ihren Augen nicht.

Inge stand vor ihr, klatschte vergnügt in ihre Hände und wollte sich und ihren dicken Bauch neben Susi auf den Sitz zwängen.

„Hau ab!", zischte Susi. „Hier sitzt mein Mann."

Inge verdrückte sich sofort, noch bevor das Wachpersonal eingreifen konnte, und verzog sich auf eine hintere Sitzreihe.

Es dauerte nicht lange und die ersten Männer stiegen in den Bus. Und dann saß tatsächlich Manfred neben Susi. Er sah sehr verändert aus. Sein Gesicht war schmal, die Wangenknochen traten hervor und unter den Augen sah Susi tiefe dunkle Schatten. Sie lehnte ihren Kopf an Manfreds Schulter und griff wortlos nach seiner Hand. Keiner von beiden war in der Lage zu sprechen, so überwältigt waren sie von diesem Moment.

Ein Herr im Anzug stieg in den Bus.

„Wir begleiten die Fahrt bis zur Grenze. Bitte verhalten Sie sich ruhig. Es hat schon Fälle gegeben, bei denen wir wegen Tumulten im Bus die Fahrt abbrechen mussten."

Der Bus fuhr sehr langsam zwischen hohen Mauern hindurch und schließlich durch ein großes Stahltor. Er fuhr nach draußen. Susi sah Häuser, Straßen, Autos, viele Leute und schließlich die Autobahn. Thüringen erkannte Susi an den *Drei Gleichen*, drei Burgruinen, die deutlich vom Busfenster aus zu sehen waren. Während der gesamten Fahrt umklammerten sich ihre Hände bis sie schmerzten. Aber das war gut so, sie wollten und mussten sich fühlen.

Die Grenze.

Susi zitterte. Sie beobachtete, wie ein großer

Mercedes zur Seite fuhr. Der Bus hielt neben diesem Fahrzeug, die Wachmannschaft stieg aus dem Bus. Der Bus passierte mehrere Grenzkontrollpunkte, ohne anzuhalten.

„Jetzt wechsle ich die Musikkassette, denn jetzt sind wir im Westen. Ihr seid frei!"

Im Bus herrschte Totenstille. Dann brach ein unbeschreiblicher Jubel aus. Alle sprangen auf, umarmten einander, lachten und weinten gleichzeitig.

Susi war einfach nur überglücklich.

Hier erfährt der Leser, wie Susis Geschichte weitergeht:

Ein ganz anderes Leben, biografischer Roman, Fortsetzung, ISBN 9783741253911
Das Leben geht weiter, biografischer Roman, Fortsetzung, ISBN 9783743124318

Weitere Veröffentlichungen von Petra Weise

Eine verhängnisvolle Diagnose
Kurzgeschichten, ISBN 9783734730962
Mein Hund Benno, Roman,
ISBN 9783734734939
Liebeslügen, Kurzgeschichten
ISBN 9783734792670
Farbige Geschichten, Kurzgeschichten,
ISBN 9783744834247
Der andere Vater, Roman,
ISBN 9783744895705
Eine unbestimmte Ahnung, Kurzgeschichten,
ISBN 9783746028873
Ich besuche dich trotzdem!, Roman,
ISBN 9783746077840
Ab in den Urlaub!, Kurzgeschichten,
ISBN 9783746025582
Die Freundin meines Mannes, Roman,
ISBN 9783752879001
Schweigen nach dem Anruf, Roman
ISBN 9783752896770
Verlassen – ohne Worte, Roman
ISBN 9783748120186

Sämtliche Titel sind auch als E-Book erhältlich

Petra Weise wurde 1954 in Freiberg/Sachsen geboren und lebt nach zahlreichen Wohnungswechseln durch Hessen und Bayern seit 1993 wieder in ihrer Heimat Sachsen.

Sie liebt das Erzgebirge mit all seinen Traditionen und fühlt sich auch in den Alpen wohl. Wenn sie nicht schreibt oder liest, wandert sie gern mit ihrem Hund durch den Wald oder spielt Klavier.

www.autorinpetraweise.de